燕子归来

YANZI GUI LAI

李燕红 ◎ 著

时代出版传媒股份有限公司
安徽文艺出版社

图书在版编目（ＣＩＰ）数据

燕子归来/李燕红著.—合肥：安徽文艺出版社，2024.3
ISBN 978-7-5396-7836-8

Ⅰ．①燕… Ⅱ．①李… Ⅲ．①散文集－中国－当代 Ⅳ．①I267

中国国家版本馆CIP数据核字(2023)第147753号

出 版 人：姚 巍
责任编辑：周 丽　　　　　　装帧设计：褚 琦

出版发行：安徽文艺出版社　www.awpub.com
地　　址：合肥市翡翠路1118号　邮政编码：230071
营 销 部：(0551)63533889
印　　制：安徽联众印刷有限公司　(0551)65661327

开本：700×1000　1/16　印张：17.5　字数：240千字
版次：2024年3月第1版
印次：2024年3月第1次印刷
定价：69.00元

（如发现印装质量问题，影响阅读，请与出版社联系调换）
版权所有，侵权必究

目录

序　燕子飞时　刘湘如　001

家有宝贝

松土　003

和好　005

协议　008

寄语　010

一封家书　017

你就是传奇　021

善意的谎言　025

梦中的歌声　028

兑奖的乐趣　030

带儿子逛公园　032

纸杯中的小蝌蚪　035

餐桌上的党史课 038
写给千里之外的你 041
儿子眼中的平安家园 043
儿子,你是妈妈的影子 046

心有所想

心尘 051
约定 053
圣土 055
日志 058
火红的记忆 072
蒋家河口第一枪 075
飞扬的青春 078
常怀感恩之心 081
信任是一种力量 083
包公精神闪耀时代之光 085
品味初心 砥砺奋进 091
富于激情是一种快乐 094
由两句廉政话说开去 096
学习沈浩,甘当英烈宣讲人 099

情有可言

童心 105
灯芯 107

大叔　111

买房　115

玫瑰花开　118

聆听幸福　120

父亲的黄军鞋　123

大哥的乡村幸福　127

今夜书房静悄悄　130

让文化植根乡土　134

我的家乡是肥东　137

"醉"恋家乡荷花塘　140

笔有柔软

结婚十年　147

时光　时光　150

寻访千柳村　152

印象滁阳城　157

难忘江东笔会　162

梦"缘"龙泉寺　165

岱山湖水漾金波　168

秀美朝霞四顶山　173

昂氏父子进士祠　176

在省直党校的日子　179

聆听大家谈写作　182

分水岭上烈士坟　185

马湖，一个美丽的地方　188

行走在诗意盎然的樱花林　192

手有余香

领悟　197

聆听石楠　201

外教赵诚惠　207

病房那一夜　211

一个响亮的名字　214

将军风范犹长存　216

舞台的背后　219

献给耕耘者的歌　221

心中多半是温柔　223

祠堂里的古往今来　225

二十二年的同学会　227

为文明的使者喝彩　232

我与《同步悦读》相识800天　237

梦有星光

一粒种子　243

让历史照亮未来　246

瑶岗韬略定乾坤　250

培养儿子有梦想　252

学好党史勇担当　255

红土地上的娘子军　257

一只不寻常的公文包　259
用心讲解　收获感动　261
钟情史志文化的红色沃土　263

后　记　266

序

燕子飞时

刘湘如

　　晏几道很浪漫,"落花人独立,微雨燕双飞",多少曲折深婉、吞吐腾挪的情状,多么美妙的意境。把燕子咏成一种象征,我甚至猜想凡名字中带"燕"的女子,多是心思灵动温良或爱好文学的人,依据是我曾先后给张春燕、吴海燕、李燕林、黄燕等人写过序言或点评文字,名中都带"燕"。今天写的这人叫李燕红,名字中也带"燕",这也验证了我写过的一篇文章《文学是一种缘分》。我和李燕红的认识也由文学缘起。多年前有个聚会,她从很远的地方跑来看我,有些腼腆,微笑着要和我合影。我送她一本书,她更不好意思地笑。李燕红外表朴实,不属于那种美艳女子,但她内心总是透出来热情和善良,人美在心,女人的谦和总是易得人缘。后来我读到她写关于我的散文《领悟》,她写道:"我知道了……写作要真诚,不能无病呻吟;不要搞弄虚作假的东西,否则就没有写作的意义……"我感觉,这只燕要以飞翔的姿势,去醉心于她喜欢的写作了,她会写出很多文章的。

　　此刻,摆在我面前的"李燕红散文集",证明我当初的判断没有错。

　　大凡收获,都从执着开始,对文学的执念使李燕红在上班之余默默写作,她在创作路上走到今天是她不懈追求的结果。每个人都有自己的秘密追求。现在,李燕红的这个心愿结出果实了,我为她高兴。我历来认为,文章必须来源于生活。散文出自生活还要求一个"真"字,要写得自然、平易、亲切,中心离不开一个"真"字。她在《寻访千柳村》里写道:"女真族人喜柳、爱柳。完颜佩将军的后人们每年都要栽柳树,柳树成为女真族村落的特色和标志。整个村庄都被浓密柳树掩映着,繁枝叠翠,每到春天绿意盎然,千柳摇曳,一派生机勃勃。为了便于记忆和流传,族人们把'褚家洼村'改名为'千柳村'。"历史缘起,来龙去脉,清清楚楚,真真切切,毫无雕饰。这说明李燕红有了一定的表达窍门了。所谓写作窍门,就是"真实"。只有真实记录,真情真感,才有真诚;有了真诚,也就有了真文,带有真情真感的文章必能感染人,也就是合格的散文。我曾多次说过,最好的散文是"意真词朴"。"意真"是要有真实感人的意境,包括情境、语境,这不是虚情假意能够做到的。"词朴"当然需要有比较深厚的语言功底,靠一些花里胡哨的语言,华丽的辞藻,是不会写出好散文的。李燕红距离这个标准当然还有距离,但可喜的是,她的起笔状态很好,有虔诚的心、虔诚的态度、虔诚的写作方式、虔诚的追求精神,必将能写出令读者喜欢的散文!

散文的第一要素是生活感受。李燕红写的都是自己经历的生活,她的散文中跳荡出生活本身的脉流。李燕红在《灯芯》里,写她自己的母亲:"我们家兄妹六个,母亲起早贪黑,每天早晨三点多钟天还没亮就起床,扫地、挑水、洗衣、生火、做饭、喂猪、放鸡、养鸭、饮牛。等所有的家务活忙完,隔壁邻居家才开始醒来,母亲又拖着沉重的农具下地干活。晚上天黑了好久,田地里一个人都没有,村里人都回家吃晚饭了,母亲才肯从地里回家来。乡亲们都说我家地里的庄稼每年都比他们家长势旺,产量高。家里家外全由母亲一人操劳,可她却从来不知疲倦,每天都像铆足劲的陀螺,一刻也闲不住,脚不沾地,永远是超负荷地劳作着。母亲走起路来带着风,连走带跑,她说这样会节约时间,可以多干些活……"显然,语言朴实无华是她的特色,真实不虚是她的胜筹,读这类文字,你能明显地感到作者自己的心跳,那种来自生活本身迸发出的热情,是真实的、具体的,唯其真实而具体,才能吸引人。当然,我们没有理由去苛求李燕红像个成功的作家那样表达文字。李燕红是个机关工作人员,她是从农村到城市一步步走过来的,一个来自生活底层描写生活的人,把生活的感觉写得真实可信就很难得。李燕红的这些散文有她自己的特色,是她创作能力的体现,她的文章是自己的。散文最大的优势是形式不拘,用自己的形式写出生活本身的真实与可信,必然有一些时代与历史的记录价值,也必然能够体现出作者自己的风格和个性。文贵个性,一味模仿别人是写不出自己喜欢的文章的。唯因李燕红写的是她周围的人和事,她的这类文章才显得毫不虚饰,真实可靠,颇为感人。

壬寅年是个特殊的年份,人们原本正常的生活节奏被打乱。我在上海感受尤其深刻,足不出户,每天只是看书、写字,解封后的夏天又特别炎热,烦闷无聊时就望望窗外,这就仿佛望到了故乡,想到了故乡的人和事。这世界真是有心灵感应的,就在这时,我接到韩龙惠主任的电话,他以前是我的学生,说要向我介绍李燕红,她要出书,书名为《燕子归来》,也是她的笔名。李燕红想叫我写序,担心被拒绝,就委托韩主任跟我说,于是关于李燕红的一切我又了解了很多。为人热情、性格开朗的她,写的文字自然是熟悉的,前几天我还在一个网刊《同步悦读》上读过她写的《行走在诗意盎然的樱花林》,文字有诗情画意,表述通达,有的地方虽寥寥数语却给人印象深刻,感觉她这两年又进步了。我曾说过没有经历感受的人与写作无缘,李燕红有经历且有感受,所以她一直在写,且特别爱写,喜好是文学存在的理由。如果不喜欢文学,仅仅为了附庸风雅去弄这玩意儿,就显得特别别扭,李燕红不是。相比之下，我更喜欢那种不为名不为利，只为自己的爱好而写，为心中的梦而努力、执着的写作者。文学不是纯粹的商品，它透视着文人的灵魂和思想，李燕红出书的目的是对自己做个总结，这想法是纯洁的、干净的，值得鼓励和表扬。我翻看了李燕红的所有作品，发现她的收获秘籍是，在工作之余，怀揣着对文学的向往，利用休息和享乐空隙，一个字一个字地码着人间真情。她的这本书，字里行间有爱情、有亲情、有友情、有工作、有生活、有烟火、有梦想。拿起这本书，我可以想象出一个腼腆的乡村女孩的不屈性格和火热激情。正如文中作者母亲对她说的话：不要像花儿只把春天等待，要学小燕子，衔着春光飞来。

所谓生活是文学的源泉，我还加上一个字：爱！李燕红的作品可以印证这一点。我时而怀疑：一个一直做着机关工作的人，又是那样奔走于滚滚红尘中的人，怎么能够坐下来写那么多文字？写到此处，忽然想起苏轼的《蝶恋花·春景》："花褪残红青杏小。燕子飞时，绿水人家绕……"啊，又是多么美妙的关乎生活和爱的情志！

毋庸置疑，李燕红的写作也是因为对生活的爱。因为感受，李燕红的忙碌生活和内心始终保留着一份对文学的挚爱和深情。

我祝愿李燕红能够写出更多更加成熟、更加美好而成功的作品。

是为序。

2022年9月1日写于上海

（刘湘如：中国作协会员，中国散文学会理事，中国报告文学学会理事，国家一级作家。）

家有宝贝

松 土

去年乔迁,我从花市上买来几盆花放在阳台上。最近疏于管理,有的花干枯了,有的叶子凋谢了,早没了生机。我望着无精打采的花草,心生可怜。

周日,正在上幼儿园的儿子在家。他看完动画片,便嚷着要用"挖掘机"(玩具)挖泥土玩。现在我们生活在钢筋和混凝土浇筑的楼房里,哪里有泥土可寻?更不用说是住在五层楼的楼房。看着枯死的橡皮树,全然没有复活的可能,我索性将它拔出花盆。儿子看到空出的一盆泥土,十分高兴。一双稚嫩的小手推着一辆半新的"挖掘机",在花盆里不停地捣鼓着。泥土十分僵硬,儿子挖得很吃力。

看着儿子瘦小的身影,我扔下手中的家务活,陪儿子一起玩起泥土来。我先把花盆来个底朝天,泥土全部倒出,没有别的敲打工具,我就找来一根大理石条(装潢时留下的),捶打泥堆,边捶打边拌和,有的土块松软,有的土块坚硬。记得花农告诉过我,沙土松软利于花木生长,黏土板结不适宜花木生长。我和儿子把泥堆来回翻了几遍,把硬土块分到另一边,装进垃圾袋里,将剩下的沙土重新捧回花盆里。儿子发现花盆里的泥土从满满一盆到半盆,噘着小嘴巴,不让我把硬土块丢弃。我耐心解释半天,他才勉强同意,继续开"挖掘机"在花盆里取土。

儿子个头不高,一双乌黑的小眼睛特水灵。在我捶开的那些土块中,他看见半个小土块中间,正蜷缩着一条细细的、短短的小蚯蚓。这下,儿子可乐坏了,比观看正在热播的大型动画片《小鲤鱼历险记》还要高兴。儿子把那半个小土块放在手心,仿佛捧着一个小生命,看着小蚯蚓,昂着小脑袋,歪着头问我:"妈妈,小蚯蚓会不会死掉?"我接过儿子的半个小土块,告诉他蚯蚓生长在泥土中,只要水分、养分充足,它会越长越大,泥土越来越松,花木就会越长越旺。儿子央求我多抓几条蚯蚓把它们放在花盆里,让它们快快长大,多多繁殖,以后好再给别的花木松土。见我答应后,机灵可爱的儿子急忙从厨房找来一把小水壶,他要给阳台上的其余几盆花也浇浇水。儿子告诉我他希望那些花盆里还住有许许多多条蚯蚓。

一阵凉风吹来,花盆里有几根花枝轻轻摇摆,似乎在向我和儿子点头致谢。这时我突然想起一代文学巨匠鲁迅先生曾说过:"我吃的是草,挤出来的是奶……"今天,我也想套用一下:"我愿做一条蚯蚓,吃的是土,带来的是生命。"

和 好

  2016年的暑假结束了。对我来说，那个暑假格外漫长，充满着忧虑、矛盾和紧张，时不时地有小火花发生。我也不想和儿子关系闹僵，但有时候感觉自己确实没有控制好情绪。学校正式开学后，儿子升到八年级。一天早晨，因为琐事，我和儿子又发生了一次不大不小的矛盾。看着抹着眼泪进校门的儿子，我也很懊恼。从学校返回家后，我给儿子写了一封信，向他道歉，试着缓和我们母子关系。

——题记

超然：

  这是你长这么大以来，妈妈给你写的第一封信，也是妈妈在今天早晨跟你闹得十分不开心以后，从菜市场买完菜，走在回家的路上想了许久，流着泪给你写的第一封信。孩子，你已经上八年级了，也知道八年级是多么关键和重要，学习任务也越来越紧，同学们之间的差距也会越来越大。为了让你今后有一个美好的生活，妈妈心理压力越来越大，所以对你的要求越来越苛刻，对你的批评越来越无法控制，对你的赞美变得越来越稀少。

孩子,你可知道,这一切的一切都是因为妈妈害怕你学习上不思进取,成绩会下降,网瘾会越陷越深。你经常反问妈妈,为什么我对别人家的孩子那么和蔼可亲,对你却是一反常态,凶巴巴的。其实,每个孩子自然都由他的妈妈进行严格管理和教育引导,我不能取代别人妈妈的职责,否则管得过界了。爸爸和妈妈都是出身于贫苦农民家庭,通过读书改变了命运,依靠奋斗实现了理想。虽然我们只是单位的普通员工,无权无势,无官无位,但我们仍然坚持学习,刻苦努力,勤劳本分,工作认真负责。不是妈妈不爱你,不是妈妈看不到你的优点,而是妈妈对你的希望太多太大,害怕你会让妈妈失望,让爸爸生气,让奶奶伤心。孩子,妈妈跟你说了这么多,你能理解妈妈吗?哪个妈妈不希望自己的孩子快乐、健康地成长?哪个妈妈不希望自己的孩子比别人家的孩子更优秀?哪个妈妈不希望自己的孩子是多才多艺的呀?

　　孩子呀孩子,你胆子小,听话,乖顺,但就是语言表达能力不是很好。语文成绩提高慢,英语学习不会创新,身体也不强壮,偏科现象很严重。看到这种状况,妈妈很难过,很心痛。妈妈无法代替你学习,只希望你能改变学习态度,养成良好的学习习惯,把基础打得扎扎实实,背诵、默写、阅读、扩大词汇量都要严格按照学习计划执行。孩子,如果你这样做了,学习成绩提高了,我们全家人都会为你感到高兴的! 孩子,希望你扩展其他爱好,学会骑车、游泳、演讲,这样会让你减轻压力、快乐生活!

　　总之一句话:孩子,妈妈希望你快乐,希望你学习进步,希望我们全家和和美美、开开心心! 不要再出现我大吼你小吼、我暴怒你伤心的局面,好吗? 你只有做到勤奋刻苦并付出努力,让自己变得足够优秀和拥有才华,才会得到别人的尊重和敬佩。妈妈爱你，孩子！

妈妈

　　这封信自 2016 年 9 月 12 日写好之后，一直粘贴在书房的墙壁上，你的书桌前。妈妈相信，无数个深夜，你会在写完作业时抬头细读，一个字一个字地默念，用心记住。时间过去快 6 年了，这封信纸都变成黄色的了，页角也不平整，高高地翘起，页面上落了许多灰尘，纸张也变得十分脆弱了。

　　现在，你上大学了，远在千里之外。只要一有空，妈妈就会坐在你的书桌前，无数次展读这封信。其实，妈妈现在发现，你不善言辞变成了你的优点。那是你遵守校训校规，真正做到守口如瓶，从不向妈妈透露一个小秘密。孩子，妈妈内心十分挂念你，也想知道关于你大学生活的一切，哪怕你能告诉我一丁点的信息，都会让我激动好多天。比如你训练得怎么样、考试成绩如何、学习任务重不重、同学关系好不好、饮食习不习惯。当然，妈妈不会为难你，只要你做得对，绝对尊重你的决定。

　　孩子，妈妈能为你做的十分有限。爸爸和妈妈希望，你能仰望星空，飞往更高更远的地方。今天，我把这封信轻轻揭下来，慢慢用纸巾把灰尘清理干净，铺在桌面上，用书本压平，放到档案袋里，小心翼翼地替你珍藏起来。

协 议

最近，儿子学会了玩网络游戏，而且很上瘾。有时候我不让他玩游戏，他不高兴，也不主动学习，性格也变暴躁了。就因为这个，我和儿子的关系变得有点紧张。更糟糕的是，七月，学校放暑假了。

暑假，对于儿子来说，是快乐无比的。因为他可以天天不用早起，晚上不用写作业，不用着急赶着上学校，不用害怕因迟到而遭到老师的批评和罚站。这下，他是天不怕地不怕，可以随心所欲地睡到自然醒，痛快淋漓地玩网络游戏了。而对于上班族的我，却是最头痛的大事。因为我天天要上班，儿子一个人在家，奶奶在农村没时间来照顾，家里没有人陪伴儿子。我心里十分纠结，儿子会不会长时间贪玩，会不会胡乱捣鼓家用电器，会不会发生危险而不能及时发现和得到处理。

暑假结束儿子就要上八年级了，学习很关键，成绩不能有一丝丝倒退，要不然接下来的学业会一发不可收拾，如果跟不上进度，就很吃力，要想考上理想的高中，那是痴人说梦。为了不扩大矛盾，不影响母子感情和谐，没办法，只能求助在外地工作的老公。于是我打电话给老公诉说我的苦恼，让他出出主意，看有没有什么育儿妙招。老公安慰我不要过分担忧，先告诉儿子家里哪些地方有危险，让他不要乱碰水和电，别人敲门不要立即开门，要辨认后才能让熟人进来。儿子也要在爸爸和妈妈的监督下，尽量做到约法三章，这样才能保证他整个假期既轻松快乐又有成长收获。老公为儿子写了两份协议，让我交给儿子，和他当面谈判。

协议内容分两种情况，一份为上学期间，一份为暑假期间。要求也不是很严格，但起码让儿子有所约束，不过度放纵自己和沉迷游戏。上学期间，要求儿子每天按时完成老师布置的作业，提前预习第二天上课内容，保证足够的休息时间。周末在完成学习作业的情况下，可适当休息。作业应提前完成。上网时间（周六、周日）每天不超过一个半小时。应多背诵政治、英语、历史等书本知识。暑假期间，要求儿子提前完成老师布置的作业，增加阅读量，努力提高自己的语文成绩，安排时间提前预习八年级上学期的课程。在每天完成学习任务的前提下，可以适当放松一会儿，但一定要控制好自己。建议每天看电视时间不超过一个小时（最好睡觉前看），上网时间不超过一个小时（完成作业的前提下），最好等父母在家再玩游戏。应多背诵英语、政治等书本知识。协议人分别是我、老公和儿子。

儿子看了看协议内容，嘴角向上一斜，眯着眼睛，对我投来讨好的目光。儿子问我能不能给他放手一搏，让他好好玩游戏，看一看到底能不能在玩中取胜，争取能在游戏中取得成果。我一口回绝儿子的想法，下意识告诉他时间宝贵，学习不等人。成绩好是学生的目标，儿子不能做玩游戏的败将，要做学习上的王者。儿子噘着嘴巴，虽不乐意，但也只好勉强点头答应。因为，中考、高考都是儿子必经的两大挑战，只有准备充分，才能不畏艰难，沉着应对。

寄 语

孩子出生以后,我的工作更忙碌了,也很少有时间能安安静静坐下来写点东西了。但记录生活是我的一个爱好,尤其是与孩子相处的日子,总有或多或少的涟漪在心头回荡。这种情感在不经意间越聚越多,到了不得不抽出空隙,悄悄诉诸笔端的程度。其中乐趣,作为母亲,我特别珍惜。

喜 悦

老公在外打拼的精神实在令我佩服,所以这次回来我好好犒劳他一顿。5月29日,我和老公买的第二套房子(其实是不足40平方米的小商品房)也拿到了钥匙。我们特别高兴,虽然我们的债务又增加了十倍多。只有这样,我们才有奋斗的动力,老公如是说,让我茅塞顿开。连上幼儿园的儿子也是神采飞扬的,尽管他不知道家里有什么喜事。儿子一个劲地向老公要玩具,因为六一国际儿童节就要到了。没办法,我在商场为儿子买了一双带闪灯的凉鞋,两件衣服,既省钱又实惠。眼看端午节马上到了,今年的节日里一定会有更多开心的成分吧。

回 家

　　这次公休,我没有浪费时间,而是选择了回乡下一趟。儿子一放假,我就让公公把他带回老家了,因为我没有时间照顾他。回乡前一天下班的时候,我买了西瓜、香蕉、果汁、面包等儿子最喜欢吃的东西。早晨起来,我收拾收拾空着肚子到路边等车。天气特别炎热,回乡的人不知为何也很多。没有座位,我一路站立。不知儿子最近学习怎么样了?我给他带回家的草稿纸用完了吗?他的画画有长进吗?农村的生活环境他受得了吗?蚊虫叮咬,他的皮肤过敏吗?一路上我想得挺多。车到站了,东西虽说不多,但挺沉,我左右手并用都不行,幸运的是路过的同村人帮我拎东西。刚到家后门,我就迫不及待地喊着儿子的名字,大老远就听到儿子清脆的应答声,他一阵风似的跑到我身边。我丢下东西,抱起儿子,又是亲脸又是贴额,脑子里满是拥抱儿子的快乐。中午婆婆到村里长辈家赴宴,我烧饭做菜,忙得不亦乐乎。吃过饭,我哄儿子睡觉,给他讲故事,陪他看电视。下午,等他睡熟了,我悄悄跟婆婆交代了几句就上车往回赶,因为第二天我还要上班。后来,我打电话询问儿子有没有闹情绪,婆婆说儿子一醒来,就嚷着找我,他要和我一起到县城来。儿子的第一句话就是质问我为什么上班,为什么不带他回去,我没办法向儿子解释清楚,简单说几句好话,放下听筒,整理手头上的公务事情。我知道:作为父母,都有不可推卸的责任,那就是让下一代过得比自己更好、更幸福!这也是我们为之奋斗的目的和价值所在吧!

奖 励

　　昨天晚上，五岁的儿子兴冲冲地对我高声说道："妈妈，我们老师说明天月考。老师还说，如果考双百，还给我们发礼物。"我随声应和了一下，也没当回事。谁知早晨一起来，儿子揉着惺忪睡眼，问我准备送他什么礼物。早晨的时间对我来说简直是分秒值千金，我根本没在意他说这句话的意思，没加理睬。他可好，干脆赖在床上不起来了。我是丈二和尚——摸不着头脑，好言相劝半天。这还得了，小小年纪就学会这一套，开始威胁大人了。快到校车接送时间了，我只好违心地对他说，如果考得好，一定奖励他。带着这样的鼓励，儿子喜滋滋地一骨碌爬起床，动作迅速，相当敏捷。儿子临走的时候一再要我说话算话，不能撒谎。教育儿子的方式来不得半点马虎，答应他的事情我必须执行，要不然我不信守承诺，他下次不再信任我了。下班回去后，我到小区门口的蛋糕店给他买了盒蛋糕作为这次月考的奖励，相信他一定喜欢。

积 木

　　儿子有一段时间没有再要求买新玩具了，因为他爸爸从外地回来，对他进行了耐心教育和心理疏导。这次我到省城学习，下课时间到超市转转，看到一包积木，我便毫不犹豫地买下了。我知道把积木带回去儿子肯定乐坏了，因为他早就有这方面的兴趣，家里的奥特曼系列他已经玩腻了。这两天放学回来，他专心搭积木，我则用心烹饪，我俩互不干扰。积木是降价处理的，儿子搭好的建筑经常没来由地倒下了，这下可好，他挑起了我的毛病："妈妈，玩具是不是假的？太松了,搭不紧,老是东倒西歪。我不要假的东西,你给我重新买吧。"老公也在一旁添油加醋地数落我:"叫你不要买玩具,你偏不听,现在是你的不是了。"我没有吱声,摸摸儿子的头,俯身对他说:"对不起,下次保证不买便宜货了。"儿子没再和我较劲,继续搭积木。晚上躺在床上,我语重心长地告诉儿子:"现在有好多人都下岗了,没钱生活。我们不能乱花钱,要把钱储存起来,将来好帮助他们。"儿子似懂非懂地点点头,很快就进入了梦乡。看着熟睡中儿子嘴角露出的笑容,我知道他又做了一个美梦。

失 约

因为家里有事,星期五下午儿子被他爷爷接回老家了。儿子走得很晚,从幼儿园回来就已经五点多了,再加上直达我们村的只有一辆班车,从合肥返回的时候已经六点多。我把他们送到车站,儿子硬是拉着我的手不肯离开。当时,我跟他许诺会跟下一班车回家,叫他在家等我。车子到站的时候,他爷爷在前面拖着他,我则在后面推着他,就这样儿子被我们强行送回老家了。我知道我回不了家,我也深知欺骗幼小心灵的最大坏处,但我又有什么办法呢?夜渐渐深了,不知儿子是不是平安到家了。我按捺住不安的心,在电话机前胡乱地翻着书,尽量不去想儿子的哭声和哀求的眼神。一声清脆的电话铃响起,我立马抓起话筒,一听就是儿子在电话那头低低的啜泣声。我大声喊着儿子的小名,跟他解释妈妈失约的原因。真的,大人有的时候是无法让小孩子心服口服的,反而觉得语言真的是一种无用的东西。我知道,我说得越多,孩子越伤心,对儿子千般的爱只能借助传声筒表达,尽管儿子他不再接听我的电话了。儿子对我失去了信任,他再也不敢离开我半步了,即便再晚或者再远的地方,他都不愿意一个人留在别人家里睡觉,非得跟着我回来。他说我经常说话不算数,说好了又改变。是的,我一定要下点功夫,争取儿子的理解,以后绝不食言!这不,我已经做好接他回家的一切准备了,晚上好好安慰他,这样他才有精神接受下一个星期的新课程!

夏至的清晨

今天是夏至,我早晨四点半就起床了。如果你要说我太勤快的话,那你就褒奖我了,因为我的宝贝儿子玩电脑的劲头比我还大,只要你在电脑前,他保证不让你消停,吵着闹着要抢鼠标。晚上他睡觉很晚,非让我陪他才肯睡。为了不影响孩子的学习,为了照顾我那几天没顾打理的牧场和农场,为了避开儿子的无理取闹,这不,今天我起了个大早,偷偷地玩起电脑了,还不时去察看正在熟睡中的儿子。

夏至到了,意味着天气越来越热,暑假即将开始了。对于宝贝儿子的暑假安排,我真的有点两难。公婆是愿意接受儿子到农村生活的,但鉴于农村蚊虫较多,酷暑难耐,生活用品不充裕,我是不忍心将体质较弱的儿子送回农村的。这样的话,我将丢掉许多和同学、朋友聚会的机会,当然也避免不了许多儿子因跟我不合而产生的厉声呵斥的场面。我给儿子报了暑假班,那是他一直都喜欢的美术课。美术老师是相当优秀的范老师,人长得挺漂亮,穿衣也好时尚,而且她是三节美术课连着上的,前来学美术的学生也相当多。现在的家长对孩子真是舍得投入,都想将来有一天自己的孩子在社会上有一个立身之本,或者是一项特长吧。我也是这样的家长,希望我的宝贝儿子今年能过一个有意义也更有收获的快乐暑假!

分科

今天下午孩子到校报到，这是高一下学期。这个学期学校进行分科，重新分班。经过期末考试和学校加试，孩子选择上理科，由 19 班转到 26 班。接连多日的阴雨，我和老公必须提前准备好孩子在校住宿的所有物品。就在即将离开家去学校的前几分钟，孩子默默地交给我一份荣誉证书。我打开一看才明白过来是学校给孩子颁发的"三好学生"证书。想想孩子刚到校报到时，第一次住宿，第一次独立学习，第一次坐车回家，第一次独自吃感冒药，我是十分担心，也是万般不舍。现在一个学期已经顺利结束，孩子经历了多次测试、联考、比拼。虽然孩子不是最优秀，但每次获知孩子一直在前进，一直在努力，一直在加油，我心里甚是欣慰！孩子，不是父母期望太高，而是为父为母觉得唯有向上攀登奋斗，才知理想的神圣和脚下的力量！孩子，祝愿你一步一个脚印，扎扎实实，记住年少的每一份艰苦付出，珍惜每一个快乐的收获！

字条

下午下班，我和你爸爸开车来学校看你了，主要想给你送点吃的喝的。这个时间点，你应该下课了吧？也是你和同学最快乐的晚餐时间。几千名学生共用一个食堂，楼上楼下的餐厅里面都是人。同学们个个喜笑颜开，吃得美滋滋的。记得好几次我去学校食堂找你，见你一面，看能不能在你上晚自习前和你说几句心里话。妈妈十分想了解你在学校学习和生活情况，要不要妈妈多给你些零花钱。因为学校不准住校生配备手机，我无法联系上你，也不知道你的准确位置。我在门口蹲守,眼睛眨都不敢眨一下,紧紧盯着进进出出的人。等到最后一个学生吃完饭,餐厅打烊了,我也没有发现你的身影。我只好十分沮丧地离开了,重新返回你房间给你留了字条,告诉你妈妈来宿舍看过你。这次,我把家里的拖鞋带来了,把上一次临时在学校超市给你买的拖鞋带回家了。爸爸让我给你买了一箱高钙纯牛奶、三瓶苏打水、三件换洗衣服。然然,妈妈一再叮嘱你现在学习任务重,要多喝牛奶,多吃鸡蛋,补充营养。晚上学习不要太熬夜,全校熄灯后,你就先洗漱后休息。饿了的话,吃一点点饼干。你正在长身体,不能让自己饿肚子。

打气

孩子高考前的几次模拟考试,成绩都不理想。父母又不能给他太大压力,我们想方设法给他鼓劲,希望他信心满满地冲刺人生的第一次大考。老公学着我的做法,也给儿子写了一段话:

超然,你好!进入高三以来,你的成绩一直下滑,爸爸和妈妈也是看在眼里,急在心里,却也无能为力。想提高成绩,只有靠你自己勤奋学习!虽然你的成绩有所下滑,但也不是没有希望能迎头赶上。距离高考还有两个月时间,爸爸已给你写了个学习计划,望吾儿能按时间表努力学习。

空军招飞你的体检已经通过,但是对文化课也有一定要求,机遇难得。高考成绩超过一本线100分更有机会读北京大学、清华大学等名校。父母希望你在这两个月里对学习引起重视,一门心思学习,克服一切困难!父母相信你能做到,与你一起加油!相信自己,付出一定会有回报!十几年的学习就看这两个月了。

预祝超然:高考顺顺利利,人生走向辉煌!加油!加油!

一封家书

大学开学了。孩子考上的是军校,属于提前批次。孩子要去长春报到,我和爱人一起送他。这是孩子长这么大第一次出远门,作为家长,要护送到校。去的时候,我们买的是 7 月 29 日的飞机票,下午 2 点半从合肥出发,5 点到长春机场,6 点坐机场大巴到儿子的学校。离学校正式报到的时间还有两天,我们在学校附近寻找宾馆。我们先到速 8 酒店,一打听房间都满了,只能提供一天的住宿。我们买的返程票是 8 月 1 日的,需要住宿三天。我们只好到另一处丽枫酒店询问,宾馆服务员告诉我们只能住两天。长时间坐车,再加上步行几公里,一家人都十分疲倦,不想再找其他宾馆了。我们很犹豫,央求宾馆服务员良久,让她尽最大能力帮助提供住宿三晚的房间。功夫不负有心人,我们最终如愿以偿。

长春一直下雨,两天时间我们都没有外出,一直在宾馆里休息。31 日下午,吃过饭,我们送孩子到学校。学校不对外开放,所有家长一律止步校门外。在学校门口,我、爱人、孩子,每人用手机照了一张照片。孩子一个人拖着拉杆箱,背着书包,攥着身份证,即将踏入学校。我万般不舍,忍着泪水,在孩子耳边一声低语:孩子,让妈妈抱一抱你,好吗?孩子迅速回转身,轻轻和我拥抱了一下,立即跨入安检处。看着孩子走进护栏,进行逐项登记和接受检测,我和爱人绕着护栏跑圈,盯着孩子完成一个又一个十分严格又规范的入学手续。等确认所属的班级、寝室、队别信息后,孩子们都在教学楼下整队集合,分批由学长统一带入指定宿舍区。长长的队伍,一批又一批拥入校园,我们一直到远远看不见孩子才肯收回目光。

校园进不去,也不知道孩子的宿舍什么样。为了不留遗憾,我和爱人沿着学校外围散步,东西南北四个方位,花了两个多小时,走了整整一圈。有的家长是顺时针走,有的家长是逆时针走。这所学校是全国招生,家长们互不相识,但心是相通的,挂念孩子的情是一致的。看到许多爸爸妈妈都是泪流满面,喃喃自语:孩子,你要学会坚强,勇敢挑战,坚持到底,克服困难。可怜天下父母心!这种情真挚、热烈、善良、珍贵,深沉而伟大!

开学后,孩子就要进行严格训练。为了鼓励孩子,让孩子坚持住,班长要求我们开学一个星期内给孩子录制 1 分钟的视频和写一封鼓励信。视频是我请姨侄媳妇亚萍帮助录播的,我、爱人、大姐、伊一、奕可,五个人共同喊了一句话:"徐超然,你真棒,加油!耶!"语调一致,有大人的声音,也有童声,很是融洽,孩子看了一定会开心。信是我和爱人商量写的,先由他写初稿,然后我再修改定稿和誊写。断断续续准备了两天,我誊写了 5 遍,只要发现一点点不工整,我就立刻从头再写,目的就是想让孩子看着妈妈的字迹舒服,感到有力量,体会父母的关心和爱。

信总共写了 3 页,8 月 11 日寄给班长,由班长代转给孩子。班级在规定的时间让孩子统一看家里的视频,统一阅读家书。孩子春节放寒假回来,把信原原本本地带回来了,信封完好无损。我问他为什么没有打开看一看,他说他能理解父母的心思,猜都不用猜就知道写了哪些话。真是知母莫若子。虽然我心里不悦,但儿子在学校表现突出,班长认可,同学称赞,只好由他了。

孩子现在上大二,学校开设了十几门课程。学习任务重,时间紧,训练多。封闭训练,野外生存,还有其他专业技能课,孩子都得到了实际操练和检验,也是顺利过关。从其他家长那里得知这个好消息,我悬着的心终于放下来了,经常和老公高兴得不得了,直夸孩子懂事,长大了,进步不小。

信一直被我收藏着。这些天特别想念孩子,没有忍住,我把信悄悄打开封口,从头到尾看了许多遍。每看一遍,眼睛都湿湿的。

超然:

当你打开这封信的时候,开学已经十多天了,你和爸爸妈妈分开也十多天了。你很少离开父母这么长时间,我们十分想念你。长春离我们家挺远的,我们经常关注长春的天气和其他情况。你在那里一切都好吗?学校的生活习惯吗?你学会整理内务了吗?军训正式开始了吗?你训练的时候是什么样子呀?爸爸妈妈相信:你一定是最棒的,你一定会做到最好!

军训是一种挑战,不光考验一个人的体能,更考验一个人的毅力和意志。最大的困难不是别人多么优秀,而是如何刻苦训练让自己变得出色!爸爸妈妈很羡慕你,这么小的年纪就参加军训,能接触真正的军营生活。军训是丰富多彩的,也是你大学生活的美好记忆。虽然偶尔觉得有点枯燥,比如叠军被、走正步,但你同样要严格要求自己做到完美。每一项任务要一丝不苟,每一个动作要准确无误。

军训的时候是不是有一点苦呀?你要战胜自我,时刻为自己打气,坚持就是胜利。每一次的突破一定会让你有超越自己的感受和快乐!爸爸妈妈希望你发扬不怕苦、不怕累的精神,要坚强、勇敢、自信、奉献，为自己的人生道路打下坚实的基础。只要刻苦努力下去，你今后必将一帆风顺！

军装最美丽，军歌最嘹亮，军人最自豪。超然，军训时要有团队精神，寻求团结的力量，珍惜同学间的合作。爸爸妈妈希望你在学校要听班长的话，服从教导员和队长的命令。有困难、有想法不要憋在心里，要积极主动和班长沟通。平时生活和训练学习中，要团结同学，互相帮助，活泼开朗，共同进步！

加油，徐超然！徐超然，加油！父母永远相信你！希望你努力拼搏，不负众望！爸爸妈妈为你骄傲，家族亲人为你自豪，同学老师为你喝彩！雄鹰从长春起飞，英雄从你们中走出！

超然，这封家书是爸爸和妈妈共同完成的。爸爸写初稿，妈妈修改定稿和抄写。

你就是传奇

最近只能用"忙碌"二字来形容。一边关注着大家庭里两个孩子的高考录取结果有没有公布，一边牵挂着冒着高温开展 12 天野外生存挑战封闭式训练的儿子能否顺利过关、平平安安。内心深处，希望孩子们都能所愿皆美好，所遇皆坦途。

昨天晚上，我一直揣着手机，期盼着儿子的长途电话。可以说机不离身，生怕误了接听。临近 10 点，电话铃响起，是儿子打来的。我的心终于放下了，一时间，强行压制着激动，一连串追问儿子：你累不累？你晒黑了吗？你瘦了吗？你觉得苦吗？拉练行程 200 多公里，你脚起泡了吗？训练中，有风有雨，你受委屈了吗？你哭了吗？

教导员告诉我们，这次拉练任务紧张，有难度、有挑战，你们表现出了很好的自己，克服了很多的困难，成长进步了很多，你们队获得集体第二名的好成绩。妈妈得知后，热泪盈眶，真心为你的成长感到高兴和欣慰。孩子，你永远比父母想象的更坚强、优秀、勇敢和有毅力。你说，明天你就正式升入大二，能坐在教室里开始新课程的第一课。孩子，妈妈想对你说的话很多很多，千言万语汇成一句话：孩子，你真棒！逐梦蓝天，追求卓越，是你的梦想！父母希望你拥梦前行，无惧艰苦，浩瀚星辰，拥抱从容！

孩子,你知道吗?妈妈刚才看了有关信息,不看不知道,一看方醒悟,你出生在神舟五号飞往太空的前一天。2003年10月15日,中国第一艘载人飞船神舟五号在酒泉卫星发射中心发射升空。中国成为世界上第三个独立掌握载人航天技术的国家,航天员杨利伟是浩瀚太空中的第一位中国访客。你的生日,真的好特别。

我和你爸爸结婚是真正的裸婚,我们无房无车。2005年,考虑到你要上学,我们急需在县城买一套房子。爸爸妈妈上班时间短,手上没有过多的积蓄,也没有全额付款的能力。家人和亲戚也很困难,无法提供帮助,心里十分苦恼。

我和爸爸费了好大劲终于购房成功,感觉很幸运。那个心情,比中大奖还要甜蜜数十倍。我们选购的房子是期房,只能在图纸上看到房屋结构。接下来的日子,我和爸爸天天辛苦工作,努力挣钱还贷。春节前,我们迫不及待地凑齐房屋公共维修基金,办好其他手续,拿到新房钥匙。

2006年,我们家开始装修房子,妈妈给你挑了一个别致的神舟五号顶灯放在你的房间。当我告诉你给你买了"飞船灯"来照明时,你开心得手舞足蹈。装潢工人说我落伍了,笑话妈妈不知道神舟六号飞船都发射成功了,怎么还会买神舟五号的图案。我心里明白,神舟五号与你很有机缘,所以,我不改初衷。

2007年春节过后,你被妈妈接到县城和我一起生活。自此,你开始了漫长的学习时光。幼儿园3年,小学6年,初中3年,高中3年。上学15年,你一直很聪明,学习成绩优异,同学关系亲密,老师校长关爱,年年被评为"三好学生"。中考时,你沉着答题,发挥出色,顺利进入肥东一中"特快班",开始住校。妈妈一直放心不下,经常悄悄到学校给你送东西,但很少见到你的面。我流连校园,迟迟不肯归去。回家后,我在书房给你写了一首鼓励诗:心中时刻牵挂,寄语吾儿奋发。

和睦湖畔住名校,学习拼搏希记牢。师爱同窗追梦跑,青春理想凌碧霄。久久伫立于欣欣向荣的校园,目光所至,心绪所在。一切皆有可能,一切皆不可知。相信,又一个三年,肥东一中定会花红叶茂,满园芬芳,硕果盈枝,桃李满天下!孩子,加油!加油!加油!

很快到了高一下学期,你又参加全校分班晋级考试,成绩喜人,由"特快班"转入"重点班"。2020年9月,你升入高三年级。开学不久,南京空军招飞局到你们学校进行飞行员选拔演讲。你去听了,而且也积极报名了,参加第一轮全面体检和初选。幸运的是,全校那么多学生报名,只有5个人合格,你就是这5个人之中的一员。

3个月后,你去南京参加复选,妈妈天天都想着你的体检和心理测评。在结果出来前半个小时,妈妈正在参加冬季浮槎山5公里毅行比赛。车子刚到山脚下,老师告诉我你成功通过复选。妈妈开心极了,这个好消息给妈妈带来了无穷的力量和信心。我一口气爬到了山顶,在长长的队伍中获得第一名的好成绩。那一天,我们家可以说是双喜临门。

日子很快恢复平静,3个月很快过去,你要参加定选选拔。学校席主任右腿受伤,行动不便,妈妈获准陪同你一起去南京参加测试。虽然我也在南京,但你是封闭管理,家长不得在招飞局附近走动。妈妈天天焦急万分,心理压力大,过于紧张,出现严重的水土不服,只能喝稀饭,身体消瘦很多。在回程的动车上,席主任打电话告诉我你定选成功的喜讯。

临近高考的日子,我们从出租屋搬回自己家里住。妈妈负责做饭,爸爸负责接送。高考成绩公布后,你很幸运,一分不差地达到招飞最低控制线(一本超30分)。对于这样的分数,我们没有足够底气,天天担心,天天煎熬,紧张得不得了。孩子很不容易,从初选、复选、定选到家访、政审、高考,再到最后综合考评,真的好辛苦。你每一关都顺利通过，一直坚持做到最好。我们全家人在焦急的等待中，盼来了南京招飞局正式录取你为空军飞行学员的喜讯。妈妈的心，终于可以放下了。你是好苗子，通过层层选拔，不畏艰难，顽强刻苦，不放过任何选拔的机会。当你捧着录取通知书站在领奖台上的时候，"你就是传奇"这几个字显得如此显眼和真实，爸爸妈妈为你感到高兴和自豪，在台下向你频频点头和鼓掌微笑。

十年前，有位古文字专家对我说，我们给你起的名字特别好。妈妈的名字加上你的名字，合起来是《道德经》里面的一句成语"虽有荣观，燕处超然"。妈妈十分惊喜，2022年新年第一天，邀请一位书法家写了这8个字，珍藏起来。爸爸很开心地说，他当年考上的学校，所学专业与你的专业也很有缘分。他学的专业是航空摄影测量，你学的专业是航空飞行与指挥。对于我们来说，你，就是传奇！

孩子，你是幸运的。在大学，你仍要继续刻苦学习，尊敬教官，团结同学，拼搏进取。记住一句话：最好的贵人，就是努力的自己，每个人都是靠自己的本事而受人尊敬的。立高山之巅，方见大河奔流；于群峰之上，更觉长风浩荡。没有比人更高的山，没有比脚更长的路。爸爸妈妈希望你万事顺遂，如履平川！

善意的谎言

2008年早已过去,各行各业又开始如火如荼地工作着。老公回到原单位上班了,我和儿子依旧重复着三点一线的生活——家、单位、幼儿园,虽然辛苦,但也是其乐融融。回想着发生在我、儿子、老公三个人之间的亲情故事,我至今仍感觉欣慰不已。

去年夏天,老公从外地出差回来,他知道我经常练笔写稿,特意给我带了几支水笔。儿子不甘心老公的冷落和疏忽大意,答应要买的玩具怎么也找不着,干脆把老公的旅行包翻了个底朝天。

老公耐心向儿子解释:他并没有忘记买玩具的事,玩具已经买好了,放在包裹里。交警叔叔说了,长途汽车上面不准带玩具,必须从邮局寄到家里。现在,漂亮的玩具正在由邮递员叔叔开着大卡车从上海往我家运送呢。两天后,玩具就能安全准时到家,到时候保证让你高兴得不得了。儿子将信将疑,一脸疑惑地望着我,眨着大眼睛不吱声。我乘机给老公打了个圆场,告诉儿子爸爸说的句句是真话,没有骗他,邮递员叔叔刚才还打了电话,核对我家的地址呢。儿子没有再说话,飞奔卧室继续玩他的"过家家"游戏,我和老公对眼笑了笑,一同进厨房做饭。

有的时候,大人早忘了说过的话,小孩子却牢记在心。两天时间很快过去了,儿子开始追问玩具的下落。老公又开始自圆其说。他拿出中国地形图,铺在餐桌上,戴上眼镜,拿着放大镜,像极了电视上的军事指挥员。他一会儿看看地图,一会儿用手比画着,嘴唇上下蠕动,并不出声,踱着方步转圈,仿佛在精心策划一件极其重要的事情。儿子的目光随着老公的身体来回移动着。渐渐地,他有点不耐烦了,开始吵闹,发脾气,乱扔东西。老公亮开嗓门说惊险了:"宝宝,现在是夏天,天气特别热。邮递员叔叔想快点把玩具送到我家,所以他超速驾驶。可是车到半路上,车胎爆了,他们正在高速公路上紧张维修呢。依我的计算方法,大概明天就能到我家。你先别急,很快就有新玩具,你可以带到幼儿园和小朋友们一起玩。他们绝对羡慕你,老师也夸奖你,那该有多好啊!"儿子抿了抿嘴,点了点头,不声不响跟着大姨上幼儿园去了。这下,老公捅的"娄子"越来越大,真的有点收不了场。

下班之后,我特意赶到玩具店看看。知道儿子对遥控挖掘机心仪已久,狠心花了八十多元钱买下了。回到家,儿子还没回来。我将买玩具的事悄悄告诉老公。老公如获至宝,也解了燃眉之急。儿子从幼儿园回来,看到漂亮的挖掘机,只知道一个劲地趴在地板砖上来回"驾驶"着,至于玩具的来龙去脉早忘得一干二净。老公吃力地弯下啤酒肚,十分爱怜地摸着儿子的小脑袋,抱起儿子放到沙发上。儿子亲亲老公的嘴巴,又亲亲老公的鼻子,歪着脑袋质问老公:"爸爸,你怎么不让邮递员叔叔等我回来呀?要是这样的话,我就知道他们是怎么把车修好的呀!我要告诉我的小朋友,邮递员叔叔给我送玩具好辛苦。我要让他们在我家吃饭。爸爸,你怎么不留住他们呀?"老公一脸尴尬,苦着脸赔笑着:"邮递员叔叔说了,只要你听爸爸妈妈的话,健康成长,下次我一定给你买好多好多的玩具。"儿子似有所悟地点点头。我放下围裙,端出香喷喷的饭菜,晚饭开始了。

晚饭后,我到厨房洗碗。老公又和儿子说开了。他说:"孩子,这个玩具不是邮递员叔叔送来的,而是妈妈从商场买来的,她知道你会喜欢得不得了。对不起,爸爸不该骗你。我工作的地方是在边远的山区,交通不便,那里没有漂亮的商场和可爱的玩具,爸爸没有时间到外面逛街购物。以后,我经常不在家,你要听妈妈的话,要爱护妈妈,要乖,不要让妈妈操心,好不好?……"没等老公把话说完,儿子一骨碌爬到沙发背上,双手扶着墙壁,对着厨房大声喊道:"妈妈,我爱你!谢谢你给我买的玩具。"我心里感到甜滋滋的。

梦中的歌声

儿子最近比较贪玩,从早到晚就知道在小区的广场上骑自行车。每天都累得满头大汗,他也是乐此不疲。早晨睁开眼,儿子就嚷着把自行车从五楼扛到广场上骑,下午也要骑车,直到晚上小区里家家户户都掌灯了才肯回家。晚上回到家,洗过澡,他就乖乖睡觉了。

我的许多家务事情,都是在儿子熟睡后完成的。今晚也不例外。收拾好碗筷,再洗锅刷碗。白天上班,时间很紧,晚上就把衣服洗干净。打开衣柜,整理儿子的衣服,发现儿子去年穿的衩裆裤还是大半新的,今年要穿就该改成满裆裤了。家里没有缝纫机,我又没有学过缝纫,只好用手工缝改。可惜我手工活又不十分在行,干得特别慢。别人只用三分之一的时间便能完成,我却耗上两个多钟头才改好五条裤子。不知是心急,还是睡意来袭,还有几针线就快结束的时候,针头深深扎进中指,鲜血直流,不得不停下来。

"我的好妈妈,下班回到家,劳动了一天,多么辛苦呀……"稚嫩的歌声急忙召回刚到书房的我,直奔向儿子的房间。好哇,玩累一天的小家伙,睡得如此香甜,竟然在做梦,还在梦中清晰地唱着歌呢。我轻轻推了推儿子,只见他小嘴巴不停地嗫嚅着,含含糊糊,语无伦次地小声嘟囔着,大概是说"我还要唱,我还要唱",嘴角的口水汩汩流向枕巾。我帮儿子擦去口水，亲了亲他的小脸蛋，在他的小屁股上轻轻拍打着拍子，低声哼着摇篮曲："宝宝快快睡觉觉，明天妈妈早早送你上学校，老师和阿姨都把宝宝来抱抱……"看着儿子又进入甜美的梦乡，我小心翼翼地关上房门，蹑手蹑脚地打开台灯，扑到书桌上，拿出纸和笔，写点关于儿子的几个小片段，伴随儿子快乐成长，当作美好回忆。

儿子比较喜欢看电视。每天早晨起床后，他便会打开电视收看少儿频道。有的时候电视节目都没开始，他也要守着电视不离开，连洗脸、刷牙都要跑到电视机前边看边做。儿子最中意动画片，只要哪个频道播放动画片，他都收看，决不允许他人更改呢。儿子吃饭的高难度任务很多时候都在电视机前完成。

儿子在幼儿园学会画画。老师教儿子的第一张画便是画一只小鸭子。儿子的画线条优美、轮廓分明，"小鸭子"画得活灵活现，画面的意境也很独特。为了奖励儿子的聪明伶俐，我特地从平价超市给儿子买了一块粉红色的大象牌画板，他特别喜欢，天天都在上面画图写字。

上次老公回来，儿子缠着他要买玩具。老公只好带上他打的去老街买了一架电动直升机，价格相当昂贵。从此，儿子趴在地上开飞机，老公跪在地上拾垃圾。晚上，儿子也不忘把飞机带上床睡觉，还说长大要开飞机带我上天，只允许老公在地上开火车。你说，小小年纪，多霸道啊！

兑奖的乐趣

儿子喜欢吃零食,经常在小区外的商店货架上自选。所以,哪种零食好吃,哪种不好吃,哪种零食袋中有奖,哪种零食袋中无奖,他都十分在行。最快乐的时间莫过于他要我查看查看零食袋中的兑奖券。

现在,小孩子们的零食种类繁多、五花八门,经营商们更是绞尽脑汁。为了得到孩子们更多的青睐,赚得更大的利润,经销商们展开了一场营销竞赛。有的在分量上下手,采取加量不加价,多买多送;有的在包装上做功夫,多用电视、报刊上的动漫图案作标志,吸引小孩子们的注意力,提高小孩子们的购买欲;有的则在袋中附上一个兑奖券,采取额外奖励的方式馈赠顾客,尽管中奖概率十分微小。我的儿子对辣条、旺仔QQ糖、咖喱豆情有独钟。不光味道可口,就连包装袋上的开袋有奖活动也会让儿子高兴半天。每次买到手,儿子并不急着吃,而是把袋中的食品全盘倒出,扒出食品,拣出兑奖券,然后飞奔地送给我,让我看看中奖了没有。尽管十袋中只有一袋或两袋的中奖机会,儿子也是津津乐道"中奖了,中奖了"。再后来,买回来的零食袋,儿子喜滋滋地跑到小区外的商店,踮着脚,拿着兑奖券高举一双胖乎乎的小手,两只睁得大大的圆眼睛,一眨不眨地穿透玻璃盯着兑奖阿姨的脸,生怕阿姨说他的兑奖券无效。接过奖品,儿子张开紧闭的双唇,一溜烟似的跑回家,与我一同分享中奖的快乐。

再过几天,幼儿园就要开学了,儿子也就结束他的快乐假期。问他最快乐的事情是什么,他不假思索,随口而出"兑奖之乐"。小小年纪,这么快就学会了满足于不劳而获,看我日后不好好教育你。食品袋里放上兑奖券,这是多数商家想通过投放兑奖券,变着法子激发孩子们的购买欲望,从而得到更多利润的一种营销策略和伎俩。

儿子把兑奖这件事当成一项活动,一种乐趣,想必会成为他童年时光里非常难忘的回忆吧!

带儿子逛公园

儿子在幼儿园学会了《跟妈妈逛公园》这首歌,最近几天一直唱个不停。问他是不是想逛公园,他把头点得像小鸡啄米。想想也是,暑期都快过去一半了,我都没有时间陪他逛过公园。周日我休息,便答应下午带他到县城沿河路文化广场去逛逛。听说,那里是县城内小孩子游玩活动内容最多、场地最大的地方,也是县里唯一的一座儿童乐园。

夏日,骄阳似火,热浪逼人。早晨儿子喜欢赖床,中午我便简单烧了两个菜,儿子也是稍稍吃了几口饭。然后儿子开始午睡,等着下午的到来。儿子睡觉前,必须听上一两个故事。别看他年龄小,可他对故事质量的要求却特别高。如果你说的故事没有情节,不精彩、不感人、不惊险,他是不会让你继续讲下去的。我在书橱里找了半天,也没有找到符合儿子胃口的故事书。像《龟兔赛跑》《井底之蛙》《哪吒传奇》《葫芦兄弟》之类的故事,他早就听腻了。我只好绞尽脑汁、搜肠刮肚编造了几个情节,在儿子听来还比较生动可信。我也总算完成任务,交了差。

下午五点,我和儿子坐上 1 路公交车出发了。在规定的站牌下车,然后步行 6 分钟才到广场大门。站在门前,放眼望去,广场上到处摆放着各种各样的儿童游乐器材。每种器材前都围着成群的大人和小孩,到处都能听到孩子们的欢笑声。我和儿子停留在蹦蹦床前,因为蹦蹦床是整个园区游乐设施中的最高处,俗话说"站得高看得远",这样,儿子既可以玩蹦蹦床,还可以观看别处"动态",可谓一举多得。儿子很少参加室外活动,所以胆子特别小。在整个蹦蹦床上,比他大或比他小的孩子都是生龙活虎,又是蹦又是跳,一会儿前趴一会儿后仰,怎么过瘾怎么玩。儿子则小心翼翼地察看"地形",太高的地方不攀,太低的地方不钻。我示意儿子不要害怕,鼓励他大胆蹦跳,妈妈会保护他。儿子渐渐胆大起来,也会想着法子玩得开心。

四十分钟后,儿子满头大汗,双颊绯红,开始转移目标,发现旁边不远处有几个小孩坐在小电车上转圈,这就是开火车运动。他径直奔过去,选择火车头的位置,得意扬扬地回头看看他身后的几个小伙伴,又冲我张大嘴巴笑着。我拍拍手,竖起大拇指伸向儿子,儿子更是喜笑颜开,眉飞色舞。儿子的火车头当得特认真!只见他一会儿下来检查轨道,一会儿下来察看其他几节车厢的运行情况,然后信心十足地跳上火车头,继续领路运转。开熟了火车头,儿子蹲到一个"钓鱼池"前。所谓的"钓鱼池",就是用几个橡皮气垫圈起来,中间倒上一桶水,水中放几十个塑料鱼,再配上几个塑料凳子和几根带有吸铁石的塑料钓鱼竿。池边已经有好几个小孩在大人的陪同下"钓鱼",儿子毫不犹豫地参加进去。起先,他并不知道钓鱼竿的吸铁功能,怎么钓也钓不上来,后来模仿我钓了好几条"小鱼",甭提有多高兴。

太阳早不知去向,天空乌云翻滚,一场大雨即将来临。兴致正浓的儿子在我的万般要求下离开"钓鱼池"。坐上出租车,司机加快油门,向家疾驶。晚上,儿子在满意的笑声中渐渐熟睡,我端详着儿子的小脸蛋,抚摸着他的额头,一股幸福无比的暖流涌上心头。老公常年出差在外地,我和儿子相依相偎。在父亲的眼中,我是个永远长不大的女儿,可在儿子的眼中,我却是他无所不能的妈妈。儿子的点点滴滴就是我全天的守候,儿子的喜怒哀乐则是我无尽的情由。儿子,妈妈祝你健康成长,下个周日,妈妈还带你去公园,去玩电动车、射击、开飞机、吹气球,你说好不好?

纸杯中的小蝌蚪

很长时间没有打扫卫生了,家里的地板砖由浅黄色变成了灰黑色。周日休息在家,我进行彻底打扫。从卧室到书房、卫生间、客厅、餐厅,再到过道,南北阳台,虽然工作量很重,但我打扫得格外细心。

阳台上摆放了七八盆花,好久没有施肥、修剪和浇水了,花盆底下的泥水污痕延伸得很长,快接近客厅的地板砖了,我只好把花盆一个个挪走,用拖把拖。当把花盆拖到阳台的拐角时,我发现儿子的纸杯,不得不停下来,端起杯子瞧个究竟。不看不知道,一看吓一跳。天哪,这哪里是纸杯,简直是儿子的"百宝箱",里面盛满了桃皮、苹果皮、香蕉皮、柿子皮,凡能收集到的水果皮全都放在杯中,杯子盖得严严实实,偶尔也会泛上几个小泡泡。我正在犯迷糊,突然,一个米粒大的东西钻出果皮层,浮出水面。只见它大大的脑袋、细细的尾巴,摇摇摆摆在水中游着,一会儿这里瞅瞅,一会儿那里瞅瞅,仿佛它在探察险情,特别仔细,十分认真。心想,这大概就是儿子喂养的小蝌蚪吧。突然我感觉鼻尖发痒,不禁重重打了个喷嚏,谁知小蝌蚪受不了如此大的惊吓,早躲进果皮层内,不知去向。我担心小蝌蚪会因此受惊过度,更害怕儿子责怪我的粗心大意和缺乏爱心,自责与内疚促使我动也不动地站在原地,睁大眼睛极力地搜寻着小蝌蚪的身影。

要知道,纸杯中的小蝌蚪可是儿子的新宠。那是一次大雨过后,姐姐带他到公园里的假山池捕捉到的。假山池边的护栏很高,姐姐费了很大的力气,好不容易才用矿泉水瓶舀到一只,带回家后,在儿子的提议下放在纸杯中精心喂养。自从有了这只小蝌蚪,儿子变得特别勤快。每天早晨睁开眼,儿子一骨碌从床沿边滑到木地板上,跑到阳台,端起纸杯,叽里呱啦地跟小蝌蚪说个没完。不仅如此,儿子还要给小蝌蚪换上干净的水。儿子最关心小蝌蚪的生活问题,总是问它吃饱了没有,想着法子找果皮让它多吃,告诉它要听话,快快长大,等爸爸回来买好吃的东西喂它,更多的则是把电视上看来的动画片一点不漏地复述给小蝌蚪听。儿子和小蝌蚪的深厚感情已经远远超过我和其他家庭成员之间的感情。只要听到儿子的声音,小蝌蚪定会浮出水面,摇摇头又摆摆尾,鼓足2毫米大的眼睛一眨也不眨。儿子撇着小嘴巴,眨着小眼睛,背着手来回踱步,一副大人的模样,自鸣得意,惹得我和姐姐在一旁又是嫉妒又是好笑。儿子每天都和小蝌蚪交流好几次,无论在饭前饭后、睡前睡后,他都端来纸杯放在跟前,看上几分钟。小蝌蚪已经成为儿子名副其实的好伙伴,成了儿子交流倾诉的对象。

听姐姐说,杯中的小蝌蚪在家落户整整一个月了,它的身体扩大到原先的三倍,脑袋长大2毫米,小黑眼珠由半个针鼻孔大变成一个半针鼻孔大,身体肤色由深黑色变成浅黄色。小蝌蚪的生长环境从假山池里的生活污水变换成自来水,食物由池中的黑泥土转变为营养丰富的果皮,对它来说简直是天翻地覆的变化。儿子蹭到我跟前,高兴地嚷嚷:"妈妈,小蝌蚪可比以前漂亮多了,以前它黑黝黝、脏兮兮的,现在全身好干净,吐的小泡泡还带水果香味。不信,你闻闻,你闻闻!"拗不过儿子的犟脾气,只得听命照办。

我语重心长地告诉儿子小蝌蚪与人类一样,只有呼吸新鲜空气,在洁净优雅的环境里才能生活舒适,才会健康成长!儿子眨巴着眼睛,似懂非懂地说:"我要保护我们的地球,绝不乱扔垃圾,告诉幼儿园的小朋友不要随地大小便。保护我们生活小区的假山池不受污染,更不会让池中的小蝌蚪受到伤害!"

看来,儿子的领悟能力比我还强呢!

餐桌上的党史课

今年是中国共产党成立 100 周年，全国上下都在开展党史学习教育。中国共产党这艘百年"红船"越过急流险滩，穿过惊涛骇浪，成为领航中国行稳致远的巍巍巨轮，百年征程里，历经多少沧桑。用中共党史上感人至深的故事来教育正在读高中的儿子，牢记"忠厚传家久，诗书继世长"的良好家风，是最好的机会和明智的选择。

儿子刚上高中时，由于学校离家很远，我和爱人都要上班，无法保证准时接送。为了减轻每天接送的辛劳和紧张，也为了让儿子尽早适应宿舍的集体生活，让他有充分的学习时间，我们最终决定让儿子住校。儿子渐渐学会洗衣、打饭、购买学习和生活用品，着实让我们省了不少心。今年儿子上高三，也是高考的冲刺阶段。班主任王老师建议家长多陪伴孩子，增加营养，提高体质，适当帮助孩子减轻学习压力和困惑。于是，我和爱人商量，在学校附近租房，正式走进陪读生活。

爱人早出晚归，陪伴孩子以我为主，生活起居由我承包。每天买菜做饭，给儿子烧可口的美味佳肴，是服务好儿子的头等大事，也成了我的最大难题。我只会做几样简单的家常素菜，要想让儿子点个赞，恐怕没戏。这个想法，我自然不会勉强他。每天的饭桌上，我想着法子让他吃完我做的饭菜，尽量做到不浪费，让他体会"粒粒皆辛苦"的道理。我常常教育儿子文明用餐,实践"光盘行动",培养勤俭节约的好习惯。就这样,我给儿子讲起了党史。

中国共产党早期活动家,新文化运动的先驱陈望道,是我国近代著名的语言学家,教育学家。他翻译完成了《共产党宣言》的第一个中文全译本,为马克思主义在中国各地的传播和实践做出了不可磨灭的贡献。当时他的工作条件特别艰苦,柴屋破旧不堪。尤其是晚上,寒风刺骨,常常冻得手脚发麻。但他仅靠着老母亲每日送来的三餐饭,孜孜不倦地坚持着。有一次母亲给他送来粽子,嘱咐他配上红糖一起吃。可是陈望道只顾着全神贯注地翻译,竟全然不知自己蘸的是墨汁,还连连回答母亲道:"够甜了,够甜了。"这就是"手沾墨水口来尝,信仰味道终觉甜"的故事。

我问儿子,我们是如何得以幸福地生活在和平年代?儿子说,是靠先辈们前仆后继的牺牲与奉献。其中,有黄继光、邱少云这些革命先烈在战场上抛头颅,洒热血。

我告诉儿子,妈妈出生在一个多子女的贫苦农民家庭。我家兄妹6人,小时候家里困难,很难解决一大家人的吃饭、穿衣、上学、居住等基本需要和生活温饱。我的父亲母亲特别勤劳、吃苦、节约和厚道。我的母亲虽然没上过学堂,但她常常教育子女的话语,深深影响着我们,至今受用。母亲说:"粮食特别金贵。一粒麦,磨不白;一滴油,不能洒。只有这样,才能长久传家。""人是真心,火是空心。对人不能弄虚作假,否则有难的时候,请不来他人的帮助和救济。""吃亏是福,干任何事情,不能偷懒,要勤快。""吃得苦中苦,方为人上人。""无论何时,不要做春天的花,要做一粒种子,学会生根、发芽、结果。"

我的母亲已去世多年,我时常会想起她的话,觉得很有道理。如何传承红色基因,弘扬优良家风,我将母亲的话原原本本地告诉儿子。不仅如此,我还要给儿子多多讲解中共党史上的革命人物和英勇战斗的故事,并会一如既往地讲下去。希望他努力学习,长大后能报效祖国。

百年党史,是民族的精神"富矿",是共产党人的灯塔。学习党史,要进一步品味共产党人的为民情怀,做到追根溯源悟初心、为民服务践初心。工作中要牢记"民生无小事,枝叶总关情",更要发扬"为民服务孺子牛"精神。

儿子听我讲完红色故事后再吃饭,十分认可我的厨艺,我心里美滋滋的。这不,我家的餐桌上多了一些红色的元素和革命的信仰。

写给千里之外的你

7月5日,我们收到你被南京空军招飞局成功录取的喜讯。我和你爸爸所有的苦恼和忧愁瞬间消失。感谢关心、帮助、鼓励、支持的各级领导、各位老师!感谢县委党史和地方志研究室孙主任、丽主任、李主任、汪主任和所有同事!感激我的所有亲朋好友!谢谢你们对孩子的呵护与照顾。孩子今年参加全国考试,一路披荆斩棘,依然坚持、努力、争取、珍惜!家长看在眼里,记在心里!看似简单,实为不易。今日收到喜讯,全家人所有的担心、焦急、忧虑、紧张、煎熬、憔悴、等待、纠结都化作激动的泪水和诚挚的谢意。

7月10日,学校发出了你被空军招飞录取的喜报。我知道,这份荣誉得来实属不易,也万分珍贵。谢谢学校给孩子这么高的美誉和褒奖。班主任王老师寄语:望超然同学胸怀天下,放眼世界!再接再厉,不断攀升,去争取更大进步!谢谢孩子的母校肥东一中。

7月28日,"幸福肥东"推出《肥东晨刊》的专题报道《明天你就要开学报到》。此刻,我的内心十分感激,同时也万般不舍。孩子,请记住:翱翔蓝天,是你的梦想;捍卫领空,是你的职责。孩子,你本平凡,父母亦很普通。你长这么大,懵懂、善良、不谙世事,马上就要到校报到,妈妈希望你走入军营服从命令,听从指挥,为培养你的学校和老师，为关爱你的亲人和朋友，努力拼搏，不负众望！孩子，爸爸和妈妈为你骄傲！家族亲人为你自豪！老师和同学为你喝彩！谢谢给予关心鼓励和宣传推介的各级媒体！

  10月14日是你的生日。从小到大，有许多次，由于工作原因，我对你不够关心呵护，常常忘记你的生日。生日当天，你总是问我，有没有买生日礼物，我愧疚不已。我们一家三人，一个野外作业，一个服务基层，一个在校学习，很难相聚在一起。没有给你买过像样的生日蛋糕，没有邀请过亲朋好友前来祝贺。今年的生日与往年不同，你上大学，不在家，我记得清清楚楚。十月的每一天，临近你的生日，我天天心急火燎、牵肠挂肚。如今，你和父母不在一个城市，千里之外，冷暖交替，你要学会照顾好自己。阴晴圆缺，我们每时每刻都在想念你！你在外读书求知，刻苦努力，顽强拼搏，我们既心疼又欣慰！今天，是你的生日！你已长大，前方的道路和社会的磨炼由你自己决定和把握。无论何时何地，你要遵守铁的纪律，练就金的人格！记住父母的叮嘱，记住同学的友谊，记住老师用心用情的培养，记住你的母校肥东一中！希望你学有所成，学有所获，学有所得，学有所用！加油吧，儿子！遥祝你生日快乐，健康平安快乐每一天，我们永远做你的坚强后盾！

儿子眼中的平安家园

《祝你平安》这首脍炙人口的歌说明安全的重要性以及人们对安定生活的渴望。安全对我们如此重要，如何去创建一个平安的家园呢？

儿子的学校，是县城义务教育师资力量配备最强的重点小学。学校学生和老师，人数多，班级多，年龄差异大。要做到平安无事、家园和谐，就必须从小培育孩子的平安意识，让他认识到创建平安家园的重要性，做一个积极参与者和奉献者。这不，儿子也乐在其中，与我一起讨论安全教育，争创平安家园。

平安是人类生存的基本环境需求，建设一个平安和谐的社会绝不只是某一特殊群体的责任，而是每个人的责任和义务。当我们的生存环境遇到威胁时，不仅仅是政府、警方的事，所有公民都应当自觉提高平安意识，共同维护我们生存家园的平安。

如今，我们的物质生活日益提高，我们的家园被建设得更加富裕和繁荣。不比困难时期，老百姓整天被吃不上饭这些生活琐事所困扰。如今的百姓，都衣食无忧了。可是，并不是事事顺人意。当老百姓都住上洋房、开上小轿车时，问题也就渐渐浮出水面。这当中老百姓最关注的问题之一便是"安全"。对于一个社会来讲，安全保障是发展物质文明、政治文明、精神文明的基础。只有人们的生命财产受到了安全的保护,才能民心安定,社会统一,进一步搞好经济、政治建设。安全对于每一个老百姓来讲,都是极其重要的。人活一辈子,有谁愿意受苦痛的折磨?有谁愿意过早地经历和亲人的生离死别?没有人不愿过安定、团圆的日子。

家庭是社会的细胞,和谐社会需由平安家庭做基础,和谐家庭是家庭的每一个成员都要相亲相爱。如果每一个家庭的成员都相亲相爱,父母亲对爷爷、奶奶、外公、外婆孝顺和尊重,父母亲之间恩爱,互相关心、互相体贴、互相理解,父母对子女是关爱,那么这个家庭就是好家庭。如果社会上每一个家庭都是和谐家庭,那这个社会就是一个和谐社会。希望每人从我做起、从现在做起,做一个对社会有用的人,把自己的事做好,把我们自己的家庭建成和谐家庭,为和谐社会出一份力量。那不久的将来,我们的社会就将成为和谐社会。

森林不仅可以绿化环境,还能防风固沙,防水土流失,吸收二氧化碳,减轻环境污染,人们誉它为"大自然的美容师""特种医生""木材制造厂""绿色品仓库""价廉物美的肥料、染料"等等。资料表明:地球离不开森林,人民离不开森林。有一句话说:一棵大树可以做出几亿根火柴,但是一根火柴便可毁灭整个森林。星星之火,则有可能会造成人民巨大的损失,如生命、财富、亲情、环境……所以,保护森林,就是保护自己;保护森林,就是保护无数个生灵。

消防安全是每一个企业的头等大事,每一个企业都不容忽视。现在每一个企业都十分重视消防安全,平时对企业职工进行消防知识培训,让每一位职工都掌握消防知识,知道如何避免火灾的发生,碰到火灾后应当如何应对,平时多学习一些基本的灭火方法。每一个企业都装置火灾报警系统,配备灭火器等消防设备。火灾事故的源头就是点火源、易燃物品和助燃物。为了每个人的生命安全,我们都要小心谨慎地使用火，时时刻刻都要留意消防安全，平时多学习消防安全知识，共同建设美好家园。

　　这些安全知识的宣传和普及，让更多的学生学到保护自己的方法，在无形中为我们的生命安全铸造了一层防护墙。当然，我们不能完全避免意外伤亡，但是，法律在一步步地健全，设施在渐渐地完备，这些都让我们看到了希望。建设平安家园不是件难事，只要我们大家携起手来，就能将平安建设带进我们自己的家园！从一点一滴做起，从此时此刻开始，让平安走进校园，走进社会，走进全世界的每一个角落。

儿子，你是妈妈的影子

儿子打小就比较依赖我，吃饭、穿衣、洗澡、睡觉、画画、写字等等，他都要我陪伴他，帮助他。即便老公在家，儿子与他也是保持一定的距离。亲戚们都说，儿子受我的影响特大。

老公常年在外出差，我则从事公益性服务，儿子没到三周岁，就寄放到幼儿园，之前从未跟陌生人接触过。儿子特别胆小，在幼儿园十分听话、乖巧，老师们都特别喜欢他。小班班主任陈老师告诉我：儿子性格比较内向，不爱说话，不喜欢和小朋友一起做游戏。上课，他认真听讲，从不做小动作，接受知识非常快，理解力很强，记忆力相当好；下课的时候，他喜欢一个人坐在那里画画或者写字，喜欢独处和安静，不喜欢打闹、玩耍。

听了陈老师的这番话，我心里隐隐作痛。从小生长在农村的我，自认为身份不如他人高贵，自卑心理相当严重。后来，考上大学以及到单位上班，从不敢在同学、朋友、同事面前展示自己，总是在背后默默无闻地奉献。没想到我的这种心理已经严重影响到我的孩子，并且开始滋长和蔓延。不行，我不能让我的孩子这么小就承受如此大的压力和思想包袱。

我开始和儿子交流，鼓励他要和小朋友打成一片，要学会与人相处，不要独来独往。儿子歪着头看着我，鼓着腮帮子，十分委屈地说："妈妈，你不是说你在单位也是经常学习、看书，不喜欢和别人聊天吗？你说那样会白白浪费许多宝贵的时间，太可惜了。"是啊，时间对人来说就是生命，如果你不善待时间，时间就会遗忘你。在这个经济突飞猛进、知识不断更新的时代，更应该惜时如金，争分夺秒，刻苦钻研。记得上学的时候，不管是初中、高中，还是大学，许多同学都把时间浪费在看电影、看电视上，有的同学喜欢逛街、购物，有的同学喜欢上网聊天、打游戏，我却躲在教室里、寝室里看书写字。学业有成后，积极投身社会，走上工作岗位，每天有使不完的劲和激情。任何事情都有两面性，我在失去时尚和美丽外表的同时，拥有了充实的知识和满满的自信。

　　儿子，你不愧是妈妈的影子，我的一举一动、一言一行对你产生了那么深的影响和作用。但现在不一样了，你是千年禧宝，出生在新时代，你有广阔的学习空间和交友环境。在成长的道路上，妈妈更希望你在努力、进步的同时，再多一些快乐、活泼、收获和可爱。那才是妈妈和爸爸的乖宝宝，你说，对吗？

心有所想

心 尘

近来,我的心里仿佛落满尘埃,眼里的世界全是灰色调,冷冰冰的。其中的原因与工作有关,不是工作不够尽责,而是能力能否得到充分发挥。不是谁天生就会干什么事情的,不都是从不会到会、从不能到能的吗?今天我休息,就想跟我的高中梅老师通电话,告诉她我的烦恼。生怕影响梅老师的工作,索性给她敲起"拇指"文字,既便于隐藏,更适合我的心境。因为我害怕梅老师向我寻根问底,更害怕我的不良情绪影响到梅老师,短信的内容我经过了深思熟虑,文字不可多,语言不可土,声调不可悲,收尾不可急。

文字早就打好了,拿着手机的手已经渗出许多汗珠,电板也开始发烫。我始终不敢按下"发送"键,脑海里频现梅老师生气的表情和责备的目光。寻思许久,终于按下"发送"键,接下来便是焦急的等待。一声清脆的提示音,我知道收到回信,抓起手机翻看。结果出乎我预料:梅老师没有问我原因,更没有回答我的问题,只是发了四个字"杞人忧天"。我瘫坐在沙发上,百思不得其解,梅老师的话是什么意思?她是不是不相信我说的话?她是不是不高兴看到我的留言?半个小时后,我向梅老师表明心声:我说的是实话,我受的委屈不是主要的。这些是我的心里话,更是我的困惑与无奈。我没有别的意思,只想跟梅老师沟通一下,获得些许关心和安慰。我丝毫不会影响到工作,我很热爱我的工作。后来,梅老师回了一条开导我的话:这样想就对了。

看到梅老师的回信,我感动万分,抓起拖把使劲拖地,仿佛要将一身的力气都使出来。忙碌了一天后,晚上躺在床上看书,此时我的梅老师正在灯下批改作业。也许是心有灵犀一点通的缘故吧,梅老师又给我发了一条信息。原来是梅老师不放心我,再次宽慰我:受一点委屈不算什么,凡事都要想开点,要站在高处和宽处去考虑事情,并且能够做到自我化解。这让我茅塞顿开,心里想,尽管梅老师仅仅从字面上理解了我的委屈,但我还是很感激梅老师。我知道梅老师工作繁忙,能帮助一个像我这样不善表达的人是何等可贵!

第二天早晨,我昂首挺胸、心情愉悦地上班了。路上,一想起梅老师对我的开导和推心置腹的忠告,我就无比激动。没想到,我的小小烦恼都令梅老师牵肠挂肚,并且想方设法为我释疑解惑。我真是无地自容和无比惭愧,没有完全认识自身的缺点:心胸不够宽广,知识不够渊博,为人不够豁达。我又有什么理由去埋怨别人呢?

忽记起一位作家写过这样的话:"心存感激,感激每一个触动我们灵魂的事物,感激他们激活我们沉迷和麻木的心。感激一个淡淡的微笑,一个关爱的眼神,一双相搀的手,一个默默的祝福,一个遥远的凝眸。"是啊,从此以后,我要学会忘记,忘记那些悲与痛,忘记那些无望和惶恐,也忘记种种是非,寻一个开始从头来过。我要对一切美好的事物都心存感激,世上没有十全十美的事物,许多事情往往都是双刃剑,若只看到刀刃的一面,看不到另一面,受伤的永远是我自己。梅老师意味深长地对我说:"对自己的生活心存感激吧,那样你就不会有太多的抱怨了!"梅老师,我明白了。请您相信您的学生,我会的。我悄悄地抹去了心中的尘埃。

约 定

这个休息天，我没有急着回家看儿子，而是选择去拜见一位爱好文学的姐妹。我们事先约定好了在她单位相见，由于她临时有约出门办事了，我只好在附近的一家商场等她。上午十一点半左右，她回到单位，我带着激动而又快乐的心情，和她见了面。

她是一位新闻工作者，又是部门领导，向她请示、汇报的人比较多。我们的谈话时断时续，但丝毫不影响我俩的交流。到了吃饭的时间，她和单位的两位同事陪我一道共进午餐。她特意为我点了几个菜，我们吃得非常开心。吃饭很快就结束了，因为我们不想把更多宝贵的时间浪费在餐桌上。由于他们单位性质特殊，前来办事的人员一律登记并附上相关的证件。我是第一次登门拜访，不得不将随身携带的身份证交给了登记处的同志，他们还给我规定了来访时间。那天，一分一秒对我来说都弥足珍贵。我既担心影响新认识的姐妹工作，又十分想和她进一步交谈以加深印象，在万分复杂的心理矛盾下，我在她的办公室里继续待了 10 分钟。能和这样高水平、有层次的刊物编辑交谈写作，在我看来是十分荣幸和无比自豪的事情。不知不觉中，快乐的谈话时间过去了。为提高机关效能，现在有许多单位中午不休息，所有人员都忘我地工作着，她领导的部门也不例外。我明显感觉到时间的紧迫性,继续和她交谈似有不妥,便起身告辞。她把我送到电梯口。

走出电梯,我开心地笑出声来,要知道这是发自内心深处的快乐。我们之间的相见是成功的,让我更能全面地了解她、认识她。在我眼里,她不仅人长得漂亮,还是一个随和、稳重、大气、善良、很时尚的美女,给我留下的是完美无缺。等我走到楼下,回头看见她还站在窗台上向我挥手,目送我好长一段路程。

其实,我们的这次约定缘于一次偶然。有一次,我们共同参加了文学活动,当时我和她相挨而坐,难免要向对方互敬几杯酒,她喝酒相当干脆利落,给我的感觉特别好。分别时,我们互相留下了联系方式,相约有话慢慢谈。两天后,我们成了无话不谈的好朋友,彼此都相当信任。忙完手头的任务,一有空闲,我就和她进行思想交流。在工作生活和学习写作上,她有什么想法和好的建议都如实告诉了我,教会我如何处理好人际关系,如何在文学方面多下点功夫,如何学会放下包袱给自己放松心情,创造快乐的空间,如何创建自己的博客用心灵去感化他人,与他人一同分享自己的喜怒哀乐。我真的很感激她,她当之无愧地成为我今后人生道路上的指路人。不管今后的生活是怎样的一种发展态势,也不管工作境遇能否重获生机,我都不在乎。只要能有一份属于自己的小天地,只要可以与我的好朋友进行不间断的心灵解码,所谓的名与利,对我来说都无所谓。这就是我的思想境界,更是我的期待、我的追求。

就让这次见面的点点滴滴深深地铭记在我的脑海里,让这段短暂而又美好的回忆永远陪伴着我,做我的精神支柱和友情链接!就像汩汩甘泉滋润着我的心田,永不干涸!感谢我的朋友,我的知己,有你们相伴,我的奋斗之路定会光彩夺目!

圣 土

今天是3月17日(农历二月初六),又轮到我值班了。正巧又是星期天,天空下起了滂沱大雨。要知道,今天可是个好日子呀,因为我们迎来了远道而来的杭州电子科技大学党委副书记金一斌博士一行。他们冒雨来馆参观,可以看出他们是多么亲近文物和珍视历史啊。

同行的谢书琴处长告诉我,他们是刚从合肥工业大学结束考察交流后来纪念馆参观的。面对纪念馆展出的珍贵文物,金一斌博士对着雨雾中的纪念馆深有感触地说:"只有走近渡江战役总前委旧址,你才能真正体会到当年老一辈革命家的伟大和英明。他们就是在这样异常艰苦和让人难以想象的情况下完成了改变中国前途和命运的战略决策,乃至让全中国获得了解放,更是让全中国的老百姓都过上了和平稳定的幸福生活。作为长期从事史学研究并为培养当代研究生积极授课的我,从这次参观中得到了更多的启发和收获。我们应该还原历史,记住历史,历史是超越一切的,历史更是凌驾于任何商业价值之上的精神财富。我会让我的学生更多地去接触历史,走近历史,当然,更重要的是要让他们领略祖国的优秀文化和伟大精神。"无论是从事教学还是科研,金一斌博士的成果都可称得上硕果累累。他这发自肺腑的一番话无疑是对我最好的激励!

大学毕业后,我服从组织被分配到纪念馆里当了讲解员,从事讲解工作。纪念馆地处农村,没有城市的繁华,没有城市的优越,交通十分不便,工作是艰苦的,环境是恶劣的。我曾经想过要退缩,但当我看到前来参观、求知若渴、热情朴实的瞻仰者时,又有了信心。如今扎根纪念馆已经整整十四年,并且顺利成长为一名年轻而优秀的共产党员,而我也在工作的间隙完成了由大专生到在职研究生的进修和深造。其中困难重重,但我都一一克服了,也成功了。在得知我也获得了研究生的学历后,金一斌博士十分欣慰地对我说:"任何一种工作都是最好的工作,要想把工作做好,不光要有工作的激情,更要有一种奉献不言苦、追求无止境的奋斗目标。你的真诚和友好的服务态度让我们感动,感动有你这样一位历史传播者日复一日、年复一年地守候在纪念馆,更多的是要感谢你优美的讲解和灿烂的微笑。"金一斌博士的夸奖让我十分感激,更让我显得分外拘谨。

其实,很多时候我的同学和好朋友都极力劝我离开纪念馆,她们担心有一天我会下岗。想到这里,我信心满怀地对金博士说:"这是我应该做的。我的工作就是为参观者服务,一切工作都围绕满足参观者的需求来展开,将自己的一份真心、真情融入服务之中,始终保持旺盛的工作热情,使每一位参观者都有宾至如归的感觉。我是这样想的,也是这样做的,而且我还会一如既往地坚持下去。因为,我热爱我的讲解工作,我对革命先烈有一种无比的景仰之情,我更热爱这个留下伟人们足迹的革命旧址,这里更是我心目中的一块圣土。"话一说完,谢处长和同行的人都不约而同地热烈地鼓掌。

在送走金一斌博士返回杭州电子科技大学之后,我还深深地沉浸在金博士的鼓励和赞扬的喜悦之中。我暗暗下定决心,要好好工作,不光是为了实现自己的人生价值,更多的是为了一份光荣的责任,一位文化历史守护者的忠诚。伟大的革命前辈永远鼓舞和激励着我,为振兴中华,为实现美好的中国梦而努力工作、勤奋学习。我要继承和发扬中国精神,为社会、为国家不断奉献正能量,不断做出新贡献。不管雨里雾里,寒来暑往,那永远是我为这块心中的圣土所做的不悔的选择!

日 志

我在工作之余,利用午休时间,学着文人写了一些片段。虽然算不上真知灼见,姑且充实一下自己的生活心得,作为美好的岁月记忆保存起来。日后翻阅,也一定会有所触动和怀念。

醒 悟

最近,我很忙。至于忙些什么,我也稀里糊涂,不知忙些什么。其实忙又能给我带来些什么呢?名誉、金钱、地位、身份都不是我所需要的,我知道我需要的是一份好心情,一个好身体,一个幸福美满的家庭,拥有这些就够了。我并不贪婪。

一个偶然的机会,请朋友给我申请了 QQ 空间,这样我也有机会向我的好朋友留言了。在打开另一个同学的空间后,令我特别吃惊的是,她竟然写了那么多的真实感言,有记录拼搏的,有宣泄情感的,总让我看之落泪。电话打过去,她并不感到吃惊,还取笑我说,都什么时候了,你才开通空间。她都有博客了,还经常跟帖,也是"名声在外"了。看来,跟同学相比,我又落伍了。

期 待

正如每个人都有自己的心愿一样,我的心愿则是对身边人的期待。先说今年的高考吧,大姨侄邵亚军考得不太理想。大姐批评我,说是我关心不够。其实,这也挺难为我的。因为我不仅工作繁忙,老公还常年出差野外作业,孩子又太小,正在上幼儿园。爷爷奶奶住在乡下,孩子由我一个人照顾。我的大部分时间都放在儿子身上,就没有过多时间照顾到姨侄的学习,并且他也不太喜欢我过问他的考试情况。还有几天就要领取高考成绩通知单了,但愿他的分数在我所期待的范围之内吧。还有一个期待,那就是希望我的好同学这次由我加工润色的论文能够顺利过关。让我祈祷这两个期待都能成为现实吧。

妥 协

6月21日晚,老公从外地回来。那天晚上天下着大雨,望着疲惫的老公,我心里特别感动。我知道老公这几年在外面受了不少苦,为家,为我,更为孩子。所有的债务都是他一个人解决,我感到很被动。我们的生活以前很艰苦,因为从零起步,吃了太多的苦,双方都更加理解幸福来之不易。可惜,我们一贯相亲相爱,这次却大动干戈。原因很简单,他有天外出和同事吃饭,在一起打牌,很晚才回家。我太委屈,大声斥责他,难过得放声痛哭。他忍无可忍,动手打了我。我火冒三丈,拼命还手,似乎达到不可理喻的程度,互不相让。争吵持续到第二天凌晨三点,后来我和老公各自承认错误,开展了自我批评和教育,我们和好如初了。不要问我为什么,很明显,我们还是离不开对方,我们需要双方的支持,我们相互深爱着彼此。今天,我喝了两盅,别介意个别地方我有点夸张。希望这样的经历在我和老公的生活中不再出现。感谢我们的世界,身边的一切,包括充满美好和友爱的社会,幸福美满的生活!让我们彼此珍惜,彼此关心,彼此搀扶。我在这里引用一句话作结束语:"执子之手,与子偕老!"我的爱人,让我们共同期待和祈祷吧!

志 愿

又到了一年一度的高考填报志愿的时间。这几天我牺牲了中午休息时间,帮姨侄在网上查找学校。想想十几年前自己填志愿的那会儿,我是多么艰难。家里没有人考过大学,也不知道志愿可以填报师范院校。当时既没有网络,又无人指导,最终让我与梦寐以求的师范专业失之交臂。好歹我现在的工作性质与之相似,也无所谓遗憾了!现在网络发达,只要你愿意,只要你的成绩达线,心仪的学校任你挑,热门专业任你选。姨侄高考成绩离二专差四分,走高中中专稳得很。难就难在上哪所学校,选什么专业。找了几天,上哪个学校已经心中有数,专业也是已有定论。这不,今晚我到大姐那边做客指导。看,我忙吧,就当是我再填一次高考志愿吧!

相 聚

今天,我下班后就直接到我的发小——同村的同学那里去了。因为是好多年未见面了,见面后彼此都很吃惊。有的变胖了,有的变瘦了,有的变帅了,有的变绅士了。我们大部分是同班同学,都早已成家,谈谈家庭、事业和爱情。当然,谈得最多的是小时候上学时的情景,有的还是当年的暗恋对象,尽管当年谁也不愿意向对方说破。想想当年我们都比较幼稚,十分单纯。开怀畅饮时,我们都有点晕晕乎乎的,半醉半醒的,现在看来十分浪漫和潇洒。看着每个人脸颊绯红,儿时的场景历历在目。如果时间能倒流,那该多好啊!外面下着雨,我的心情却特别高兴,因为我见到了儿时的好伙伴!但愿这样的相聚能长期陪伴我们这些在外打拼的人,祝愿彼此都活得快乐和幸福!

沟 通

　　今天一上班,我就被领导叫到办公室。其实,在去办公室的路上,我的心情是十分复杂的。我知道这次准是领导又来做我的思想工作了,因为前天我和单位的同事闹了一点小小的不愉快。想想,领导前后已多次找我们双方谈话。经过前两次,我已经对领导的个性有个大致的了解,他不希望单位里面有太多的不和谐因素,只要一切太平就好。我想还是主动向领导交代吧——我不是一个争强好胜的人,只求认真工作,那就足够了,也算是为社会多做一点贡献吧。我知道我不是那种有很强背景的人,在单位不求有功,但求无过,上一天班就尽一天责。但愿这样的想法不是奢望,这样的要求不为过分!唉,希望这样的事情不再发生,不在我的心头留下半点痕迹。沟通可以解决一切烦恼的事情,可以避免不必要的争论!看来,我们的社会和生活不能没有沟通,不能没有领导的信任与调解!

看 荷

　　这两天由于受台风的影响,天气特别凉爽。7月20日又赶上安徽省建华村龙栖地首届荷花节开幕,我们单位作为协办单位当然参加了。当天,我们去了九个人,并带上许多宣传资料,有报纸、明信片、书籍。现场可称得上人山人海。场面够热闹的,到场的领导级别也挺高的,有省、市、县各级领导,可谓壮观、上档次。还有演出团的隆重表演,礼炮送彩,龙腾凤舞,音乐、舞蹈、散打、花船等,挺精彩的。虽然说是荷花节,但荷花塘不在现场,我和同事跑到很远的地方才见到荷花塘。一路上有许多车子,有许多的游客、媒体记者、电视台的主持人、摄影协会的专家、沿途的老百姓、摆摊的生意人,个个都是兴致勃勃,喜笑颜开。荷花是美好的象征,人们都希望通过这次荷花节沾沾喜气。这次荷花节的举办,也是为了迎合全国上下喜迎奥运,讲文明,树新风,倡导构建和谐社会的氛围,让我们以"荷"为贵,以"荷"为美,团结一心,共创美好的社会!当然,这也是向人们展示中国博大精深的优秀古老文化和民族精神!以上这些只言片语就算是我参加荷花节的最大感受吧!

微笑

今天,天气特别炎热,这是进入酷暑的征兆。最近,我们比较忙,一边忙纪念馆重新布展的事情,一边还要进行文物鉴定。虽然事情相当细碎,也有一定的难度,但人多力量大,总有解决问题的方法。这么热的天,还时不时地迎来参观人群。这不,清华大学的刘泽文教授来馆参观,我全程陪同讲解。纪念馆领导也来了,他请刘教授给馆里题词。参观过后,刘教授握着我的手说:"谢谢你,讲解员,虽然我不知道你叫什么名字,但我从你柔美的笑容里就能知道你的名字一定很好听。"虽然汗流浃背,但我心里甜甜的。热情工作,礼貌待人,是我的工作宗旨。受到刘教授的表扬算是我最大的安慰和欣喜,再苦再累此时此刻也不算什么了。微笑是最好的礼仪,也是沟通心灵的最好良方。把微笑洒向全世界,让友好常驻人间!

采 访

这次电视台到纪念馆里来采访,我们都特别高兴。因为这是在宣传纪念馆,更是为了提高单位的知名度。尽量做好配合工作吧,记者怎么问话我就怎么回答。这次采访是为了这次纪念馆的陈列布展工作,做好宣传、扩大影响。听说明天晚上就能在电视上收看了,相信到时收看的观众一定很多!这次陈列布展工作很成功,是单位全体职工努力的结果、智慧的结晶。今年的工作业绩又增加了新的一项纪录!

想 念

不知好友开开现在怎么样了,我常常看不到她上线。即便我上线了,我也不好意思直接和她交谈。这几天事情也比较多,我也没有机会上线,心中不免时时想起不知身在何处的她此时此刻在做什么。昨天中午我到一位网友的博客上访问了一下,看到一篇关于想念的文章,写得比较感人,也十分精练。我小心翼翼地复制了一些优美的语句,好似这些语句如我所出。其实,如果一个人能在网上把自己的苦恼向好友倾诉,那是多么美妙的事情啊!事实证明,这也是相当困难的,因为每个人所从事的工作不同,时间又不能恰到好处,相约又不能次次成行。那就让我在心中深深地祝福我的这位知己一切安好、工作顺利、天天快乐、心想事成吧!

遥 望

离中秋节只有三天了,看看手头上的事情还有一大堆,我的心情真的很糟糕。上级领导要到单位检查，我的工作日程也排得满满的，国庆节的演出又不能不参加，这不，今天下午必须参加演练。原本打算回家和家人团聚的，算了，下次再回去看看吧，人有的时候真的"忠孝不能两全"。

  作为年轻人，碰到法定假期特别希望能和自己的好朋友在一起过节，那是快乐无比的事情。但是有的时候又不得不因为种种原因放弃，即使心中是那么向往。我和我的高中同桌兼好朋友开开已经好些天没能在网上进行沟通了，我十分挂念她，不知她最近在忙些什么，又不愿意去轻易打扰她，心中很矛盾。如果在今年的中秋节能收到她的祝福或者一句迟到的问候是多么开心啊！想想中秋节本来就是让人产生许多思念和期盼的日子，与好朋友相逢在佳节那是绝美的事情，不知我的单方面思念能否与她产生共鸣！都说中秋节的晚上赏月可以向骑毛驴的张果老和桂花树倾诉心中的愿望，愿望也最容易实现。如果是真的，我会在那天晚上祈祷，遥祝我的闺密一切安好，以明月寄托我的相思。

珍 藏

  很长时间没有写心情感悟了，那是因为我前一段日子比较忙。现在我刚一有空，就开始书写我的心路历程了。这次所写的东西却增加了许多伤感的成分，单位的一把手领导调到别的单位了，虽然他是那样舍不得我们，更舍不得离开这个单位。我们的领导向来是有独特领导艺术的人，但凡到过的单位，人人都喜欢他。现在他已经成为另一个单位的领导，在我们的心中他永远是我们的好领导。祝愿我的领导在新的岗位心情舒畅，一切顺利！就让我把这一个美好的祝愿珍藏在心中！

共 处

最近几天,我的心情都不能平静。今天,打开博客,看看博友们的评论。觅到一篇写得十分精彩的文章,我毫不犹豫地复制了一份,乘机粘贴到博客空间里,和大家分享分享。想提前对我的博友说一声抱歉,如果你看到了,请别介意。我特别欣赏你的文笔,请允许我把你的好文章宣传一下,也让文友们拜读拜读,不胜感激。我现在也很矛盾,心情比较糟糕,单位氛围不和谐,同事关系紧张,今生我又能和谁在一起共事到底呢?正如奥运会的会歌所唱的,"我们同处一个地球村,我们不该说分离"。以后的日子,我们依然要共事,希望任何一个人都把好的一面呈现出来,信守承诺,相知相惜,真的不容易,何必呢?树要皮,人要脸,我期待更好的结局。

有人说,人生有三大幸运:上学时遇到好老师,工作时遇到好师父,成家时遇到好伴侣。有时他们一个甜美的笑容、一句温馨的问候,就能使你的人生与众不同,光彩照人。

有句话说得好,你是谁并不重要,重要的是你和谁在一起。如果你想像雄鹰一样翱翔天空,那你就要和群鹰一起飞翔,而不是与燕雀为伍;如果你想像野狼一样驰骋大地,那你就要和狼群一起奔跑,而不能与鹿羊同行。正所谓"画眉麻雀不同嗓,金鸡乌鸦不同窝"。这也许就是潜移默化的影响和耳濡目染的作用。

读好书,交高人,乃人生两大幸事。人生的奥妙之处就在于与人相处,携手同行;生活的美好之处则在于送人玫瑰,手留余香。

学最好的别人,做最好的自己。借人之智,成就自己,此乃成功之道。和不一样的人在一起,就会有不一样的人生。爱情、婚姻如此,家庭、事业也如此。

牵挂

最近，我的好友调到另一个部门，而且还当上了领导，走上了一个新的工作岗位。听她说有很大的压力，担当的责任重大。我很替她捏一把汗，工作出色固然是好，不出差错也不是没可能，那么就随遇而安吧，谁又能保证做到万无一失呢？更何况现代的社会本身就有许多潜在的不可知的风险因素。就拿今年来说吧，百年期盼的奥运会在中国成功举办。但可惜赶上了全球经济危机，老百姓、工薪阶层、高层管理者都没有更进一步，起码没有增发粮补、工资和岗位津贴。心里一直装着好友的喜怒哀乐，也不想过多地打电话咨询，希望好友在日后捷报频传，喜讯不断。

读研

前几天去上在职研究生的课，和班上的同学都见上了面。大家对我在单位目前所处的境况下，依然能坚持半工半读的精神不禁由衷地佩服。现在的运行机制高效、便捷，所以许多工作程序都是固定的，不可断开。虽然不是全员开课，总有人因为单位有特别重要的事情走不开，只要能来的都特别珍惜上课的机会。

班上的同学都对我特别关心，总是询问我们单位何去何从的问题。其实不然，没有权威机构的结论，任何人都是决定不了的，我们也不相信任何人口头传说的话。对于我们今后的工作环境，何种工作模式，我心里一点底子都没有。一切等来年的开春再说吧，也许另一个春天的来临，会给我们带来无限的惊喜与好运。耐心等待，期望着更加美好的生活！

开 会

今天，我们单位全体成员在一起开了个会。我们顶头上司——文化局的一把手何长先局长也来了。馆长调到别的单位已经三个多月了，纪念馆大事小事也有不少，发生口角闹别扭的事情常有发生。何局长这次来是给我们开年终总结会，并且做了许多工作安排。他知道纪念馆有不和谐的因素，所以说了许多关于团结的话题。单位的领导不光要领导下属，还要充分发扬民主，广泛听取大家的意见，只有同心协力，才能把单位的事情干好。何局长向我们宣布了一条重要消息：在馆长没配备的情况下，由副馆长蔡馆长主持工作，全面负责纪念馆一切日常事务管理工作！从此，我们有领导说话算数了，这样纪念馆的工作应该顺利了吧？

春 联

春节就要到了，单位也准备放假了。今天是我们今年在单位的最后一天，也是我们期待最久的一天，同时更是我们心急如焚的一天。因为明天这个时候我们就该在家舒舒服服地睡到自然醒了。接下来的事情比较烦琐，比如领工资、发奖金、报销发票等一系列事情。昨天我还在医院打吊水，今天早晨五点就起来贴春联了。老公现在还在单位加班，特辛苦，为的是多挣点钱，回家风光些。说实话，要不是老公坚持回家过年，我是不打算回去的。第二套房子的首付款全是向亲戚借的，说过年底还，却受经济危机的影响还不上，弄得我不好意思和亲戚见面了。但又思念远在农村老家的儿子，他天天打电话催着我们回家看他，所以不得不回家过年。今年的春联是我自己特选的，不但好看,而且对仗工整。都说明年是个吉祥如意年,个个牛气冲天,期望着下一个春天更美好!

买 车

老公单位发了几张购物消费券,券上规定在2009年9月份之前使用。我们是腊月二十九才放的假,当时还没想好买什么东西比较划算,所以这些消费券就留着年后再购物了。要是在以前,我绝对想买心仪良久的金项链了。没办法,全球都受经济危机的影响,第二套商品房的贷款数额实在巨大,我们已经负债累累。日子不得不精打细算,我们只好盘算着买最实用的东西。儿子一天天长大,幼儿园生活还剩最后一个学期。儿子上了小学以后,我的任务将更加繁忙,一天接送儿子四趟,每天都要烧饭、洗衣、辅导作业,单位的事还不能受影响。思来想去还是打算买辆电动车,一来方便我接送孩子,二来可以减轻我骑自行车的劳累,老公考虑再三,一切替我着想,就买了辆漂亮的黑色电动车。为了买这辆车,我前后跑了两天,最终在合肥百货大楼买下了。车子还算理想,但我就是不敢骑,胆子小了点,骑车的窍门还不十分熟悉。这不,今天早晨还未出门,在小区停车位内,我把别人的摩托车给撞翻了,自己心爱的车子也受伤不美观了,膝盖也流血了。老公不得不批评我两句,对我说了声"你真笨"。我也不敢反驳,垂头丧气地把车子骑到单位,心情很差,也没和同事多说。单位办公条件差,四个人共用一个办公桌,每人一个小抽屉。电脑屈指可数,而且还是老式的"386"牌。电脑一般不能随意打开,除非要上报什么材料才能偶尔使用一下。中午,其他同事都休息了。这会儿,我才有了一个难得的机会,可以坐在电脑前把今天的事情记下来,好作为日后的心得体会吧。

问 候

  时间过得可真快呀,眼看着这个正月就过去一半了。都说正月里来是新春,有许多上班族还处于过年的"疲劳症"中,虽说人在单位,心却在另一个地方。利用今天中午休息时间,我又端坐到电脑前,用冻伤的手指敲打着键盘,抒写心中说不清道不明的伤感。其实人有的时候真的很脆弱,哪怕是一丁点的闪失都能给对方造成很深的情感创伤。过年前,我就打算利用春节放假的机会去拜望梅老师,可是直到现在也没能成行。老师的身体和生活状况不知好不好,在新年里老师没收到我的祝福,她会不会生我的气?思虑再三,只好在中午才给梅老师打了个电话问候一下,表达我对梅老师的敬意和爱戴。当时我的手在抖,害怕梅老师不接我的电话,或者即使她接了也定会劈头盖脸地批评我说话不算数。事实却不像我想象的那样糟糕,梅老师在电话那头是笑呵呵地询问着我的情况,这让我更加惭愧。梅老师还帮我解释,说现在工作节奏快、时间紧,没能见面是正常的,每个人都有自己的生活圈子,每个人都有或多或少的应酬和交往。梅老师不需要学生为她做些什么,只要她所教过的学生有颗时常惦记她的心就足够了,简短的问候就是给老师的最好回报,我深深感动着。每天都有许多原本以为不该有的事情发生着,有许多的计划跟不上变化,总有一个或几个心愿未能如愿。梅老师,当着您的面我不敢承诺什么,而在心里,学生祝您永远身体健康,心情舒畅。只要有时间,我一定去看您,和您共同回忆当年在课堂上的点点滴滴。

总 结

　　昨天，办公室的同志把一年一度的年度思想和工作总结表交到了我的手中。时间过得真是飞快呀，眼看着2008年已过去，2009年又将过去两个月了。这个时候来写总结，应该有许多的话要说吧。说起总结，印象最深的当然是给纪念馆带来无限生机的全省率先免费开放政策，虽然接待任务重，工作量增大，琐事增多，但总比之前的处境要好许多倍。因为这是享受中央财政补贴的，要不然我们今年的日子会更难过的。思想方面的进步，那就是我已经加入了中国共产党，成为一名光荣的预备党员了。成为党员以后，一切工作都以党员的要求规范自己，提高自己，积极性增强，责任心加大。而今年我仍然要再接再厉，做好本职工作，力争为单位和社会多做贡献，奉献我的光和热！

春 雨

　　早晨起来，天空就下起了大雨。要知道这是2009年开春以来第一场雨，再加上连续半年没下过雨了，真是春雨贵如油呀，即便心里十分不情愿这场雨。因为今天是星期天，儿子的幼儿园放假，我只得把他寄放在他大伯家。他大伯家开小超市，本来门面就小，再加上两个小孩，又要玩又要烧饭，活动实在不方便。上次买的电动车已经给老公带出门了，他心疼我骑自行车之苦，硬叫我重新买一辆电动车。骑电动车我是新手，有好几次都差点摔倒，车子也蹭花了。这不，昨晚孩子从电动车上跌落下来了，他直喊屁股痛，眼泪哗哗。我自认骑车技术不行，让孩子也跟着吃苦头。雨下得特别急，从楼上下来，走到门卫室，衣服就湿了。我先把旧自行车放到楼梯里躲雨，到车位区取车，放上孩子的滑轮车,再把孩子放到车座上,雨水早已淋湿我和孩子。我小心翼翼地把车开动起来,尽管雨水打得满脸刺痛,眼睛都睁不开,还是很成功、很顺利地完成任务,一直骑着车子赶到单位。相信不久,我会越来越熟悉骑电动车的,那是春雨浇灌了我,锤炼了我的毅力!春雨,是生命;春雨,是希望!就让这场春雨下得更持久、更猛烈些吧!春雨,我爱你!

惊 喜

　　我今天十分高兴,因为我的一位好闺密有很长时间没有和我联系了,今天我却发现她最近来访过我的空间。她没有给我留下只言片语,但我是知道的,她十分挂念我。她无法进入我的空间,因为我已经加密了。我不想让太多的人打开我的个人日记,那里有我太多的心灵感悟,隐藏着我心灵深处太多的哀怨情愁。想想上学和刚上班时,我跟她无话不谈,一有机会我就上线,在电脑旁等她,净跟她说我的心里话。现在我不想也不敢有那种想法了,我也不愿偷偷上线苦苦等待了,因为我的这位好朋友她好忙,一心一意扑在事业上,我也就不愿去打扰她了。我只有默默地衷心希望我的这位好友安康、快乐、成功、幸福!如果有一天,我把她和我交流的话整理出来,那将是我这一生受益无穷的宝藏,将是永远激励我一往无前的秘密武器。我在心里真的很感激她!今天也是我在2009年到目前为止最惊喜的一天!

火红的记忆

渡江战役总前委旧址纪念馆邓小平同志卧室的办公桌上陈列着一盏"美孚"牌马灯。马灯旁边陈列着邓小平在瑶岗撰写《京沪杭战役实施纲要》所用的刻板、蜡纸。马灯早已退役,刻板依旧原样,蜡纸早已发黄。时光飞逝,睹物思人。遥想当年,邓小平在这里运筹帷幄,决胜千里,指挥了伟大的渡江战役,令人感慨万千。如今这里依然青砖小瓦,木板房间,徽派建筑。这里依然雕梁画栋,屏门隔扇,古朴典雅。这里依然人头攒动,络绎不绝,川流不息。

1949年4月初,渡江战役总前委书记邓小平、陈毅等首长人不解甲,马不解鞍,踏着战斗的硝烟,乘着胜利的东风,率领总前委、华东局、华东军区、参谋处、机要处、秘书处、警卫营、后勤医院等近千人进驻肥东县撮镇镇瑶岗村,指挥中国人民解放军第二、第三野战军以及第四野战军十二兵团,百万雄师,横渡长江。这是国共两党的又一殊死决战,这是关系中国前途和命运的最后较量。经此一战,神州华夏结束了百年屈辱、百年忧患、百年干戈;经此一战,古老国土从此开始了千秋伟业,千载繁荣,千古风流。

三月瑶岗,春寒料峭,鸡鸣五鼓,邓小平卧室里的马灯仍灯光闪闪,彻夜长明。这盏马灯是总前委机关指导员郑毅践从房东王世鑫处借来的，供邓小平夜晚办公和照明用。看上去，和普通百姓家里的马灯几乎没有什么区别，也并不起眼。可是，30个不眠之夜里，邓小平每晚在灯下处理事务，党中央、中央军委和渡江前线的电报不停地向灯下传递，一份份重要文件在灯下修改、签发接管江南新区的人事工作，一个一个地在灯下思考安排。小平同志正在灯下呕心沥血亲自撰写《京沪杭战役实施纲要》（以下简称《纲要》）。该《纲要》决定：由粟裕、张震两同志率三野统率机构，直接指挥三野八、十兵团主力共六个军、三个独立旅，由张黄港至龙稍港段，及由口岸三江营、京口段实行渡江；由谭震林指挥三野七、九两个兵团，由裕溪口至姚沟段及由姚沟至枞阳镇（不含）段实行渡江；二野由枞阳镇（含）至望江段实行渡江。

《纲要》还就敌我态势、战役准备、通讯联络等方面进行了分析、判断和明确规定，可谓高瞻远瞩，总揽全局。《纲要》的诞生，确定了渡江战役的目的和兵力部署，明确了人民解放军渡江后围追堵截敌人的战略战术；它凝聚了一代伟人的雄才大略，凝聚了人民军队的能量；它是指挥中国人民解放军横渡长江的法宝，是人民解放军战役史上宏观决策的典范。4月20日，南京国民党政府拒绝在《国内和平协定》上签字。邓书记提着马灯，指着地图说："命令聂凤智，拂晓前拿下荻港、繁昌。另外，命令东路、西路两个集团，随时准备渡江。"我七、九兵团于当晚8点便启航南渡，突破鲁港、荻港线，占领铜陵、繁昌。一条条渡船上的老渔民在拼命摇橹，平稳掌舵，火光映照在他们那满是皱纹和汗水的脸上，显得那样威严、镇静。炮火煮沸了江水，水柱蹿入长天，战士们迫不及待地跳下船，涉着浅水，踏着泥滩，登上南岸的人流似潮涌漫过了江堤，向敌人防御阵地纵深挺进。4月23日，人民解放军占领南京，推翻了国民党统治22年的反动政府，迎来人民共和国诞生的曙光。

透过眼前这些普通的办公用具，仿佛仍然可以看到邓书记的身影。瑶岗总前委住处,小平同志一身戎装,精神焕发,英姿勃勃,他有时踱步思谋,有时伏案挥毫。他是在处理前方战事、后方支前,在撰写《京沪杭战役实施纲要》。展柜上的刻板和大幅的蜡纸每天都向前来参观的人们轻轻诉说着历史的烟云,默默展示着无法忘却的记忆。它不光镂刻在总前委漫长而辉煌的革命历程中,它更是镂刻在中华儿女火红的记忆中。

伟大的渡江战役已过去73年了,老一辈革命家的丰功伟绩将永远激励着我们。正如小平同志所说:用革命的事迹来教育我们的子孙万代,像我们前辈那样,像我们的先烈那样,永远当一个革命者,永远当一个为人民大众集体事业服务的社会主义者,永远当一个共产主义者。

红日当空,瑶岗一片明媚。守护在总前委旧址门前的两棵白杨伟岸挺拔。村民们把邓小平的英名与瑶岗排在一起。瑶岗,由一个普普通通的小村庄一跃成为千百万人向往的革命圣地。73年后的今天,揣着虔诚,我们又一次回眸历史,追溯时空的渊源。驻足瑶岗总前委旧址纪念馆,让我们再一次追忆邓小平等老一辈无产阶级革命家的音容笑貌和丰功伟绩,永记他们对党无限忠诚、对人民无比热爱、对革命鞠躬尽瘁的高尚情操!这就是瑶岗,一颗历史王冠上的璀璨明珠,它划破沉沉夜空,为后来人指明前进的方向!

蒋家河口第一枪

2013年5月12日,是新四军四支队在巢县蒋家河口打响东进抗日第一枪75周年的纪念日。作为在爱国主义教育基地从事宣教工作的我,也十分荣幸地被邀请参加在巢湖市半汤镇举行的蒋家河口大捷暨合肥军民奋起抗日75周年纪念会和学术研讨会,与多位史学专家一起回忆蒋家河口那第一声枪响,聆听参加过蒋家河口战斗的革命后代追忆父辈们当年在中华民族抗战史上留下不朽篇章的神奇佳话和英雄场面。站在蒋家河口至今仍然保存完好的那块战斗遗址的碑石前,我被深深地感动了,真的有一种身临其境的感觉,仿佛自己也置身于75年前那场至今仍让人热血沸腾的战斗中了。站在遗址碑石前,我想到了许多,心情久久难以平静,我的思绪也荡漾开来。当然,更多的是对此次及时召开纪念会和学术研讨会的感慨和赞叹。

党史、军史是我们重要的精神财富,也是继承革命传统,改革发展,打造新的中国梦的精神动力。对党史、军史深入研究并进行宣传教育,是时代的要求,也是大力弘扬主旋律的重要内容。年轻一代大多对这方面的知识了解不多,对一些重大事件和重要战役、战斗等有的也只是知其一点,不知全面,更不能深入剖析,解读内涵。党史、军史内容十分丰富,可以说是博大精深,不能只关注一个时期的学习内容和研究。当前新四军历史研究会着重研究蒋家河口大捷及合肥军民奋起抗战的内容，它不仅具有重要的历史意义，同时也具有现实意义。新四军东进抗日第一枪是在蒋家河口打响的，而且此战取得了完胜，这是非常了不起的事件。当年在华东、华中地区影响很大，震动很大，不仅新四军和人民群众欢呼雀跃，信心和勇气大增，就连患"恐日病"畏敌如虎的国民党第21集团军也都警醒顿悟，发出敬佩之意。蒋家河口大捷，它振奋了华中军民奋起抗日的信心和勇气，起了重要的示范和推动作用！功不可没，永垂青史！值得纪念，值得研究，值得大力宣传教育广大民众。新四军第四支队敢于打响第一枪，这是抗战的激情与勇气的锐意喷发；敢于打响第一枪，这是决心、力量和信心的集中体现；敢于打响第一枪，这是无私无畏、英勇善战的铁军风采的闪亮展现！首战告捷，它就像一把利剑，刺痛了日寇，也像一面旗帜，指引了广大军民满怀信心地与日军浴血奋战。蒋家河口大捷在国际反法西斯斗争中也能占到一席之地！

历史是一面镜子，历史是一本教科书，党史、军史更是一部丰富、翔实、生动的爱国主义教材。从事军史研究，传承铁军精神是一项很有意义的工作，拓展和深入新四军历史研究，服务于当前形势，服务于党和国家发展大局，更具有深远的现实意义。作为一名爱国主义教育基地的工作人员，应该积极主动地担当起宣教重任，向广大参访者，特别是广大青少年大力宣传抗战史实和相关内容。近年来，日本右翼势力抬头，妄图否认二战后的国际秩序，复活军国主义的言行日嚣尘上，在周边邻国恃强示威，特别是对我国领土钓鱼岛抢占欲望增大，引起世人警觉，我们不得不防，不得不进行有效反制。要大力宣传教育国人，切不可对日本政客心怀侥幸，认为他弃恶从善了，认为太平无事了。我们丝毫不能懈怠，一定要提高警惕，时刻铭记历史，心系国家和民族的安危。

研读军史、撰写论文和参加学术会议,既是受到深刻生动的爱国主义教育,又是增长历史知识、陶冶精神情操的重要一课。能参与新四军历史研究工作,我感到十分光荣和神圣。我们应该一代一代地传承下去,深入研究它、利用它。能参加这样专家云集、学者林立的高规格的学术研讨会,更是机会难得。这样高层次的学术研讨,真正能开拓我的视野、启发我的思路、深化我的认识。在这次学术论文交流会上,各位专家学者的优秀论文和精彩发言,对我的启发教育很大。他们思路清晰、文笔流畅、结构严谨、风格多样,使我大开眼界,受益匪浅。

我体会撰写论文的过程就是最好的学习研究过程。通过阅读、思考、写作,自己的思想认识得到极大的提高和升华,能听到和看到这么多名家之言和专家论文,我的收获很大。参加像今天这样重要的学术研讨会,乃学习研究的重要机会。我十分珍惜这次学习机会,认真向各位专家学习,认真向与会同人求教。我决心抓住机遇,认真求教,读史明智,严谨治学,今后多为党史、军史研究工作做一点微薄贡献!

抗战硝烟落尘埃,铁军英名照汗青。新四军东进抗日的丰功伟绩、蒋家河口的首战告捷、合肥军民奋起抗日的英勇事迹等将永垂青史,永远鼓舞和激励我们,为振兴中华,为实现美好的中国梦而勤奋学习,努力工作,继承和发扬中国精神,为国家、为社会不断奉献正能量,不断做出新贡献!

飞扬的青春

大学毕业后,我被分配到渡江战役总前委旧址纪念馆,从事讲解工作。纪念馆地处乡村,没有城市繁华,没有城市条件优越,工作是艰苦的,环境是恶劣的。如今我在这片红色的土地上已经工作了整整17年,先后任纪念馆宣教科副科长、科长,办公室主任。2008年,纪念馆宣教科荣获国家旅游局"全国巾帼文明示范岗";2009年,我荣获"全国优秀讲解员";2012年荣获"优秀共产党员";2014年被评为肥东县拔尖人才;2016年荣获合肥市首届"魅力旅游人"。

很多人认为讲解员这个职业平凡而普通,不能实现人生价值,前途渺茫。我曾经读过一篇写野百合的文章,深有感触。在一个偏僻遥远的山谷里,有一个高达数千尺的断崖。不知道什么时候,断崖边上长出了一株小小的百合。百合刚刚诞生的时候,长得和杂草一模一样。但是,它心里知道自己并不是一株野草。它的内心深处有一个坚定的念头:"我是一株百合,不是一株野草。唯一能证明我是百合的方法,就是开出美丽的花朵。"有了这个念头,百合努力地吸收水分和阳光,深深地扎根,挺着胸膛。终于在一个春天的清晨,百合的顶部结出了第一个花苞。百合心里很高兴,附近的杂草却很不屑,它们私底下嘲笑百合:"这家伙明明是一株草,偏偏说自己是一株花,还真以为自己是一株花,我看它顶上结的不是花苞,而是头脑长瘤了。"公开场合,它们则讥讽百合:"你不要做梦了,即使你真的会开花,在这荒郊野外,你的价值还不是跟我们一样?"

在野草的鄙夷下,野百合努力地释放内心的能量。有一天,它终于开花了。这时候,野草再也不敢嘲笑它了。百合花一朵一朵地盛开着,花朵上每天都有晶莹的水珠,野草们以为那是昨夜的露水,只有百合自己知道,那是极深沉的欢喜所结的泪滴。年年春天,野百合努力地开花、结籽。它的种子随着风,落在山谷、草原和悬崖边上,到处都开满洁白的野百合。几十年后,远在百里外的人,从城市,从乡村,千里迢迢赶来欣赏百合开花。许多孩童跪下来,闻嗅百合花的芬芳;许多情侣互相拥抱,许下了"百年好合"的誓言;无数人看到这从未见过的美,感动得落泪。

是啊,野百合尚有如此惊人的奋斗目标和执着追求,更何况内心深处有远大抱负想干出点名堂的我呢?做一名优秀的讲解员,才是历练自己、回报社会的最美的人生志向。其实,讲解员的工作涉及方方面面的知识,无论是城市概况、自然山水和人文胜迹,还是历史文物、风土人情和社会状况都要掌握,只有充分理解,烂熟于胸,讲出来方可挥洒自如,才能避免讲解内容的平铺直叙,才能实现讲解词的创新、灵活运用与理论上的升华。从北京来纪念馆调研的一位文博专家曾这样评价讲解员:"讲解员不光是历史知识的传播者,还应是平凡之中有伟大追求,平静之中有满腔热血,平常之中有强烈的责任感。文物是无声的历史,讲解员的讲解可为其增光添彩。"

作为讲解员,我深知肩负"纪念先辈,教育后人"的重任。我恪守"奉献不言苦,追求无止境"的人生格言,做到干一行,爱一行,钻一行。以奉献之心干工作,以诚信之心迎观众,以友爱之心对他人。针对不同年龄、不同知识层次、不同接待规格的观众,进行分类讲解。无论三九严寒,还是高温酷暑,始终以讲解为阵地;记不清自己曾说过多少个"您好",想不起自己搀扶过多少位老人;用甜美的微笑和温馨的服务,让纪念馆充满温情,让万千游客体会温暖。

讲解员是联系观众与文物之间的桥梁和纽带。有人说讲解员的青春只是挂在树丫里的一声叹息,随风而逝是必然的归宿。但我想说讲解员不是一般的讲述者,也不应是吃"青春饭"的职业。我们不仅要做舞台型的讲解员,更要做具有亲和力、启人心智的讲解员,要贴近时代脉搏,掌握好必备的专业知识和技能,争做知识型、专家型"资深讲解员",才能更好地服务社会,服务人民。习近平总书记对新时代的中国青年寄予厚望:"心中有阳光,脚下有力量。"

爱岗敬业,无私奉献,讲诚信,有爱心,这是讲解员的基本职业道德。17年来,我全心投入讲解工作的从容、自信,对待工作的那种热烈与喜悦,站在文物面前的那份自然、纯真,赢得了社会各界的广泛赞誉。在工作之余,我想得最多的是,每一种职业,每一个岗位,都要有一些敢于、甘于、乐于奉献的人。我的工作就是为参观者服务,心中树立"观众第一"的服务理念,一切工作都围绕满足参观者的需求展开,将自己的真心、真情融入讲解之中,始终保持旺盛的工作热情。因为我坚信,"把工作当事业,就会有使不完的劲"!未来的日子里,我会用我的汗水坚守我的工作岗位,用执着的追求让青春在红色的土地上尽情飞扬!

常怀感恩之心

习近平总书记在十九大报告中强调:"不忘初心,牢记使命。""中国共产党把为中国人民谋幸福、为中华民族谋复兴确立为初心使命。"总书记深刻指出"这个初心和使命是激励中国共产党人不断前进的根本动力"。我们党员在日常工作中要常怀感恩之心,恪守岗位之责,以身作则,做好表率,廉洁自律。

所谓感恩,就是饮水思源。一路走来,我要感谢的有很多。首先,要感谢组织,让我有一份稳定的工作和一个能发挥自己能力的平台。其次,要感谢身边的人:感谢父母,因为他们给了我生命,抚育了我;感谢师长,是他们教给我知识和能力,指引了我的人生;感谢单位领导、同事和朋友,他们关心、帮助、支持和鼓励我,使我在工作和生活中克服了许多困难。

回顾自己成长的历程,更要感谢的是党的教育和关心、培养,使我一步一步成熟、成长。对这一切,我心存感激,非常珍惜现在的工作,珍惜自己的工作时间。因此,我不但要怀有一颗感恩的心,而且要将感恩变为实际行动,以扎实的工作来回报社会,回报所有关心、帮助过我的人。

加强学习,不断提高理论知识和业务能力。只有不断地加强政治理论、法律法规和业务知识的学习，准确掌握和运用工作所需的知识，不断提高业务能力和水平，才能适应工作的需要，确保工作圆满完成。按照岗位职责的要求，做好各项工作。要以高度的责任感、踏实的工作作风、认真细致的工作态度和进取的精神，履行好自己所承担的工作和组织人事工作职责，踏踏实实完成工作任务。

将心比心，用情做人。作为文博单位的一名工作人员，就是要带着爱心、诚心、虚心、耐心去做工作，把观众的冷暖挂在心上，关心他们的所思所想，了解他们的所需所求。从点滴做起，力所能及地为观众解决实际问题，真心诚意服务好观众。换位思考，将心比心，多站在他们的角度去考虑问题，使我们的工作让观众满意，让局领导放心。其次，就是要保持良好的心态、积极的精神，坚持组织原则，正确对待组织、对待同事、对待自己，把主要精力用在做好工作上，凡事从大处着眼、小处着手，扎扎实实做好工作，高标准完成工作任务。

增强党性，努力维护党员形象。要不断加强自身的党性修养，时刻以共产党员的标准严格要求自己。树立牢固的宗旨意识。淡泊名利，克己奉公。树立牢固的组织纪律观念。自觉遵守党的民主集中制原则，增强党纪党规观念和法制观念，严格遵守党章及党内其他制度规定，自觉维护党员形象。树立廉洁自律意识。常怀律己之心，知足常乐，把廉洁自律作为底线，自觉保持清正廉洁，不为私心所扰，不为名利所累，不为物欲所惑，做到讲党性、重品行、做表率。

常怀感恩，感受生活的美好。有所追求，才能不断进取。在今后的工作中，我会始终用感恩的心感受一切，在自己的岗位上，兢兢业业，任劳任怨，为推进文博事业的发展做贡献。

信任是一种力量

我认识玟玟已经好多年了。只要有空闲,就会和玟玟交流彼此的工作和生活情况。知道玟玟有了新的成长,很为她高兴。

玟玟毕业后被分到一个事业单位,从事最基层的工作。她深知找工作的不易和万般艰辛,誓将所学的全部知识和满腔似火的激情奉献给单位,倾洒于事业。她干得特卖力,也辛苦,换来的却是无故的排挤和不尽的打击。

玟玟从此默默无语,情绪一直很低落,每天准时上班,按时下班,不折不扣地完成自己分内的事,虽说平庸,倒也太平无事。新的一届领导上任,玟玟按部就班,踏踏实实地干事。终于有一天,新领导把她叫到办公室谈话,并委以重任。想到自己多年来从未受到领导的赏识和栽培,玟玟感到受宠若惊,同时,无限感激之情不能言语。从此,玟玟在工作上更加勤奋卖力,白天上班,下班回家加班加点,经常开夜车,每天都是紧张地工作,快节奏地生活。她这般拼命,为的就是不辜负领导的信任。

信任是一种力量。它无形中指引着玟玟从迷茫、颓唐到自新、自强,再一步步走向胜利,走向成功。信任是一种期望,唯有领导的期望,才会带动下属昂扬向上的工作热情,带给单位意想不到的收获和无穷无尽的发展潜力。信任更是一种博大的胸怀和无私的关爱,只有全体职工怀有感恩之心,一心为集体着想,脚踏实地,乐于奉献,单位才有和谐,才有生机和活力,才能迎来硕果累累的灿烂明天。

  玟玟得到了单位领导的信任,从此工作很快乐,也很勤奋,这都是信任带来的变化。让我们携起手来,不计前嫌,敞开胸襟,奋力前进吧!

包公精神闪耀时代之光

在有着悠久历史文化的中国,包公一直受到不论为官还是为民者的普遍敬仰。千百年来,每当人们遇到腐败逆流弥漫政坛,忠贞之士遭受压抑,广大民众溺于水火,正气不得伸,有冤无处诉的时候,便想到了这位敢说真话,敢斗邪恶,为民请命的清官。包公精神已被广大民众认可,成为人们遵循的信念,渗透于现实生活的方方面面。"清心为治本,直道是身谋。秀干终成栋,精钢不作钩。仓充鼠雀喜,草尽兔狐愁。史册有遗训,毋贻来者羞。"包拯出仕时写的这首戒廉诗,体现为民者愿,可作"为政者师"。当今,在坚持全面依法治国、全面从严治党、高压惩贪肃腐的新形势下,重温和学习借鉴包公精神,具有非常重要的现实意义和深远的历史意义。

包拯忠于君主、社稷和民族。他曾说:"臣生于草茅,早从宦学,尽信前书之载,窃慕古人之为,知事君行己之方,有竭忠死义之分。"表明自己的理想和追求,一切都是匡正缺失,尽心报国,决不贪恋职权,尸位素餐。在其位就要谋其政,他一系列的治政、外交、国防、民本和法制思想,也是他忠于君主、国家和民族思想的体现。因此,在走上仕途之后,处处"确然素守",时时"期以勉循",一心一意要把国家治理好,来报答皇上的知遇之恩。

一部《包拯集》，全是"奏议"，可以说全是针对当时政治腐败所提的意见和进行改革的办法。由于首先是写给皇帝看的，因而从其用词造句上，就可以直接体会到他的心态和精神。诸如"愿陛下稽前代之成败、念当今之得失""惟陛下特留圣意""惟陛下特赐省察""望陛下图议谋策""愿陛下遵而行之""望陛下早赐指挥""愿陛下顾宗社之重""望陛下上禀祖宗之训，下为社稷之计"之类，俯拾即是，无须备举，其忠君爱国之热忱，已可概见。

包拯对仁宗皇帝提意见的内容很广泛，除一般国家大事而外，不少地方还牵涉仁宗个人的问题。如《七事疏》就集中指责了仁宗"不问是非""以朋党为意""颇恶才能之士""颇主先入之说""多有疑下之意""未能委任忠贤""多有窜逐之臣"等等。包拯的言行确实是"上裨帝阙，下瘳民病，中塞国蠹，一本于大中至正之道"。正因为如此，他的言辞"其心亦无他，止知忠于君而为得也"。

一个人只有清心寡欲，正直厚道，才能不为利困，不为名累，宁静致远，成就一番事业。习近平总书记在视察兰考时，嘱咐党员干部要当"铁包公"，就是要广大党员干部学习"包公精神"，真正做到对党忠诚、清正廉洁、敢于担当。

包拯恪守孟子"民为贵，社稷次之，君为轻"的格言。他说：果为国，岂不以爱民为心哉！他鼓励开荒、修水利、冶铁、制盐，大力发展生产，改善人民生活。增加财赋，减轻人民负担，帮助人民战胜各种自然灾害，过上好日子。

北宋中期，政治腐败已经到了相当严重的程度，贪官污吏横行霸道，加重对老百姓的剥削和压迫，民不堪命。1044年，陈州因为天气突变，粮食绝收，导致饥荒。但官员仍然以"折变"盘剥百姓。为了生存，当地百姓纷纷逃荒要饭。为了减轻百姓的负担，包公写了一封《请免陈州添折见钱疏》，反对京西路转运使以"折变"盘剥陈州百姓，并请求朝廷给予适当赈济。皇帝依折降旨,让包公在陈州放粮救济百姓,救一城百姓于水深火热之中。

包拯从传统的民本思想出发,对这个问题当然是看得非常清楚的。他对仁宗皇帝说:"民者,国之本也。财用所出,安危所系,当务安之为急。"他极力要求仁宗"少留圣意,大缓吾民,以安天下"。他提出了许多整顿腐败的具体办法。《包拯集》中直接请求薄赋敛、宽力役、救饥馑、免折变、籴粮草、罢冶户、罢税率、改盐法、改茶法、罢巡驿、除放欠、保民田、止抑配、惩赃吏的奏疏,至少在五十封以上,鲜明地表现出包拯对民间疾苦的深刻了解,对生民休戚的诚挚关怀。他为了制止贪污腐败,整顿吏治,达到政治清明,政局稳定,人民安居乐业,"幼有所养,老有所终,无夭阏之伤,无庸调之苦"。

作为新时期的共产党员,就是要学习他这种敢于为民请命、人民利益至上的精神。习近平总书记指出:"我们任何时候都必须把人民利益放在第一位。"这深刻揭示了中国共产党人的根本价值立场和价值取向,因为我们党的根本宗旨是全心全意为人民服务,也是我们党所从事的全部事业的出发点和落脚点。

包拯身上所体现的孝亲,可以说是封建伦理道德的最高体现。中国传统文化非常重视孝的观念,强调以孝为本。凡在这方面做得好的人和事,都就会被社会所接受,并得到人们大力宣扬以至流传后世。历史上的包拯就是受儒家思想影响很深的孝子,他在考中进士,朝廷赐官后,毅然辞去官职,在家孝敬父母,十年亡宦,当时就获得了孝敬父母的好名声。

包拯自幼受到良好的教育,28岁一举考中进士,任建昌(今江西永修)知县。这在当时是很了不起的,不但从此登上了政治舞台,还预示着在仕途上有着光明的前景。但考虑到建昌县与家相距数百里,而父母年事已高,不愿长途奔波,包拯便请愿朝廷在庐州附近任职。朝廷也理解包拯的一片孝心,改任和州监税。可当包拯回家请父母随他一起上任时,父母仍然表示留恋故土,不愿前往。是为国尽忠,还是在家孝敬父母,包拯选择了辞官,定居乡里,奉养双亲。直到父母去世,并守孝三年,已38岁的包拯才正式出仕做官,开始他那千古流芳的政治生涯。包拯为了侍奉双亲,居家长达十年,不追求功名利禄,可以说是至忠至孝、淡泊名利的人。《包拯墓志》记载他始以孝闻于州间,欧阳修称赞他少有孝行,闻于乡里,晚有直节,著于朝廷。

民间称包拯为"包黑子",说明他不畏权势,铁面无私,刚直不阿。包拯办事公正,执法如山。就是亲戚朋友犯法也予以惩处,不徇私情,充分体现了他对自己的严格要求和自我约束。新加坡国大中文系高级讲师李焯然博士曾评价说:中国人向来尊敬忠臣、孝子和清官,而包公一人就具备了这三种优良品质。

包拯的三口铡刀更是他严肃执法的象征,无论是皇亲国戚,还是朝中大臣,以及平头百姓,一旦作奸犯科,违法犯罪,都要受到法律的制裁,谁也不能凌驾于法律之上和逍遥于法律之外。包公不惜得罪当朝权贵、刚正不阿的"七弹王逵",终于,朝廷将王逵罢官免职。他弹劾仁宗最亲信的太监阎士良"监守自盗";他4次弹劾皇亲郭承佑,让仁宗几乎下不了台;他弹劾宰相宋痒身为重臣却毫无建树;他6次弹劾"国丈",硬生生把仁宗宠妃的堂伯父张尧佐给弹下马来。包公任庐州知州时,恰巧有一舅舅犯法,包公不以近亲为忌,在公堂上将其依法杖责,严肃惩罚。自此以后,亲朋皆屏息收敛,再不敢胡作非为了。

作为一级政府,一个称职的官,最根本的职责就是除暴安良,敢于碰硬,保护弱势群体,建立起良好的工作和生活秩序,给老百姓建立一个安居乐业、和睦相处的生活和生产、学习环境。老百姓既不要贪官,也不要"瘫官",做"太平官"和"好好先生"只会助长懒政、庸政,只会带坏一方政治生态,决不可等闲视之。

包拯入朝后，以清廉刚正立朝，流传后世。他说：廉者，民之表也；贪者，民之贼也。他清廉俭朴，虽然身居高位，可是衣着、饮食、用具依然保持着做官前的本色，数十年如一日。

包拯出仕后，从地方官做起，历任要职，所到之处无不清廉自守。"与人不苟合，不伪辞色悦人，平居无私书，故人亲党皆绝之。虽贵，衣服、器用、饮食如布衣时。"包拯在《书端州郡斋壁》里表达了自己的清心治本、直道从政的善良愿望，他也正是这样做的。在知端州时，当地出产的贡品端砚，素来是文人学士、达官贵人喜爱的宝物，但作为父母官的包拯，"命制者才足贡数，岁满不持一砚归"，不想用它作为结交权贵的礼物，也不想自己收藏，有损清白的名声。

包拯不仅自奉廉洁，清操自守，而且严格要求自己的子孙，立下《家训》："后世子孙仕宦有犯赃滥者，不得放归本家；亡殁之后，不得葬于大茔之中。不从吾志，非吾子孙。"其子包绶的墓志铭说："公生平清苦自守，廉白是务，遗外声利，罕有伦比。孝肃以清白劲正光于青史，公可谓能克家者。"其孙包永年，虽累任主簿、县尉、知县等职，但其墓志铭说，他死后，"发所私，了无蓄遗，故丧葬之具，皆二弟力营之。于是益知公生平刻苦，自筮仕以迄于终，曾无贪求苟得于下也如此"。

这些家训、家规，在外人看来极其严苛，但包氏后人能够谨守不渝，不敢违逆，是孝肃公家教流传使然。包公虽身居高位，但"衣服、器用、饮食如布衣时"，足以令那些讲排场、比阔气权贵者汗颜！

包拯自身具有的优秀品质是当代社会为官的楷模。包拯作为不朽的清官形象，早已越过时空，超越国度，乃至超越了阶级，就和孔子、老子、柏拉图、亚里士多德等中外大思想家一样，为前人和今人，为黄皮肤"龙的传人"和其他肤色热爱中国、崇尚清廉的外国人所敬重。作为中华民族宝贵精神财富的包公精神，我们共产党人绝不能丢掉，不仅不能丢掉，还应该继承和发扬，薪火相传。对于我们共产党人来说，包公精神是一面旗帜、一面镜子、一把尺子,他的那种清心直道的本色、铁面无私的品格、以民为本的赤诚、体恤民情的秉性,都非常值得我们共产党人景仰和学习,是我们共产党人在谋事、创业、为官、做人等方面的优秀典范。

肥东正谋划建设包公文化园,规划面积18.3平方公里,东起包公镇中心镇东部边界处,西沿包公镇镇域边界龙、虎山脉,北到塔山生态园,南至黑洼水库南部边界。包公文化园欲将包公镇的大包村、小包村、岘山村、文集村连片打造,作为全国首个廉政文化教育基地。同时,这里是国内首个情景式包公文化旅游区,首个可互动、可体验、可娱乐的包公文化旅游区,成为合肥对外文化交流的窗口。从肥东"一路清廉"景区的建设到合肥地铁的包公文化墙,从高清电视纪录片《千年包公》到"包公杯"反腐倡廉作品展演,包公精神再次得到弘扬,正从合肥向世界传递出正能量。

品味初心　砥砺奋进

2021年,是中国共产党成立100周年。中共中央决定在全党开展党史学习教育,做到学史明理、学史增信、学史崇德、学史力行,对于传承红色基因、牢记初心使命、坚持正确方向,对于深入学习领会习近平新时代中国特色社会主义思想,引导广大党员干部增强"四个意识"、坚定"四个自信"、做到"两个维护",具有重大而深远的意义。

中国共产党领导中国人民走过的百年历程,是光荣辉煌的一百年,也是艰苦卓绝的一百年;是奠基立业的一百年,也是开辟未来的一百年。在一百年的接续奋斗中,党领导人民创造了伟大历史,铸就了伟大精神,形成了宝贵经验,使中华民族迎来了从站起来、富起来到强起来的伟大飞跃,创造了中华民族发展史、人类社会进步史上的伟大奇迹。

参加县委史志研究室党史学习教育以来,深入学习领会习近平总书记关于学习党史的重要论述,紧紧围绕《中国共产党简史》《论中国共产党历史》《毛泽东、邓小平、江泽民、胡锦涛关于中国共产党历史论述摘编》《习近平新时代中国特色社会主义思想学习问答》《历史是最好的教科书》《习近平谈治国理政》等必读书目,更加明白中国共产党从浙江嘉兴南湖上的一条小船出发,走过百年奋斗历程,谱写了可歌可泣的壮丽篇章。通过看原著、读原文,耐心细致地品读,原原本本地精读等方式学习党史,更加坚定革命信仰,锻造坚毅品质,增强开拓前进的勇气和力量,深刻体会中国共产党从诞生、成长到壮大的艰辛与伟大,感悟共产党人前仆后继、勇敢斗争、舍生忘死的精神品质。

学好党史,要在细学的基础上,运用系统思维、宏观视野,把革命、建设、改革等历史时期串联起来,充分认识特定历史条件下,党史内部外部以及前后都有着不可分割的密切联系。善于从历史长河、时代大潮、全球风云中分析演变机理,探究历史规律。我党的百年光辉历史,就是一部为中国人民谋幸福、为中华民族谋复兴的历史。从艰苦卓绝的革命史、波澜壮阔的改革史,到有效控制疫情、实现脱贫攻坚胜利、全面建成小康社会的今天,中国共产党始终坚持"以人民为中心"的初心原点,生动诠释了"人民至上、生命至上"的情怀境界。

学党史、悟思想、办实事、开新局。以"史"磨砺坚定意志,担当时代重任。翻开党史这本"教科书",红色印记熠熠生辉。爱国精神、无畏精神、长征精神等体现得淋漓尽致,英雄事迹不胜枚举,革命精神传承至今。以"史"铸就信念之魂,点亮忠诚坐标。忠于党、忠于国家、忠于人民,忠诚是共产党人鲜明的政治品格。党史中忠诚卫士的英雄图谱,一个个闪亮的名字,一幕幕感人的场景,无数共产党人用忠诚书写了伟大史诗。以"史"强化责任之心,焕发拼搏劲头。学习党史中无数先辈用青春和热血书写的奋斗史,不仅有利于我们提升自身素质、丰富理论知识,更有利于指导我们从历史的角度展望中国的未来,从现实的角度总览辉煌的成就。

学习历史是为了更好地走向未来。百年党史,是民族的精神"富矿",是共产党人的灯塔。在全面建设社会主义现代化国家、实现中华民族伟大复兴中国梦的征程中,要以史为鉴,以史为师,从这座"富矿"中汲取百炼成钢、砥砺奋进的力量。学习党史,要进一步品味共产党人的为民情怀,做到追根溯源悟初心、为民服务践初心。工作中要牢记"民生无小事,枝叶总关情",要发扬"为民服务孺子牛"精神,时刻想群众之所想,急群众之所急。多为群众办好事、办实事、解难题,真正把党史学习教育转化为做好本职工作、勇于担当、奋力作为的全部感情和动力。

富于激情是一种快乐

前几天我在报纸上看到一篇文章,是关于"心"的评论文章。文章写得相当精彩,遣词造句也很优美、准确,深为作者的学术修养和文字功底所倾倒。联系自己在社会实践中的切身感受,深深领悟到工作光有"心"还不行,还要有"情"的渗透和互动。

富于激情是一种快乐,它体现了一种积极向上的工作态度。这是干好工作、推进事业的前提。没有激情,工作就少了动力;没有激情,事业就难有起色。唯有满腔热情地投入工作和事业中,才能奋发向上,开拓进取。

富于激情是一种快乐,它体现了一种尽职尽责的敬业精神。这是干好工作、推进事业的关键。没有激情,工作就少了温暖;没有激情,事业就不会火热。唯有持之以恒、坚持不懈地热情工作,摒除私心和杂念,才能做到以事业为本,以大局为重。

富于激情是一种快乐,它体现了一种精益求精的责任意识。这是干好工作、推进事业的保证。没有激情,工作就少了脚踏实地、扎扎实实;没有激情,事业就少了专心致志和全力以赴。唯有不计较得失,不在意利多利少,把全部精力投入工作,才能感到快乐。

歌德曾经说过,"尽力去履行你的职责,那你就会立即知道你的价值"。要想做好工作,首先必须热爱你的工作,要全身心地投入你的工作;要想提升工作的质量和水平,就必须不放过任何一个细节,不留有任何一个疏漏。那样,你才算工作兢兢业业、尽职尽责,事业才会激情洋溢,有种幸福的感觉!

习近平总书记告诉我们,未来是属于年轻人的。幸福都是奋斗出来的,奋斗的人生最美。唯有撸起袖子加油干,才会拥有更美好的明天!不敢说自己有多么大的理想和抱负,但心中有一个执念:只要不浪费每一个奋斗的日子,不虚度上班的每一天,就一定能得到成长!愿每一个工作的日子里,都能被时光温柔以待,都能与同事、领导和谐相处,都能温暖如春,心情美美!

由两句廉政话说开去

追溯历史,中国官员吟诗抒怀俯拾即是,写下了许多优秀的"清官诗"。这些诗词或为表白心迹志向,或为警示自身慎独,催人奋进、充满正气。这些诗词像檄文,似号角,深受老百姓喜欢和推崇,传诵千古,流芳百世。每每阅读有关廉政建设的古诗词,灵魂深处便会受到触动。

在读过的所有有关廉政建设的文章中,我很喜欢宋代"和靖先生"林逋《省心录》里的两句,内容是这样的:"心不清则无以见道,志不确则无以立功。"意思是:心里不清静,多贪欲,就不能明白事理;志向不坚定,多妄念,就不能建功立业。这两句话虽然只有寥寥 16 个字,但从中可以看出要做一名清官廉吏,必须淡泊名利、清心直道,关心民瘼、体恤民疾,公正廉洁、励精图治。今天反复诵读研习这两句话,用四个字来概括最为简洁,那就是"廉政思想"。据说,林逋的这两句话,是当前党员领导干部开展廉政警示教育,学习摘录和撰写心得引用次数最多的名言警句。

"廉政"主要指政府工作人员在履行其职能时不以权谋私,办事公正廉洁。廉洁是一种操守,是一种习惯,也是一种生活方式,比之"外治",廉洁更需要依靠"内修"。人类刚进入原始社会时,很多人聚在一起，以打猎为生，由身强力壮的男人担任猎手，根据能力选出族长来指挥打猎，老人、妇女和小孩做一些力所能及的事，一个族里的人和谐相处。族长和那些打猎的勇士，不会因为自己的功劳很大就把猎物最好的部分占为己有，族长会把猎物最好的部分给老人、妇女和小孩。当时的人没有私心，他们最大的愿望就是活着，只想着如何把猎物弄到手，然后和族人一起分享劳动成果。

反腐倡廉，自古有之。在中国五千年的历史长河中，每个朝代对腐败都深恶痛绝，处以极其严厉的刑罚。自党的十八大以来，在新的历史条件下，中国共产党一直坚持不懈，不达目的绝不罢休，在全国上下党政领导干部中开展了最为大快人心的反腐倡廉工作。中国共产党作为代表工人阶级和全国各族人民的政党，除了人民的利益之外没有任何自己的特殊利益，我们党进行的一切奋斗，归根结底也是为了最广大人民的根本利益。执政为民是中国共产党所有党员领导干部执政掌权的出发点和落脚点，要始终坚持克己奉公、廉洁从政，用心倾听群众心声来治理国家。

中国共产党历经波折，用坚定的共产主义信仰，带领中国人民从苦难走向辉煌，用明确的目标取得了举世瞩目的成就。今天的中国已经从贫穷落后的旧中国发展成一个繁荣兴旺的新中国。当大多数人都在无私奉献，奋力拼搏建设美丽中国的时候，一部分人却将黑手伸向了改革开放和人民用血汗创造的成果，把祖先遗训忘在了脑后，严重伤害了人民的心灵。有些党员领导干部满脑子杂念，常为私欲缠绕，想的多是升官、发财、光宗耀祖、封妻荫子，打的是个人小算盘。因为不能"心静"，而被金钱所"累"，被虚荣所"困"，最终因贪腐受贿落马。党员干部作为人民公仆，尤其是那些手握重权的领导干部，应该将共产主义信仰作为走向最终胜利如磐的根、不变的魂，严守政治纪律和政治规矩，始终保持政治定力，真抓实干，廉洁从政，敬始如终，善作善成。

每个人的体内都有着欲望的烈马。贪如火,不遏则燎原;欲如水,不遏则滔天。"清正在德,廉洁在志。"每一个真实的反腐案例鲜活地告诉我们:"懂得选择、学会放弃、耐得住寂寞、经得起诱惑,方为清廉。"其实,清廉,应该是一个人该有的道德本色,为人坦诚、做事严谨,在是非面前有辨别力,在诱惑面前有自控力,在警示面前有悔过心,自尊自重、接受监督。随着国家廉政建设的大力推进,一批批贪官纷纷落马,背后是一串串惊人的贪腐数字,让我们看到党中央反腐倡廉的决心和廉洁从政的态度。

今天的廉政建设让党的事业扎根中华大地,惠泽天下。新时期,我们的党员领导干部要胸怀一颗感恩的心,从身边的点滴工作做起,把党的教诲、党的规定时刻记在心里。我们要不忘初心,牢记使命,不断进行世界观和人生观改造,继承党的优良传统,自觉增强明辨是非的能力,把自己锻炼成"金钟罩""铁布衫",争做新时代人人爱戴敬仰的张富清式共产党人。

学习沈浩,甘当英烈宣讲人

2009年11月6日,深受小岗村群众爱戴的好党员、好干部、好书记沈浩同志,因积劳成疾,猝逝在工作一线。2004年2月,沈浩同志服从组织的安排,义无反顾地来到了小岗村,开始了艰苦创业的新征程,担负起建设发展"中国改革第一村"的历史重任,为小岗村的发展殚精竭虑,为小岗人的幸福奔波操劳。他以个人的热情、执着、奉献,为小岗村百姓带来了实实在在的优惠,让包产到户第一村在改革开放的大潮中看到了发展的希望,燃起了发展的欲望。

沈浩同志逝世后,中央领导同志先后做出重要批示,对沈浩同志表示沉痛悼念,对深入学习宣传沈浩同志先进事迹提出明确要求。一个平凡的挂职干部书写了不平凡的人生,成了万人景仰的丰碑,成了党的宝贵精神财富。耳闻目睹沈浩同志的先进事迹后,我辗转反侧,彻夜难寐,心中久久难以平静。一个真正心中装着百姓的沈书记,没有豪言壮语,没有高谈阔论,只有默默耕耘,只有无私奉献。他那种对党忠诚、一心为民的坚定信念,任劳任怨、乐于奉献的无私情怀,为人正派、勤奋敬业的务实作风永远值得我学习。

6年来,沈浩同志始终怀着一种重任在肩的使命感,保持一种昂扬向上的精神,克服种种困难,扎根农村,尽职尽责,辛勤耕耘。沈浩同志不仅仅是挂职干部的代表,更是共产党人的代表,他实现了党的宗旨,在鱼水情深中体现着一个共产党人的高尚品质,将个人理想与百姓幸福紧密地联系在一起。现在的小岗村发生了翻天覆地的变化,平坦宽阔的水泥路、规划整齐的深加工厂房、造型美观的居民楼房、先进气派的村委办公室、意义深刻的"大包干"纪念馆、搭建整齐的蔬菜大棚,是这个6年离家却以小岗为家的好书记,带领小岗村人民一天天富裕起来的。这是一位处级干部坚定不移地把自己的青春献给农村事业。

有人赞叹说沈浩是一位拓荒者,这句话一点没错。拓荒,体现的是一种勇气,一种敢于先行先试、开拓创新的勇气。沈浩以忠诚和大爱,以创新和奋斗,以青春和生命,带领干部群众在小岗村进行了6年的探索与实践,推动了小岗人走上脱贫致富的道路,这是一种无畏的拓荒精神。他是一面旗帜、一面镜子,更是一盏明灯。沈浩书记在最平凡的工作岗位上干出最不平凡的业绩,他用自己的一颗对党忠诚、对民赤诚的爱国爱民之心,让人生在奉献中闪光。学习沈浩,就是要像他那样,始终以党和人民的事业为重,立足岗位,恪尽职守,奉献才干,为党旗增辉,努力在服务人民、报效祖国的过程中实现人生价值。

在现在以及将来的工作中,我要把沈书记的精神作为前进路上的灯塔,指引着自己前进。大学毕业后,我通过层层选拔顺利成为全国重点文物保护单位——渡江战役总前委旧址纪念馆的一名讲解员。纪念馆地处乡村,我工作了12年,并且成为一名合格的中国共产党党员。农村没有城市的繁华,没有城市条件优越,工作是艰难的,道路是坎坷的。我曾想过退缩,但当我看到前来参观、求知似渴、热情朴实的瞻仰者时,我又有了信心。

由于单位离家很远,交通不便,为了不影响工作,12年里,我每个工作日中午不回家,早出晚归。在单位,我勇当先锋,不怕吃苦。前后共接待省、市、县各级领导和中央、部级重要观众数十万人次,大小讲解数万场次。每逢双休日、节假日,我也坚守工作岗位,立足本职,热情讲解,多次受到领导、同事和观众的好评。净化心灵,感化观众,针对不同年龄、不同知识层次、不同接待规格的观众,进行分类讲解,讲解绘声绘色、栩栩如生。只要一有时间,我便学习新知识,钻研新业务,积累经验,博采众长。我与纪念馆的同事一起搜集材料、撰写文字,编写纪念馆文史类资料馆藏用书《风起瑶岗》,此书多次印刷,累计出版发行上万册,向前来参观的观众赠阅,效果很好。我先后获得安徽师范大学授予的中文系汉语言文学专业自考本科学历证书、中共中央党校颁发的在职研究生学历证书。

渡江战役总前委旧址纪念馆是全国爱国主义教育和国防教育基地,我深知自己肩负着"纪念先辈,教育后人"的重任,为贯彻落实中共中央《关于加强未成年人思想道德建设》,数年如一日地向广大青少年提供免费讲解,免费接待。12年里,我积极参与省、市、县以及全国举办的各种讲解比赛活动,主动与同行及专家、学者进行业务学习、交流,增加知识,开阔视野。在各级领导的关心和培养下,我获得了"全国巾帼文明示范岗""全国优秀讲解员"等多项殊荣。在学术领域,我撰写了论文《浅谈文博事业中的讲解工作》《做好革命纪念馆服务和讲解工作》,分别获得肥东县首届中青年学术论文优秀奖和肥东县第二届中青年学术论文三等奖。12年里,为了工作,我全身心投入,将幼小的儿子托付给亲戚照顾,舍弃小家,顾全大家。家人有的时候不全理解,老公偶尔会误解,孩子更多的时候是含泪不松手。我没有怪他们,我向他们解释,做他们的思想工作。我始终保持奋发有为、昂扬向上的精神状态,以饱满的工作激情,在自己的岗位上释放出自己最大的能量,用最大的努力去争取最好的业绩。我想得最多的是,每一个时代,都要有一些敢于、甘于、乐于奉献的人。我就是这样做的,而且我也会一如既往地坚持下去。我知道,我所做的一切是平凡的,跟沈书记的先进事迹无法相提并论。但我深深懂得,我之所以这样坚持,是出于对讲解工作的热爱、对革命先烈的无比景仰。虽然吃苦受累,但作为丰富人生的一段经历,我要让自己得到锻炼,我要努力实现平凡的岗位不平凡的业绩。忠诚于事业,首先在于忠诚于自己的理想。我要用自己的忠诚书写自己永恒的青春之歌!

我要向沈浩书记学习,学习他为民无私奉献的情怀,把共产党的色彩彰显、放大。卢梭说:"生活得最有意义的人,并不就是年岁活到最大的人,而是对生活最有感受的人。"生活告诉我,一个人活着,要使自己的幸福最大化,而且要让别人因为你的存在而幸福多一些。纪念馆讲解工作是一份高尚的职业,我每天到馆服务,按时到位,风雨无阻。我以多年的讲解经验、富有魅力的音质、渊博的文物知识,让观众对展品有更多的了解,帮助观众"看"懂展品;讲当年会战的艰苦卓绝,讲历史存留下来的遗迹,讲发掘过程中的事例和典故,让广大观众思想上受到教育,观念上受到冲击,灵魂深处得到深刻的洗礼。

服务民众是讲解员的天职,在今后的工作中,我要弘扬沈浩书记的精神,以一流的精神状态和工作状态,以历史文化守护者的忠诚,全身心地坚守在讲解岗位,保护好、发挥好、利用好纪念馆的文物、文化资源,让观众最大程度地感触文化,注入和谐血液,为我们的文化传统,为人类的文明进步,为建设和谐文化、构建社会主义和谐社会做出应有的贡献!

情有可言

童 心

　　童心,有一种伟大的力量,让我们从这种无形的力量中获取一种伟大的情感——爱。因为童心不仅可以令人散发出天真和单纯美好的感觉,还可以让人放下心中所有的戒备。

　　从没逛过服装市场的我,突然心血来潮也去转了一回。去了才发现,服装市场的生意特别火爆。不光衣服款式繁多,新颖别致,就连逛服装市场的人也各种各样,层次分明。有童装和成人装,款式有休闲的、时尚的,品牌有大众化的和知名的。逛服装市场的人也是各种身份,有经理、老板、职员和学生。当然,经营服装生意的人,有的热情好客,有的诚实厚道,有的牙尖嘴利,有的奸诈吝啬。谈成生意的,主客一片笑声;正在讨价还价的,你进我退地争论个面红耳赤。

　　最后,我停留在一家童装店前。店主满面春风,给我介绍她店里的服装如何上乘。或许被她的唇枪舌剑拿下了,或许被她店里的童装迷倒了,我竟鬼使神差地掏出钱包。最终让女店主张大嘴巴,瞪大圆眼看着我的是,我不是给正上幼儿园的儿子买衣服,却是给已过而立、身体偏胖的自己挑了一件花季少女爱穿的公主裙。我爱不释手,仔细端详着裙子,生怕有什么破绽。开票后,我把裙子反反复复、里里外外又查看几遍,才心满意足,如获至宝地凯旋。

后来,小区里的邻居指着鼻子羞我:"多大年龄了,还冒充纯真少女啊,你怎么敢穿这件衣服出门呢?"我依然不改初衷,放着胆子穿着公主裙上班。同事们乐了:"你还真是童心未泯噢,衣服十五岁,年龄三十岁。你真时尚,独自前卫呀?!"我摇摇头,苦笑着。

　　童心能让我们除去心灵的不洁,返回一种纯真、简单的状态。真的,丧失了童心,看这个世界便不再美好。每天只为些蝇头小利活在金钱和权力的边缘,人生便失去了意义。童心,让我们永远保留第一次尝试时的好奇心与新鲜感。让我们带上激动和喜悦,存一颗童心生活吧!

灯 芯

岁岁重阳,今又重阳。看到友人都在为父母长辈们祝福,心底委实难过万分。想到我的母亲早就离开人世,现在自己也做了母亲,才算真正明白"养儿才知报娘恩"这句话的道理。是的,母亲是什么?母亲就是孩子的大树,风来了,她来遮,雨来了,她来挡,什么委屈都能为孩子受,这,就是母亲。可是,子欲孝而亲不待,我那日思夜想的母亲,我那勤劳善良的母亲,我那一生平凡的母亲,多想再给您盛一碗饭,再为您端一杯水,再喊您一声妈呀!

掉入思念的长河,十分想念我的母亲,翻箱倒柜寻找母亲生前的东西。可是,贫苦伟大的母亲却没有给我留下一件贵重的物件。从我记事起村里就不通电,多年以后通上电了又隔三岔五地停电。为此,母亲一有空闲就手工搓制煤油灯芯。看到眼前这根根凝结母亲智慧和汗水的灯芯,我紧握在手中,泪如雨下。这是母亲留给我的永恒记忆,我将会永远珍藏起来。

我出生在一个贫穷落后的小村庄。小时候,村里没有电,每户人家最常用的照明工具是煤油灯。一到晚上,全家人都围坐在仅有的一盏煤油灯旁,借着昏暗的灯光吃晚饭、缝衣服、钉扣子、做布鞋、编竹筐、纳鞋垫、剥花生、搓草绳、写作业、话家常等。条件虽然艰苦,但劳累了一天的大人们晚上聚在一起,陪在孩子们身边,我们感觉很开心,很安全。

这种旧式煤油灯的灯芯需要家里大人手工制作。我家的灯芯是母亲将自己平时纺棉花舍不得丢弃的旧纱线头攒起来拧成团做成的。灯芯的粗细是母亲通过长期观察,经过认真计算做出来的。母亲常说:灯芯粗光线亮度强,耗油就快;灯芯细能省油,但是光线会暗淡;灯芯不粗不细才算好,既省油又省线。

三十多年过去了,我依然清晰地记得,第一次兴高采烈地接过母亲递给我的两张煤油票,去乡供销社打煤油。那是母亲从村主任手中领取的每家每月定额的2斤煤油票,母亲一直揣在怀里生怕弄丢了,十分小心,特别珍贵。我和村里几个好伙伴背着黄色帆布书包,徒步赶往十五公里外的乡供销社。可是,小孩子的天性就是贪玩和粗心。打好煤油,返程途中,我们有说有笑,蹦蹦跳跳,边走边玩,丝毫没有察觉手里的煤油瓶随时有落地的危险。出了供销社没多远,由于我手中的煤油溢出瓶口,加上手心太滑,一不小心将装满全家光明和温暖的两瓶煤油掉落地上。煤油瓶当即摔得粉碎,2斤煤油几秒钟工夫就被地上的灰尘喝得一干二净,煤油一下子就干涸不见了踪影。

这下可糟了,知道自己闯了大祸,我猜想一定会遭到全家人特别是母亲的责骂,害怕极了。我一动不动站在煤油瓶破碎的地方放声哭泣,双腿瑟瑟发抖。任凭同行的伙伴们怎么安慰我,我就是有流不完的泪水和道不尽的委屈,没有回家的勇气。无奈之下,她们只好让我一个人留在原地,逃也似的跑回各自的家。估计是哭太久累了的缘故,最后连站着的力气都没有,我一屁股瘫坐在地上,深埋着头,双手紧捂着脸,任凭冰凉的晚风吹散头发,马路边的草丛里不时地响起落叶翻滚的声音。

也记不清过去多长时间,天渐渐黑了。母亲见我还没回家,就和大哥大姐火急火燎地沿路寻找到乡里。等见到我还蹲在马路边上没有走远,母亲既高兴又心酸地一把抓住我,把我紧紧抱着。回家的路上,母亲告诉我,煤油瓶打碎了,煤油漏了,都没有关系,家还是要回的,要不然母亲和姐姐哥哥们会担心,会着急。知道母亲不会批评我,我低着头乖乖地跟着母亲回家了。我记得,后来那两个月,哥哥姐姐晚上不再写作业,几次考试都不及格,村小老师找上门来询问何因。母亲不再在灯下给全家人缝纽扣、做新鞋,父亲无法编竹筐、搓草绳挣工分钱缴大队,爷爷不再给我们讲他那段最神奇的远古故事和不老传说。只要天一黑,全家人只能摸黑,关门休息,不再说话,不再干活,兄妹间少了许多快乐,心里缺了默契。

母亲常常告诫我们:做人要像一粒种子,生活向下看,工作向上看,不能贪图享乐,做一个对社会有用的人。母亲是这么说的,她也是这么做的。母亲的一生十分短暂,去世时年仅62岁,但乡亲们都称赞母亲特别能干,深深记挂着母亲的音容笑貌。母亲总是省吃俭用,我家饭桌上吃的菜、脚上穿的鞋、身上穿的衣服,都是母亲自己栽种和手工纺织的。母亲从来舍不得为自己多花一分钱,她想得最多的是让她的孩子们健康成长,快乐生活。

我们家兄妹六个,母亲起早贪黑,每天早晨三点多钟天还没亮就起床,扫地、挑水、洗衣、生火、做饭、喂猪、放鸡、养鸭、饮牛。等所有的家务活忙完,隔壁邻居家才开始醒来,母亲又拖着沉重的农具下地干活。晚上天黑了好久,田地里一个人都没有,村里人都回家吃晚饭了,母亲才肯从地里回家来。乡亲们都说我家地里的庄稼每年都比他们家长势旺,产量高。家里家外全是母亲操劳,可她却从来不知疲倦,每天都像铆足劲的陀螺,一刻也闲不住,脚不沾地,永远是超负荷地劳作着。母亲走起路来带着风,连走带跑,她说这样会节约时间,可以多干些活。由于孩子多,家境贫寒,全靠面朝黄土背朝天的父亲母亲把我们拉扯养活、长大成人,在饥不择食、食不果腹的年代里,这些事情是何等艰难和不易。

　　母亲一个字不认识,是一名地地道道的农民。因为家里负担实在太重,哥哥姐姐们有的只读到小学三年级,有的压根没有背过书包。母亲深知没有文化的苦楚,最关心我的学习。从我念书那天起,母亲就把希望寄托在我身上,叮嘱我一定要好好学习。1996年,我以优异的成绩考取了某所高校,家族长辈们都十分高兴,可是母亲却早在4年前就去了另一个世界,没来得及听到这个好消息,我只能跪在母亲坟前禀报。大学毕业后,我有了一份稳定的工作,开始了美好的生活。

　　如今,母亲离开我已经整整26年了,村子里发生了许多翻天覆地的变化。家家住上了楼房,户户都有电视,都装了电话和网络,再也不担心会停电了。听说,为响应美丽乡村建设,镇上给村里修建了宽阔平坦的环村游步道和村村通柏油路,装上了精致优美的太阳能路灯,新增两处健身休闲活动广场和一处崭新的文化艺术演出大舞台。县里全民文化月和送戏进万村等大型演出活动,都在大舞台上演。公益放映队经常给村民们免费推送经典影片,丰富村民们的文化生活和精神世界。

　　晚上,吃过晚饭,村民们纷纷来到活动广场上。他们带着音响,摇着彩扇,唱歌的、跳广场舞的、打太极拳的、练习唱庐剧的、散步的、拉家常的,整个广场热闹非凡。大哥开心地对我说:村里生活越来越好了,道路越来越宽敞了,环境越来越美了,村民们越来越亲了,整个村庄一片祥和。望着远处整齐明亮的太阳能路灯,铭记母亲的教诲,我加快脚步,向灯火通明的村庄走近。

情有可言

大 叔

大叔前几天给我微信留言,说他在家里整理材料时,发现了我 2001 年 4 月 16 日写给他的信。20 多年后,大叔又将信从头至尾看了一遍,满满六页纸。大叔说,信的内容让他感动。为了留存作为纪念,大叔把那封信用手机一张一张拍下来传给我,希望我不忘初心继续前行奋斗,争取在事业上做出更大的贡献。

大叔对我的关心鼓励和寄予的厚望,我如获至宝,十分珍惜。我告诉大叔,虽然我是一名普通工作者,但一定尽心尽力干好本职工作。只有工作,才能体现一个人的价值和对社会的奉献,才能发挥一个人的长处和优点。对于工作,我必须刻苦努力和赋予满腔热情。大叔是我们村第一个考上大学的人,是村里的骄傲,也是我们村李姓家族的荣耀。一直以来,大叔是我学习的榜样,父亲在世时对我们常常提起他,也是挂在嘴边拿来教育我们的励志典范。我给大叔回复,我不出众,不能像大叔那样能在首都工作和安家落户,但我坚持做到,不管在哪个岗位都要有全力以赴投入工作的状态。大叔看后,对我十分赞许。

大叔名叫李长福,1939 年出生,算起来和我父亲属于堂兄弟。大叔的父亲母亲在我曾祖父辈们那里排行最小,我们晚辈喊大叔的父亲

111

母亲为老爹老奶。饥饿年代,家家不能自保,但老爹老奶特别勤俭节约,也比较精明能干,会做一点小本生意,如买卖黄豆、熬制糖豆、养几只家禽、制作豆制品。因此,老爹老奶家条件相对好些,不光能让孩子们吃饱饭,还能供大叔外出求学。大叔从小很聪明,语文、数学、物理、化学,门门精通,1959年大叔从巢县中学(现巢湖一中)考入北京农业大学(现为中国农业大学)。1964年8月,大叔被分配在中国科学院植物研究所从事小麦育种研究工作,从此,大叔在北京扎下了根。村民们只要一提到北京,自然会想起大叔,也十分羡慕我们李姓家族出了人才。

  大叔工作一贯认真,做人十分谦虚和低调,从事文字编审(正高级),主管多种期刊的发行工作。大叔先后任《植物学报》编辑部主任、植物研究所期刊室主任、中国科学院编辑专业高级职称评审委员会委员、植物研究所植物文献和信息管理中心副主任等职,被授予中国科学院(京区)优秀共产党员,获中国科学技术期刊编辑学会金牛奖,中国科学院建所80周年贡献奖,享受中华人民共和国国务院政府特殊津贴。大叔现在80多岁了,早已过了退休年龄,但他依然退而不休,坚持给有关专业院校授课。用大叔的话说,发挥自己的那份光和热,尽己所能为他人服务。我为大叔的博学多识而感到骄傲,为家乡的名人贤达而感到自豪。大叔这种一丝不苟、爱岗敬业的精神深深感动着我们全村人。

  在我的记忆中,大叔很少回家乡。以前村里大多数人不理解,现在多少能明白个中缘由,不是大叔不想回,而是他实在没有时间。只要大叔从北京回到老家,全村老少都出来迎接,那个场面至今想起来都觉得壮观,也很温馨,乡里乡亲们的感情深厚,也很真挚。大叔回来后,听从老爹老奶的嘱咐,他一定每家每户都走访一遍,和同辈们拉拉呱,问问东,看看西,给晚辈们送些糖果或者说几句赞扬的话,那也是特别珍贵和稀罕的。我在家里年龄最小,不知道是我在外面贪玩还是我睡觉不知道醒,总之,大叔来我家,我一次都没有和大叔见上面,我也不知道大叔究竟长什么样子。那时候,家家都穷困,老爹老奶为了感谢村民们的热情,总要烧好几个菜摆在堂屋中央的八仙桌上。到了吃饭时间,不管哪个来见大叔,老奶都会给他碗里夹几口菜。

大叔热爱家乡,尽管他回来甚少。母亲常常对我们说大叔每次回来,都会带着相机,亲自给村民们拍照,然后将胶卷带到北京冲洗,再邮寄回来。那时候,相机对村民们来说,是最高级的现代工具。我家一直保存着一张黑白照片,那是大叔拍照冲洗好后再寄给母亲的。我记不清楚大叔当年给我们拍照的具体情景,照片上的母亲看上去很开心,母亲怀里抱着大哥家刚会走路的侄子,我约莫6岁,扎着羊角辫,站在母亲边上。后来,母亲只要闲下来,就会时不时翻出来,手里紧紧攥着那张照片,提醒我们要记住大叔的好。长大后,我们渐渐明白,那是大叔把对家乡亲人和村民们的爱装进相机,带回北京,带在身边随时拿出来想念和回忆。

2018年的清明节,大叔和大婶从北京回家乡来祭祖,陪同大叔一起回来的还有在山东莱阳工作已退休的三叔三婶。这一次,我和爱人陪同大叔大婶、二叔、三叔三婶在大哥家吃了一顿饭。大叔离开家乡快60年了,三叔离开家乡40多年,但他们对家乡始终念念不忘、魂牵梦萦。席间,大叔和我们说了许多思念家乡的话,他想念家乡的一草一木,想念村民们朴实的品质,尤其肯定我的父亲母亲勤劳善良、为人忠厚的禀性和告诫子女吃亏是福的优良家风。大叔告诉大哥:不要轻易离开农村,要遵守村里的乡规民约,要耕种好自家的田地。这样,只要大叔回到家乡,大叔就能听到乡音,触摸得到久违的乡情,就能亲近他生于斯不长于斯的乡村。大哥明白,那是大叔浓浓的乡愁和对家乡永远割舍不了的爱,大哥默默地点着头。

五天后,大叔和三叔纷纷离开家乡,返回各自居住的城市。临走时,爱人把大叔送到合肥南站坐高铁。大叔知道我喜欢写作,希望我多写写家乡的人和事,多记录村民们的幸福生活和美好心情,尽力为乡亲们做些力所能及的事情。是的,我的家乡现在越来越美,空气好,道路畅,知名度越来越高,村民们越来越亲。包公故里文化园项目工程已进入最后阶段,即将竣工的孝肃阁、包公故居、包公书院和宋代民居等片区,要打造成包公文化发源地、廉政文化教育地和乡村旅游目的地。包公镇小包村作为包公出生地,会以崭新的面貌呈现在世人面前。我迫不及待地用手机向大叔传递家乡的最新变化,期待大叔再次回乡。

买 房

我和老公结婚的时候，无房无车，没有请婚庆公司，没有举办婚礼仪式，没有彩礼和嫁妆，没有录像，也没有拍结婚照。跟其他年轻人结婚的排场相比，是个十足的裸婚族。第二年，儿子出生了。由于我们都要上班，公婆在家里种地，80多岁的奶奶也需要人照顾，大姐为了帮助我们解燃眉之急，她决定帮我带孩子、做家务。我们将姨侄接来一起住，并从解集转学到撮镇，方便大姐也能照顾姨侄的学习和生活，那时候，我们刚成家，手头不宽裕，在瑶岗村租了一套民房。

我们租住的民房也很破旧，年久失修。碰到雨雪天气，外面大下，屋内小下，有的时候用大大小小的塑料盆接漏。夏天的时候，房间潮湿闷热，蚊虫繁多。有一次孩子在深夜大哭，睡梦中惊醒。我们起身察看，原来有一条蜈蚣爬上婴儿床，在儿子的大腿上留下了两个齿印。我心疼极了，抱起孩子亲了又亲，一直抱在怀里把孩子哄睡熟。

2005年初，考虑到孩子即将上学，我们急需到县城买一套新房。那时候，县城里开发的商品房楼盘少得可怜，一旦有公开出售的消息，就算尚在图纸上，也会立即被人抢购一空。我和老公上班时间短，手上没有过多的积蓄，没有全额付款的能力。家人和亲戚们也困难，我们不好意思向他们借钱买房，心里十分苦恼。

记得,从肥东到合肥的外环交通,大多数人的印象是用转盘来区分记忆的。从东向西,分别是包公像、撮镇路和桂王三个大转盘。3月19日早晨,我在办公室忙着预约讲解登记的事,突然接到熟人打来的电话,告诉我肥东的第三个转盘向北500米开发了新房子,第一期已经卖完,第二期开始预售。我立即给老公打了电话告诉他这个消息,他当机立断,从单位同事那里借了3万元现金火急火燎地往家赶。到家后,我们急急忙忙坐上"蹦蹦车"赶到售楼部。当天的卖房现场相当火爆,买房子的人特别多,好多人凭着预付2000元的顺序号进场,可以一个一个询问楼号,享受优先看房权。而我和老公没有"号头",只能眼巴巴地远远站在围栏外,伸长脖子,观望选房进度。跟在长长的队伍后面,不知什么时候才能轮到我们挑选,十分担心房子又会被抢完。

　　时间早过了12点,太阳高照,又热又渴,围栏外的人群开始按捺不住,都嫌这样选房不科学,速度太慢,耽误太多时间。有几个胆大的人开始向销售商喊话,叫他们打开展厅大门。销售商害怕失控,不敢敞开大门。也不知发生了什么情况,大门被不听话的人群合力顶开了,我们也随着人流挤进了展厅。售楼部经理慌得不得不用大喇叭喊话,紧急停止上午的销售活动,宣布下午3点半才能继续营业。

　　我和老公不敢离开售楼中心太远,只好饿着肚子,坐在附近一棵刚种下不久的香樟树下苦等。好不容易挨到下午开门,5点多才有一位售楼小哥接待我们,给我们推荐了因为面积太大而最难卖的一个楼号。我们犹豫了一会儿,最终交出包里仅有的全部现金,换到了一张象征着财富和地位的红色购房定金票据。我和老公选房成功后,感觉很幸福,那个心情,比中大奖还要激动。当晚,我们没有坐车,手拉手步行回家。一路上,我们的脚步轻快,每隔10分钟便把那张红票据拿到手上,借着皎洁的月光看一眼,然后又放进裤兜里,生怕票据会不翼而飞似的。现在想起来,我们真有些不好意思,直笑话自己没有见过世面。

我们选购的房子是期房,只能说还只是在图纸上。接下来的日子,只有盼着开发商早点开工建造。我和老公天天辛苦工作,勤俭节约,努力挣钱还贷。老公只要出差回来,就会骑着自行车带上我一起去看看房子盖到哪一层了,小区建设到什么程度了,盘算着什么时候能住进新房。春节前,我们迫不及待地凑齐房屋公共维修基金和装潢垃圾清运费,办理好相关手续,终于拿到第一把新房钥匙。

3年后,我和老公又申请贷款买了一间面积不足40平方米的门面房。拿到钥匙后,交给大哥一家住了4年多,开个小超市贴补开销。儿子从幼儿园放学回来,或者周末碰到我上班时,偶尔还能送到大哥家临时看护。后来,为了帮助三弟从滁州回合肥开出租车,我们合资买了一辆连车带营运证一共88万元的二手出租车。现在出租车生意受网约车的挤对,很不景气,只好勉强维持。条件渐渐好了起来,老公让我在驾校报名考了驾照。孩子9周岁生日那年,老公提议买一辆私家车,主要供我接送孩子上学和上班。去年3月份,我和老公在省城买了一套享受价格优惠的100多平方米的房子,这是团购高层房,装潢送精装修,自带电梯,以后上下楼提个重东西就会轻松多了。

时间飞逝,我和老公前后买了三次房子。后两次买房少了第一次买房时的紧张、好奇、急切和喜悦。如今买房,从选号、摇号、签合同到按揭贷款,全程都很规范、有秩序。买房的人大都不慌不忙,有说有笑。有时候,只要闲下来,一提到这一段既艰苦又激动的买房经历,我们都是历历在目。对于出身农村的我和老公,通过自食其力,能够在城市扎根生活和安居乐业,特别难忘。我们会记住一辈子的。

玫瑰花开

清晨,打开玻璃门,看见阳台上的玫瑰花枝头挺着硕大的一个花苞。花枝被花苞压弯了腰,绿叶把红花包得严严实实,却也难掩其红艳艳的花色,着实让人看了喜欢。心中窃喜自己亲手培育三个月的玫瑰成功了,而且还开花了。

"玫瑰"这两个字,千百年来让许多文人骚客创作了无数名作。写得最多的当然是象征爱情的篇章,也是最易感动人的。都说爱情最美,玫瑰就是爱情。是啊,娇艳欲滴的玫瑰能给人带来郁郁清香,令人心旷神怡。而花苞下面那突出的根根青刺,却有另一番刻骨铭心的意味。

我和老公恋爱那会儿,老公从未送花给我,更甭提昂贵的玫瑰。我出生在农村,祖辈都务农,家境贫寒。上大学时的学费都是东拼西凑的,后来就靠学校的奖学金才顺利毕业。毕业后的那段时间,为谋生计,也为了积累社会实践经验,我时常穿梭于各类人才市场。尝试过许多工作,其中的酸甜苦辣应有尽有。后来,老公被分配到省城某事业单位,我则通过考试到乡下工作。我们两个人都知道寻求工作的艰辛和来之不易,相约勤奋学习,努力工作。

刚走上工作岗位,我怀着远大抱负和一身似火的激情投入基层,从不计较名利与得失,应该说是无可厚非的。然而,换来的却是他人的妒忌和排挤。蒙受着厚重的压力和人言的冷漠,我真的郁闷至极。一肚子的窝火,只好回家向老公倾诉。老公劝说我:"做事要懂得谦虚,不要处处显示自己比别人有能耐;要懂得隐藏自己,不动声色;不要争先恐后、急功近利;只要你热爱工作,就算是再默默无闻也有许多他人无法逾越的快乐境界!要懂得自己给自己舒展的空间,那才是真正的快乐着、工作着!"老公的一席话让我宽慰许多。也就是在那天,老公打的从花市买了五朵含苞欲放的玫瑰花送给我,并送上意义深远的祝愿,告诉我五朵玫瑰意味着"你是最棒的"。尽管玫瑰花有刺,但仍不失妖娆美丽的本色。

  这束玫瑰花成为我永恒的记忆,指引我前进的方向,成为我倾诉衷肠的对象。在之后的工作中,我一直谨言慎行,任劳任怨,不敢当众崭露头角,从不大显身手。稍有空隙,我就看看书,不与他人争论,只想认真工作,尽心尽力,无怨无悔!我也不再像以前那样总是困惑于人生的真正意义是什么、时不时地感觉到莫名的茫然和空虚了。我懂得了感恩和知足!虽然没有很高名誉,得不到太多的鲜花和掌声,但心里总觉得实实在在的。盛开的玫瑰,净化了心灵,陶冶了情操,不妨也算一番不小的收获吧!

聆听幸福

很长时间都是急匆匆的,感觉总有做不完的工作,忙不完的应酬。很久没有回乡下,没有安静地面对自己亲人好好沟通。好不容易等到今年五一放假,我迫不及待地坐车回到家乡,与至今仍住在乡下不愿进城的二嫂唠唠家常。

记得二嫂嫁给二哥的时候,我在读小学。算一算,二嫂来我家已经三十多年了。二嫂年近六十,她的两鬓已有许多白发,额头爬满了皱纹,记忆中烙印着生活的艰辛。我们兄妹六个,二哥排行老二,出生于 20 世纪 60 年代初,是一名地地道道的农民。二哥文化程度不高,勉勉强强完成小学课程。

20 世纪 90 年代中期,憨厚、质朴的二哥加入农民工进城打工队伍的行列。打工的生活虽然辛苦,可二哥并不在意,他想通过自己的努力来让家人过上更幸福的生活。可是事与愿违,二哥从小体弱多病,干的又是苦力活,加上舍不得休息,打工不久二哥就被医院确诊为乙型病毒性肝炎(最重的病期)。由于家里穷,二哥不愿静心休养,病情稍有好转他就又出门打工。这样造成转氨酶不能得到彻底控制,而且反复发作,一次比一次凶猛。最终,二哥带着对人间的眷恋和一双儿女的无限牵挂离开了人世。

二哥去世时年仅37岁,欠了许多债,侄子9岁,侄女7岁,家里所有的负担都落在了二嫂肩上。二嫂为了拉扯大两个孩子,什么苦都吃过。她起早贪黑,从不歇息,很辛苦。家里实在供不起两个孩子上学,侄子和侄女都只念完初中就出门打工,为减轻家里负担,贴补家用。侄子拜师学艺,当了一名挖掘机操作手。侄女则学会了缝纫技术,在服装厂当工人。时间过得真快呀,一晃过去22年了。瘦弱的二嫂告诉我,为了侄子的亲事,在县城买了一套新房,装修一新,婚事也办得好风光。侄女也成家了,每次侄女回娘家看望二嫂,都是侄女婿开着私家车来回奔跑着。

随着党的农村政策更加惠民,二嫂在家继续种田。二嫂手里拿着由政府发放种田补贴的"一卡通",脸上露出会心的微笑。二嫂激动地告诉我:再也不用上缴农业税了,这"一卡通"就是由政府统一在农村信用社开户发给农民的一本存折,里边有种田补贴、农业保险、医保和农户低保、军属优待以及独生子女补助等款项。

二嫂高兴地补充说:拿着"一卡通"去医院看病可以报销,买家电给予补贴,购农机享受优惠。这次侄儿还利用"一卡通"购买了一台小型挖掘机,申请了无息贷款,确实让二嫂一家得到了实惠。国家为农村人解决了许多后顾之忧,农村如城市一样也办有医疗保险和养老保险。有时候,二嫂会把"一卡通"拿出来,像捧读一本厚重的书,"一卡通"就是新时期农民走在康庄大道上的绿色通行证,给二嫂带来更大的信心和力量。

村委会的广播站里除了宣传党的重要方针政策,国内国外重大新闻,还播放欢快的歌曲和动听的音乐,让人听了十分惬意和悦耳。二嫂响应全县上下实施农村清洁的号召,每天早上起来首先把屋前屋后都打扫一遍,把垃圾先放到垃圾袋里,再送到垃圾池里。二嫂说村里环境好、空气好,对身体健康也有好处。

是啊，家乡已经"旧貌换新颜"了，现在的乡村已经不是"脏乱差"的代名词，美丽乡村建设正如火如荼地进行。昔日窄而不平的公路，变得宽敞笔直；路的两旁，白杨树叶在微风中翩翩起舞；路边的臭水沟早已清淤，铺上了水泥护坡；一座座水泥拱桥连接着公路与农舍；当年的泥青色瓦房不复存在，整齐划一的小洋楼飞檐翘角，壁白如雪。

不知不觉，村里通了公交车；不知不觉，附近出现了超市；不知不觉，路边架起了路灯；不知不觉，屋外的稻田变成了花草、苗圃；不知不觉，村里人的自行车换成了电动车、摩托车甚至小轿车。村外数条动车、高架铁路桥绵延远方。马路上不时地传来各种车辆的鸣笛声，公交车、中巴、摩托车、电动车、自行车，村里上学的人、上班的人、赶集的人来回穿梭，放眼望去，一派忙碌的景象。

今年是新中国成立 70 周年。我们迈入了中国特色社会主义新时代，这是全国各族人民团结奋斗、不断创造美好生活、逐步实现全体人民共同富裕的时代。二嫂告诉我她不愿随侄儿到县城生活，她习惯乡村这块土地。傍晚时分，二嫂特意为我准备了丰盛的晚餐，有热气腾腾的蒸排骨、红烧土公鸡、韭菜炒鸡蛋、肥大而鲜嫩的木耳菜。惊叹家乡的巨大变化，感染二嫂灿烂的笑容，聆听二嫂叙说她的晚年生活有了幸福的保障。我相信二嫂的生活一定会越来越美好！

父亲的黄军鞋

  冬至亦称冬节、交冬。它是二十四节气之一,是中国的一个传统节日,民间有"冬至大如年"的说法。唐宋时期,冬至是祭天祀祖的日子,皇帝在这天要到郊外举行祭天大典,百姓在这一天要向父母尊长祭拜。父亲离开我们已经整整十一年了,但他至今仍清晰地活在儿女们的心中。想起父亲清苦的一生,我泪如泉涌。今年的冬至想写一篇关于父亲的文章,如有幸能把这些文字发表出来,权当是怀念父亲的最好方式。祝父亲在另一个世界里无忧无虑,一切安好吧!

——题记

  立冬过后,气温越来越低,小区里家家户户的阳台上挂满了晾晒的棉被和过冬的衣物,似乎是要把冬日的阳光和温暖都储藏起来抵御寒冷。爱人一再提醒我说,家里储物间的那只樟木箱好久没有翻晒了。周日这天阳光好,我将箱里的东西全部倒腾出来,让冬阳照一照,兴许能让樟木箱保存得更久远些。

  这只樟木箱可以说是家里最久远的老物件了,小时候一直是母亲看管着,里面存放着许多不为小孩子们知道的"宝贝",母亲去世后,交由父亲保管，放些被褥、衣服、鞋帽和针头线脑。现在父亲也不在了，我和爱人接替了照看箱子的任务。樟木箱里存放着许多从老家整理来的，算不上值钱却又舍不得丢弃的东西。每一件物品，都有父亲的故事。那压在箱底的两双黄军鞋，一新一旧，是有关父亲的最美回忆。

炎热的夏季，酷暑难耐。乡下没有空调，晚上蚊虫多。在农村的父亲晚上能不能睡安稳？不知他在乡下生活得可好？不知道他的那双黄军鞋是否又多了几个窟窿？不知黄军鞋是否又被父亲重新修补好了？出差归来的爱人顾不上休息，便和我一起回老家看望年迈的父亲。知道父亲对黄军鞋有一种特殊的情感，爱人特意托人从外地给父亲新买了一双黄军鞋，这回父亲该不会拒绝了吧。

由于祖上世代为农，家境贫寒，父亲从小吃过许多苦。父辈弟兄三个，两个姑姑，男孩中父亲排行老二。爷爷让父亲帮地主家放牛、放鸭、养猪，给地主家挑水、砍柴、割麦子，一年到头在地主家干活做长工。有时候地主老婆还不让父亲吃饱饭，父亲的身材一直是精瘦精瘦的。不知从什么时候起，父亲学会了一门缝纫手艺。即使村民们将一块块杂七杂八的破旧布料交给父亲，经他裁剪缝制再黏合几下，准能做成一件件让村民们称心的漂亮衣裳。于是，父亲的缝纫技术在邻里乡亲间传播开来。

父亲成家以后，为了养活我们兄妹六个，只要干完农活，就要跑遍好多个村庄去打听有没有缝纫活计，他是要给别户人家做衣服，挣上个三毛五角的零碎钱来贴补家用。要是知道哪家生小孩添丁加口的了，父亲准会免费给他们家送几件由他手工缝制成的小毛布褂、小毛布裤，那是父亲用做衣服时裁下的边角料做成的。村民们争抢着父亲送来的百家衣，都说健康吉祥，夸赞父亲心地善良、为人厚道。

在我的记忆中，母亲常说最盼寒冬腊月天快点到来。这样的话，父亲就会被邻近几个村的村主任排队请去，吃住在他们村上，轮流给条件好的几户人家缝制棉袄、棉裤,办喜事用的床单被罩和过年穿的新衣服。我们心里知道,父亲出门一来可以帮助家里省下不少口粮;二来父亲会用做缝纫挣来的钱置办一些年货,让一家老小过上个像样的新年。愧疚的是,我们兄妹六人没有一个人继承父亲的手艺,父亲的手艺失传了。记得儿子刚出生时的一套小棉衣和一床小棉被也是父亲亲手缝制的。儿子现在长大了,小棉衣再也穿不上了,小棉被至今叠放在儿子的衣柜里。大哥家里依然存放着父亲用了几十年的老缝纫机,他偶尔给父亲的缝纫机上点机油,转动几圈。

母亲去世后,父亲一个人生活,用他的话来说,叫自食其力。父亲属猴,身体还算结实,耳不聋眼不花。70多岁的父亲还经常给村里的人家犁田耙地。说起犁田,那可是父亲最值得炫耀的事情。他不用机器,用的是他自己亲手喂养大的老水牛。父亲左手扶犁,右手扬鞭,脚穿黄军鞋,驾驭着老水牛在田地间一来一回,宛如一幅和谐无比的美丽田园风景图。一个上午,父亲就能翻耕两亩多地。当然,父亲心地善良,给村民们犁田纯属义务劳动,最乐意村民们奖励一碗香喷喷的油炒饭。

父亲生活特别拮据,不乱花一分钱。饭碗里出现次数最多的是他从菜地里挖出来的马铃薯。沉重的生活负担和过多的体力劳累,早使身材瘦小的父亲变成风烛残年的驼背老者。父亲总爱穿他那双黄军鞋出门,不管是下地干活,还是走亲访友。这双黄军鞋打上的补丁一层又一层,缝的棉线一重又一重,但父亲就是舍不得丢弃。我给父亲买的好几双新皮鞋都被父亲压在衣箱的最底层。他说黄军鞋十分合脚,走路、干活也都轻便。延伸开来,他说只有黄军鞋适合他的身份,更能显出他农民的本色。

父亲脚上的黄军鞋有好些个年头了。父亲就是穿着这双黄军鞋辛苦劳作着,供我上大学,犁田耙地,秋去冬来。细心的爱人从提包里拿出一双崭新的黄军鞋,敬献给父亲。这是爱人特意托人从上海高价给父亲购买的,款式新颖,质地优良。父亲微颤着手,并不接收。他怪我们不该乱花钱,他指着脚上的那双黄军鞋说,新鞋还不如他的那双旧鞋舒服,他不能喜新厌旧。无奈父亲与黄军鞋的深厚感情,我只好偷偷把新买来的黄军鞋放在父亲的鞋柜里。脱下父亲脚上的黄军鞋,我重新清洗清洗、修补修补,打了好几个新补丁。皱纹爬满父亲的额头,补丁重现黄军鞋的笑容。祈愿黄军鞋能够始终陪伴着我的父亲,永不退役!

后来,姐姐们陆陆续续离开乡下到城里打工,父亲的生活没有了保障,越发孤单了。2007年9月10日下午,三姐回乡下看望父亲。临走前,三姐给父亲留几百元钱,叮嘱他不要太劳累了,要保重身体,让他多买点有营养的食品。三姐告诉父亲快过中秋节了,几个女儿全部回家陪伴父亲过节,父亲当时高兴极了。可是,世事难料,当晚8点35分,父亲由于脑溢血永远地离开了我们。爱人送给父亲的那双黄军鞋,父亲还没来得及穿上。至今,每每提及父亲,我们都不相信父亲不在人世了,全家人依然沉浸在失去父亲的悲痛中。

睹物思人,深深怀念着我的父亲。黄军鞋,你曾是父亲的伴侣;黄军鞋,你更是父亲的寄托!是你日日夜夜陪伴着父亲,犹如儿女守护在他身旁;是你在父亲生气的时候,成为他发泄怨气、倾诉苦难的忠实听众。黄军鞋只有你知道什么才是父亲最需要、最满意的回报。日里来夜里去,是你随同父亲丈量着天与地的距离,是你引领父亲演绎了岁月无情的更替。我双手捧着父亲的黄军鞋,紧握在胸前,泪水涟涟。

大哥的乡村幸福

我家兄妹六个，大哥出生于 20 世纪 40 年代，是一名地地道道的农民。大哥文化程度不高，只读到小学五年级，后来因为家里经济困难便辍学了。他深知没有文化的苦楚，从我念书那天起，大哥就把希望寄托在我身上，叮嘱我一定要好好学习。1996 年，我以优异的成绩考取了省城某重点高校，全家人十分高兴，当然，最高兴的还是大哥。

大哥很小的时候当过车夫，这个车叫木板车。木板车其实就是人力车，靠人力推和拉的车。那时生产队很穷，仅有的一点口粮养人都很难。马和牛比人娇贵，一匹马和一头牛一顿饭要吃好几口人的食物，养它们，更难。马是养不起的，养了，用处也不大；队里只有一头牛，每家轮流喂养，平时养尊处优，农忙时吭哧吭哧地犁地。平时运粮食或货物，靠农人肩挑、车推，车用的就是木板车。那时马和牛紧缺，人有余，木板车上原先属于马和牛的位置，全换上了人。

每年农忙季节，丰收过后，大哥都要当拉木板车的车夫。大哥低着头，铆足劲，很谦卑地俯身向大地，拉着满载粮食的木板车，一步一步地踩着自己的身影。那时大哥十二三岁光景，疲困、劳累、饥饿排着队出来折腾大哥幼小的身体。生产队队长发觉大哥不十分卖力，对正在埋头向前的大哥重重地呵斥一声："用力些！"大哥一激灵，连忙躬起身子,用力地拖动着岁月一样沉重的木板车。从庄稼地拉到生产队粮仓,路程有多长,坡坎有多远,大哥长满茧子的脚板很难丈量清楚。大哥只知道一步一个脚印,跟着太阳向前拉。大哥吃的苦最多,生活阅历也最丰富。当然,大哥感触最深的还是党的十一届三中全会的召开,从此中国有了正确的发展航向,改革开放给中国带来了翻天覆地的变化。

1998年,快50岁的大哥加入农民工的行列。打工的生活虽然辛苦,可大哥并不在意,他想通过自己的努力来让家人过上更幸福的生活。随着党的农村政策更加惠民,大哥又回家继续种田。大哥手里拿着由政府发放种田补贴的"一卡通",脸上露出朴实、灿烂的笑容。

大哥的孩子都在上海打工。现在家里人口少了,种粮不愁吃的,大哥把其中的四五亩地改种了花草。在县城的大街小巷,总能看到大哥骑着三轮车,车里装满着芬芳的花草。我们家里有许多大哥送来的花草。这些花草让生活在高楼大厦中的人们能时时感受到紧张中的松弛,品尝枯燥中的温润,享受生活中自然的青枝绿叶。

今年,侄儿们要把大哥一家全部接到上海,可大哥说什么也不同意,他就爱家乡这块土地。这块土地见证过他挺拔的身姿,聆听过他爽朗的笑声,接纳过他无数的汗水。乡村里的人们接受过他的再教育,学习过他的农技知识,倾听过他的笛声,尤其欣赏他的人格。人总有点怀旧心理,乡村总与家的概念连在一起。谁都是乡村树枝上的一片叶,飘多远,总有根牵挂他们的步履。在乡下,大哥赤足走惯路,乡下的泥泞总会印满大哥生命的印痕,大哥才是真正的脚踏实地。大哥热爱乡村的幸福生活,因为国家为农村老龄人解决了许多后顾之忧,农村和城市都办有医疗保险和养老保险。

村委会的广播站除了宣传党的重要方针政策,国内国外重大新闻,还播放欢快动听的音乐,让人听了十分惬意和悦耳。大哥说,广播正在播报县里最近在实施农村清洁工程,目的是改变农村环境和卫生脏乱差的旧貌。每天早上起来他首先把屋前屋后都打扫一遍,然后把垃圾先放到垃圾袋里,再送到垃圾池里。由于人人参与卫生整治,现在村里的水更净、路更洁、景更美了,环境好、空气好,对身体健康也有益处,农民的生活质量和幸福指数也在不断提升。

　　憧憬着大哥的乡村生活,有了幸福的保障,我心里也乐开了花。

今夜书房静悄悄

自从儿子中考结束,我的暑假生活就算开始了。今年的暑假对我来说,似乎格外漫长,充满了期待、忧虑、焦急和苦恼。不仅近一个月的时间平均气温持续在36℃以上,令人生厌,烦闷、燥热一齐袭来,就连儿子中考成绩的公布日期,也是千呼万唤不揭晓,万千家长心煎熬。好不容易盼来了儿子心仪已久的肥东一中录取通知书,终于挨到8月25日,学校正式开学,高一新生到校报到,我的假期生活正式结束。

儿子今天晚上就要在学校住宿,开始军训,我既紧张而又感觉新鲜,估计儿子心里还暗暗地有点喜欢吧。这是儿子第一次住校,过集体生活,担心儿子会不适应,我特意到学校男生公寓等他放学,跟他说说该注意的事项,告诉他我把生活用品放在什么地方,衣柜钥匙放在何处比较省心、安全,这样的话可以减少寻找丢失钥匙的焦虑和烦恼,提醒他打热水时要细心点,防止被烫伤。总之,思前想后,有许许多多的话要跟儿子交代。

这是儿子新学期第一次开班会,全校新生集体领书本。离放学时间还早,看到儿子宿舍卫生不太理想,我立刻动手打扫起来,一来打发时间,二来让孩子们省点力气。现在的独生子女都不太会做家务,儿子也不例外。我在楼道里找来了簸箕、扫帚和拖把,将儿子宿舍打扫得干干净净。儿子宿舍里有8个床铺,现在正式入住的有6个人,也许家长们工作都比较忙碌吧,基本上给孩子铺好床位就迅速离校了,无人顾及孩子宿舍的卫生不容乐观。又或者是家长们有意锻炼孩子们的动手能力,让他们自己打扫、自己整理、自己协商吧。那样的话,我是无功反而有过了,或许是我多虑了吧。是的,父母对子女的爱是真挚的,是无私的,是宽广的,是博大的。我知道每个孩子都是爸妈手心里的宝,我要把对儿子的爱播撒给宿舍里的每个孩子。宿舍是一个整体,孩子们都是同一个老师授课,今后是同学,是朋友,更是兄弟,手足情深。他们一起吃饭,一起学习,一起摸爬滚打,一起接受高中阶段学习的锤炼和检验。独爱不如众爱,想到这些,我加快打扫速度,挥动手中的扫帚和拖把,将宿舍里里外外彻底打扫一遍。悄悄擦去额头上的汗水,轻轻捶打酸痛的腰背,看着儿子宿舍由灰尘满地到焕然一新,整洁明亮,干净有序,心里别提多高兴。

  儿子睡在下铺,气温超过30℃,时不时地飞来几只苍蝇和小蚊子,晚上睡觉难免会被蚊虫叮咬。我急急忙忙跑到超市买来了一顶蚊帐、两瓶矿泉水、一把锁和一个水杯。学生宿舍的床铺是固定尺寸,长2米,宽0.9米,所以蚊帐也就不能太大太宽,只能选窄小一点。我将蚊帐的四个拐角捆绑在床柱上,固定扎紧,将垫被全部压住蚊帐底部,一个蚊虫也进不去,这样儿子晚上睡觉才会舒服、安心。终于等到儿子领取完新课本回到宿舍,我陪着他一起到校园走一走,熟悉环境,顺便到学生食堂思源楼参观参观,了解一下学校的伙食。鉴于晚自习即将开始,儿子害羞,不让我跟在他身后,在他一再催促下,我只好往学校大门外走去。尽管我还想和儿子再多说几句话,再多打听打听他在学校的情况,再多叮嘱一下已交代过多遍睡觉的细节,不要踢被,不要摔到床下,不要蒙着头,等等。

  想到不知何时再来学校,我边走边欣赏校园的美景,看到瑶岗松以及刻在巨石上的赋文,欣喜万分。"瑶岗"这两个字对我来说最熟悉不过了,原先我可是在瑶岗奋斗了18个年头,不舍与自豪时常萦绕心头。在新的工作岗位,我收获了更多领导的关怀和新同事的帮助,不由得感激不已。我坚信,无论我处于什么岗位,都会做力所能及的事情,一步一个脚印,无怨无悔,不负青春,不辱使命,不忘初心。夕阳西下,我急忙掏出手机拍下校园里的好几处景色和雕塑,有晨读图,有耕耘图,有致远楼,有善思楼。儿子一直认为妈妈喜欢唠叨,可他不知道,父母的叮咛才是最美的牵挂和关爱。今后的日子,爸妈不在身边照顾你,希望你严格遵守"好学、善思"的学风,发扬"团结、拼搏、奉献"的一中精神,严于律己,服从命令,坚决完成各项军训任务。我久久直立于一派欣欣向荣的校园,目光所至,思绪所在,流连一中校园,迟迟不肯归去,心中时刻牵挂,寄语娇儿奋发。儿子,三年高中,在追梦路上,爸爸妈妈祝你抬头有喜悦,低头有收获,回头有绚烂。儿子,和睦湖畔任你行,你准备好了吗?

从学校回来,我满身疲惫,看到书房里空落落的,我又多了几分记挂,脑海里满是儿子在书房学习时的情景。现在,书房归我一个人享用,儿子的学习用品和书本一如往常摆放整齐,那是儿子临去学校前特意摆放的。儿子在家一直是饭来张口,衣来伸手,从不主动做家务。三个房间,儿子最喜欢书房,那里有网络宽带,有电脑,有手机,信号稳,网速快,他乐于上网查找资料和玩游戏。我每天进出书房无数次,不光是观察孩子玩游戏时间,也是顺便照看一下北阳台上的两盆文竹和一盆金兰花。假期里,儿子在家时,总是因为玩游戏超时,我会对他大动肝火,恼羞成怒,河东狮吼,咆哮如雷。

现在时间已是凌晨四点半,我却丝毫没有睡意,想的全是有关儿子的点点滴滴。今夜,儿子的书房寂静无声,儿子第一次离开我的视线,我匆匆记下这些心里话,盼着他早日归来与他当面谈心,询问他有关学校的点点滴滴。此刻,似乎还是有千言万语在心头无法言尽,那就用一首蹩脚的小诗聊表心声吧:和睦湖畔驻名校,学习拼搏希记牢。师爱同窗追梦跑,青春理想赛凌霄!

儿子,你的青春你做主!三年后,就看你的了。一切皆有可能,一切皆不可知。相信,又一个三年,肥东一中定会花红叶茂,满园芬芳,硕果盈枝,桃李天下!儿子,为了目标,加油!

让文化植根乡土

为了扎实开展党的群众路线教育实践活动,进一步加强农村基层文化建设,促进经济文化协同发展,让人民共享文化发展成果,肥东县开展了以"为了中国梦、文艺惠万家"为主题的首届全民文化月活动。整整三月,一场场精彩的文艺演出在全县各个乡镇每个村(居、社区)轮番上演。

每一场文化演出都充满着浓郁的新农村气息。活动组织单位积极动员当地的文艺爱好者们参与其中,展现新农村的新文化。为做到村村必到,场场精品,每一场活动前期都做了充分的准备、积极的动员。活动中表演者和服务人员也都是全情投入,群众反响热烈。演出节目以当地群众自编、自导、自演为主,节目形式多种多样,既有舞蹈、歌唱、朗诵、小品、相声、情景剧,也有变脸、快板、魔术等,节目内容丰富多彩。全县各单位300多名文艺志愿者,县、乡、村三级文化干部及各地民间艺人近千人深入全县331个村(居、社区),他们积极帮助群众编排节目,纷纷投身乡村基层文化建设,让文艺走进基层、回归乡土。

台上演员表演有板有眼,台下群众看得入神,或浅唱轻吟,或诙谐搞笑,或热情奔放,这边扮相一点不马虎,那边锣鼓铿锵有力。热情奔放的广场舞、男声独唱、二胡独奏、笛子独奏、小朋友的腰鼓舞、小提琴独奏、民乐合奏、唢呐独奏、庐剧、黄梅戏、大鼓书等一系列的节目将活动推向一个又一个高潮。这次全民文化月活动是一次专门为老百姓精心打造,让老百姓自己参演的精彩盛会,当地村民通过既当"观众"又当"演员",实现了学习文化的同时传播文化,更激发了农村强大的文化活力,使老百姓在"富口袋"的同时也"富精神",尽情享受美好乡村的幸福生活。

文化可以让城市充满魅力,新鲜的文化资源则可以让每一个乡村充满生机。尤其是现在的农村,留守儿童、老人的家庭太多,他们的精神世界急需优秀文化的滋养,他们的行为急需优秀文化的引导。此外,农村的生产和发展同样离不开优秀文化的雨露滋润。很多家长带着孩子老远赶来看演出,就是想让孩子从小接受优秀文化和传统教育。一位年过花甲的老人带着孙子看完演出后感慨地说:"城里孩子的文化娱乐不是网络游戏就是流行歌曲,有许多老祖宗流传下来的宝贵东西离他们越来越远。如今在咱家门口,就能让乡里的娃娃们看到电视或电脑上的东西,真是难得,不仅能让我们长知识,而且还能让孩子们得到很好的教育。"

在阳春三月的美好时光里,肥东县首届全民文化月的举办不仅为老百姓送上了丰盛的文化大餐,同时也播下乡村文化的种子。种子的生长离不开肥沃的土壤,给予种子充足养料,才会迎来繁花满园。一批有时间、有热情、有技能、有文化情结的文化志愿者成为这次全民文化月活动辅导的骨干力量。民间艺人和乡土文化能人的积极性被充分调动起来,忙得不亦乐乎;坐在牌桌上的村民们被锣鼓声吸引过来;喜欢广场舞的阿姨婶婶们参与并热烈地讨论。活动给了普通老百姓登台亮相、一展身手的机会,让种惯了庄稼的乡亲们更津津有味地学起了"种"文化。

"若无清风吹,香气为谁发?"肥东县全民文化月似股清风,将文化园地里的香气吹向乡村。如何最大程度地发挥农村文化惠民工程功效?如何加快培育农村文化自生机制,激活基层公共文化阵地?笔者认为,不仅相关文化部门要组织好全民文化月活动,社会各界更要全力支持全民文化月。这样,全民文化月活动才会健康地持续下去。站在包公故里、巢湖之滨,肥东人民在享受全民文化月带来无穷效益的同时,感受更多的是传承文明、保护古老文化的历史责任。这种责任,需要肥东一代又一代人为之付出,更需要社会各界和方方面面的更大支持。唯有此,才能让文化的种子植根乡土,才能让灿若星辰的"文化之花"在乡土经久盛开!

我的家乡是肥东

我出生在肥东县的一个贫民家庭，从小和爸爸妈妈一直在农村生活。后来，通过自己的努力，走进了梦寐以求的象牙塔，毕业后在外还拥有了一份满意的工作。今天，有幸为家乡写一篇文章，就让我好好地抒发一下蕴藏心中已久的情感。我热爱自己的家乡，想念家乡的每一位乡亲，更怀念家乡的一草一木。

肥东县是安徽省省会合肥的市辖县，全县总面积2206平方公里，人口107.7万，辖18个乡镇、1个省级开发区、1个合肥循环经济示范园、1个省级商贸物流开发区，辖331个行政村。自2002年以来，连续七年跻身全省县域经济"综合十强县"，2008、2009年连续两年荣膺全省科学发展先进县。2009、2010年荣获中国最具区域带动力中小城市百强。

肥东区位优越，交通便捷。肥东地处江淮之间，居皖中腹地，东望南京，南滨巢湖，史称"吴楚要冲""包公故里"，是安徽"东向发展"的桥头堡，"长三角"西向延伸的"必经地"，是安徽省打造合芜蚌自主创新综合配套改革试验区的纵深腹地，推进皖江城市带承接产业转移示范区建设的核心地带。

肥东山川灵秀，风光优美，人才辈出，自然景观和人文景观相互辉映。浮槎山云烟、四顶朝霞、巢湖烟波、岱山平湖和包氏宗祠、李鸿章家族遗存、曹植墓、太平天国驻军旧址、瑶岗渡江战役总前委旧址等名胜古迹引人入胜。中庙姥山岛依偎在风景如画的巢湖怀抱,山环水绕,湖天同彩,姥山、姑山、鞋山宛如三块晶莹剔透的碧玉镶嵌在烟波浩渺的巢湖湖心,与湖面北岸汉代古中庙遥相探首,娓娓诉说远古时代的动人传说,令人陶醉、遐想,古来就有"湖天第一胜境"的美誉,大书法家赵朴初欣然为之题词。姥山岛为度假区的精华,峰峦叠翠,山道逶迤,竹墟远树缥缈,渔村民俗盎然,古庙、古塔、古船塘交相辉映,人文雅风,朝岚、晚霞、夜月别有自然情趣。

　　肥东孕育了许多杰出人物:宋代有刚直不阿、执法严峻,被誉为清官典范的包拯;元代有治军严明、善诗能文的余阙;明代有辅助朱元璋建立明王朝的吴复;清代有洋务运动的代表人物李鸿章;当代有原国务委员、中顾委常委张劲夫,现任中央政治局常委、全国人大常务委员会委员长吴邦国等。他们都是其中的杰出代表。

　　改革开放以来,肥东县委、县政府坚持以科学发展观为统揽,紧紧围绕"工业超千亿,全国争百强"目标,抢抓机遇,真抓实干,全县发展呈现出速度加快、效益提升、民生改善、安定和谐的良好态势。沐浴着新世纪的曙光,肥东百万人民将以诚挚的心情、独特的区位、优美的风光、丰富的资源、优惠的政策和良好的投资环境,站在新的历史起点上,紧紧围绕"中部领先,全国百强"目标,加快工业化、城市化、农业产业化"三化"进程,大力实施"工业立县、产城一体、开放合作、绿色发展"四大战略,奋力推进跨越式发展,努力建设经济繁荣、城乡和谐、环境优美、宜居宜业的幸福肥东!

　　今年的清明节放假期间,我和家人坐车回到阔别已久的家乡肥东。三天时间太短暂了,目之所遇,无一不是擦肩而过,但其中之点点滴滴也足以让我珍藏与回味。我想肥东或许不如上海繁华,又或许不如北京宏伟,但徜徉在肥东的大街小巷会有一种时空交错的幻觉。在闹市的中心,周围却依然有着老旧的平房民居,快速与便利背后,流露着深深植根在肥东的人情味与生活质感。在这里,传统与时尚相互包容,雕梁画栋的商铺与现代街道完美吻合,所到之处,都会深切感受到肥东的文化。在街头问路总会得到热情的回答,共同的乡音更是拉近了人们之间的距离,倍感亲切。

我相信不久的将来,我的家乡肥东将会以一个崭新的面貌呈现在世人面前!

"醉"恋家乡荷花塘

人人都有自己的家乡。我的家乡安徽省肥东县包公镇小包村坐落在凤凰山下,是一代清官包拯的出生地。一眨眼,我到远离家乡的县城工作生活了二十多年。这些年,离开生我养我的家乡,在外奔波总有几分艰难、几分失落。每当夜深人静的时候,我就格外想念家乡。家乡的叔伯、兄嫂、同学、小伙伴一一浮现在我的脑海里。小时候,总喜欢凝望家乡弯弯的月亮,总是喝不够家乡甜甜的山泉。而今,总有一种情愫,常常想再次攀登一回家乡高高的大青山,时不时会梦见与玩伴一起放牛的凤凰山,这种回味似一壶包河酒,让我慢慢品尝,如痴如醉。于我,内心深处最钟情家乡包公府后花园的荷花塘,那里是我儿时最幸福的乐园。

荷花塘位于村庄的后面,塘埂上长满了垂柳,周边是一望无际的农田。荷花塘原名清明塘,也有人叫青天塘。荷花塘是包拯父亲在世时修建的,距今已有一千多年的历史。塘里的莲藕生生不息,从没人栽过,更没人施过肥,但塘里的荷叶又大又圆。莲藕雪白无丝,又香又甜,家家都喜欢用塘里挖出来的新鲜莲藕做菜,如炒肉片、做圆子。乡亲们常常争相乐此不疲地告诉来访的史学研究专家:包拯出生后,因相貌奇丑,皮肤黝黑,被遗弃在荷花塘中,正是凭着塘里的大荷叶托住,才保住性命,后被包拯嫂嫂抱起,收养长大。这是一个多么充满神奇色彩的历史故事啊,好温馨、好动听、好实在,俨然成了家乡特有的文化。

夏季,莲藕长势茂盛,水质清澈,荷花盛开,荷花塘里飘散着扑鼻的香气。硕大的荷叶满满覆盖着塘面,不远处,擎着许多含苞待放的荷蕾,那情景,真是美极了。乡亲们都很勤劳,每天早上四点钟一个接着一个从村子里走出来,穿过荷花塘,男的扶着犁、扛着耙、赶着牛,女的紧随其后去犁田、去种地、去播谷。中午,乡亲们从田间地头回家做饭。妇女们全到荷花塘来淘米、洗菜、洗衣服,有说有笑。男人们要让家里的水缸装满水,象征着家庭美满,人丁兴旺。他们都来荷花塘挑水,来来回回跑,一路飞奔,从水桶里溢出来的水滴在石板路上,洒下了长长的水印。小孩子们喜欢光着屁股泡在塘里玩耍,洗澡、摸田螺、翻螃蟹、捞虾,还唱着动听的童谣。

到了晚上,荷花塘就成了村里最好的纳凉处。月光下的荷花塘比白天更热闹,令人流连忘返。全村男男女女、老老少少从家里抱着小板凳,聚到一起纳凉。乡亲们三五成群,或蹲或坐,说些闲闻趣事、家长里短。而这时孩子们算是最快乐的了,无拘无束地在一起,顶着月亮,玩着他们可爱的游戏,跳皮筋、跳格子、捉迷藏、斗鸡、顶牛、爬树、捉知了、斗蛐蛐……笑声、叫声、打闹声此起彼伏。几个顽皮的孩子推开明亮的手电筒,探向荷花塘深处,扑棱棱惊起几只野鸭。

年长的祖辈们懂得最多,谈论的话题自然丰富。每晚的主讲者是一个人,纳凉的人们提着耳朵听得特别认真,唯恐少了哪个片段,缺了哪个环节。他们有的时候讲战争年代的艰苦岁月,有的时候讲社会主义新时代的美好家园。他们不光给小孩子们讲美丽动人的神话、传奇和精彩故事,还津津乐道许多有关包公的折子戏,传诵着严格的家风和家训,让晚孙辈们都能健康成长、快乐生活。

夜渐渐深沉,星星开始睡去。有几位不愿离去的爷爷摇着蒲扇,激动不已地述说着改革开放以来家家户户所取得的天翻地覆的变化。村里最困难的两户也发财了。张林宝家最近盖好了三层楼房,崔树春家买回了全村第一辆私家小轿车。"都说改革开放好,都夸党的政策棒,带领农民致富忙,一心一意奔小康。"刘爷爷的话音刚落,其他几位爷爷不约而同地发出爽朗的笑声。"呜……呜……"是荷花塘刮起的凉风,将辛苦一天的乡亲们送进了梦乡。

乡亲们在一起难免会有磕磕绊绊的火花和恩恩怨怨的疙瘩。其实,在我离开家乡之后,那些磕磕绊绊、恩恩怨怨早已被化解得无影无踪了,因为乡亲们都拥有坦荡与豁达的心胸、高远而厚实的目光、深厚而奔放的感情。回到乡亲们的身边,他们热情地为我准备一桌丰盛的晚餐,一个个争着为我夹儿时最喜欢吃的山里菜、鸡蛋炒丝瓜、香葱炒鸭蛋、干辣椒炒豆子、韭菜拌豆腐、糯米菜拌竹笋、地耳拌酸苞谷粉,道道菜都是香喷喷的。

乡亲们告诉我,现在条件好了,家家都有手机和电话,买了电视机、电风扇,住上了楼房,还装上了大空调,但到荷花塘纳凉的习惯一如既往。乡亲们正在聚精会神地讨论打造包公文化园的特好消息,县里今年要着力利用包公出生地包公镇小包村,以包氏宗祠及族谱文化等为依托,把包公文化主题和包公镇现有的文化、旅游、生活设施结合好,进一步打造具有包公本真特色的文化旅游景点。这样一来,家乡的荷花塘就会越来越有吸引力和知名度了。乡亲们个个喜不自禁。

一阵微风吹来,荷花塘散发出淡淡的清香。晶莹的露珠在叶面上来回滚动着,早有几只蜻蜓栖息在荷花苞上。一听到乡亲们打来的电话,一看到乡亲们发来的短信、微信,我就深切地感受到我和乡亲们的距离被拉近了,那是一种浓浓的乡情,情真意切,让我陶醉,令我开怀!日出而作、日落而息的乡亲们,因为整天忙着劳作而步履匆匆,虽然辛苦,但他们的脸上始终洋溢着幸福的笑容。借用诗句"天上祥云水中霞,歌声缭绕是我家。日出东山催春早,月落田畴静如画。奔梦路上从容人,心中满开幸福花"来送给我那些善良纯朴的乡亲是最恰当不过的。

笔有柔软

结婚十年

这几天稍稍闲暇起来了,总想写点东西。我该写些什么呢?思绪再三,打算写一写我与老公的婚后生活,也算是我与女同胞们共同分享彼此的幸福与收获吧。

今年对我来说多了几许喜悦、几许特别的滋味,因为今年是我和老公结婚十周年。时光荏苒,白驹过隙,仿佛昨日还在襁褓中的儿子如今已能背上沉重的书包匆匆忙忙上三年级了。时光是那么不经意,突然让人不可捉摸,来不及回忆。唯有我和老公第一次见面的情形还历历在目,清晰可辨。

我记得和老公见面是在一个盛夏的午后。我们村和老公他们村中间相隔好几个村子,又不通车子。路也是弯弯曲曲的泥巴夹杂石子的坑洼路,十分难走。太阳高照,酷热难耐。老公在婆婆和媒人的带领下,徒步行走近两个小时,走了二十几里的路,才和我如约见上了面。说句心里话,老公当时十分瘦弱、单薄、年少,一点儿也达不到我的择偶标准。短短的对话之后,老公那特有的气质、不凡的风度、优雅的举止却深深打动了我。我发觉老公性格特别好,为人不光豁达、开朗、随和,还有几许健谈和稍具魅力的沉稳,心里暗喜:这个人我选定了。

接下来的日子,我和老公进入恋爱阶段。先是马拉松式的鸿雁传书,彼此心灵的交往与沟通,经过一年多的磨合与酝酿,最终我和老公携手走进了婚姻的殿堂。我和老公的婚事举办得特别简单,没有嫁妆,没有礼金,一切从简。我们用两个人仅有的微薄工资买了一台电视机和一张木板床,一人一套新衣服,不穿婚纱,不照浪漫的结婚照,仅仅在农村老家请亲戚们吃了一顿饭。结婚时更不敢奢望在县城能买一套属于自己的新房,婚后多年只能租住远离县城的农村小民房。虽感寒碜,实属无奈,毕竟我们当时没有太多的积蓄。用现在的话来说可谓"裸婚"。我还记得结婚当晚老公就给我许下诺言:"穷,我们不怕。我们要用自己的双手开创出自己的幸福生活,以后我会一一给你补上的。"后来的事实证明老公都做到了,而且十分完美,没有让我失望。婚后十年,我们通过自己的努力,从无到有,先后买了房子,搬进了新家。工作也稳定了下来,收入有了保障。每当同学聚会的时候,大家都夸我和老公能吃苦、肯干和有实力。老公总是憨憨地摇头致谢。

其实,我和老公都生活在社会的底层。底层人的生活自有一格,"鹰击长空,鱼翔浅底",了无牵挂,无忧而自喜。清贫并不意味着与苦难结伴,简洁朴素的生活反而单纯灿烂。老公说得对:"成熟不是看你的年龄有多大,而是看你的肩膀能挑起多重的责任。拥有爱的人也就拥有了宽容。"是的,在极为有限的生命历程之中,我们要时常咀嚼生活,过滤流逝的时光。假如没有这样的回顾和思念,没有情感之水循环往复地浸洗,将是多么可怕。

爱情原本是一场可遇不可求的心灵之约。一见钟情,牵手一生;执子之手,与子偕老。那个与自己始终牵手不离不弃,夜夜同床共眠的人,用最现实的生活,交织着两个人密密麻麻的琐碎的日子。十年来,在老公和我不懈努力的过程中,既有感慨,也有激动,更有执着和坚守。十年,是一段历程;十年,是一个台阶;十年,是一页翻过的书;十年,是一幅泼墨的画。我坚信坚强的意志、奋发进取的精神,珍惜生活、享受生活的阳光心态便是我和老公滋润一生的宝贵财富!

当下一个十年到来的时候,我和老公的生活画卷上必将描绘出愈加华彩的篇章!

时光　时光

时光,时光啊,你能不能再慢些?

一直喜欢朱自清的文章,尤其记得他的著名散文《匆匆》中的句子:"燕子去了,有再来的时候;杨柳枯了,有再青的时候;桃花谢了,有再开的时候。但是,聪明的,你告诉我,我们的日子为什么一去不复返呢? ——是有人偷了他们罢:那是谁?又藏在何处呢?是他们自己逃走了罢:现在又到了哪里呢?"

与同龄人相比,虽然不敢说自己能真正做到争分夺秒,惜时如金,但心有敬畏,不过分浪费时间,不过度玩物丧志,也算是一种警诫和约束吧。流年在时光的树上开出淡雅的花,岁月在时光的心中留下刻骨的痕。我时常提醒自己,要善待时间。

这些天,偶有时间,我便会整理家里的旧东西,不经意间总能发现许多早已深深印上岁月痕迹,根本算不上宝贵的一些物件。对我来说,很是纠结。想扔,舍不得扔;想留,似乎日后没有任何价值。每每拿在手中反复翻看,脑海中一直跳跃着,记忆深处极力打捞,滑落在逝者如斯的长河中,勾起那些时而模糊间断不全的碎片。

我心里充满着追悔莫及的惆怅和浪费光阴的叹惋。于我,流走的不仅仅是时间,消失的是我数年前的勇气和志向。胸无大志,腹无点墨,对待成长,自身缺乏内在毅力、坚持与沉淀。

好在,情绪低落时,惊喜到来,大哥在家庭群里说侄儿这次考试感觉不错。提前祝贺大哥,感谢大哥告诉我们这个好消息,为侄儿的沉着应战、超常发挥真心点赞。去年,我们陪读8个月,儿子顺利完成了人生中最重要的一次考试。现在想起来,历历在目。

今年,我们的大家庭里有2名高考生、1名中考生。相信,这个6月是喜庆的,祝愿他们都能梦想成真,个个金榜题名。是的,未来属于下一代,我们在他们面前称不上榜样,但很为他们的勇敢而开心。未来还有孩子们参加或大或小的考试,相信我们会收到一个又一个喜讯。感谢下一代给我们带来的欣慰和激动。孩子们,你们真棒!

这座桥,是我每天上班下班都要必经的步新桥。每次从桥上经过,我都要注视好几分钟。看一看桥栏,望一望桥下随风流动的池水,数不清的红鱼和青鱼在水中来回游动,时不时躲藏到成片成片的睡莲间,探头探脑,忽隐忽现。鱼儿有灵性,想必,它们的小心思,是在逗引每一位从桥上匆匆经过的人一声欢喜吧。

如果你不相信努力和时光,那么时光就会第一个辜负你。希望大家庭的所有的孩子,我的侄儿侄女、姨侄姨侄女、侄孙侄孙女从此都有美好的前程,步入崭新的起跑线,勇往直前!你们,承载着我们的希望!你们,是祖国的未来!

寻访千柳村

安徽省肥东县是一代清官包公的出生地，历史悠久，人文厚重，享有许多盛誉。早就听说这里有个乡叫牌坊乡，这里有个将军叫完颜佩，这里有个村子叫千柳村。牌坊乡是安徽省唯一一个以回族、满族为主的乡，这里不仅乡风文明、民风淳朴、家风良好，还荣获"安徽省美好乡村建设示范村"和"全国少数民族特色村寨"等称号。

2018年5月12日，一个难得的机会，我有幸和肥东县作家协会的一群文人相聚牌坊乡，亲临其境，一起穿越那个充满传奇色彩和美丽故事的古村落，搜集千柳村世代流传的时空记忆。我心中窃喜，欣然前往。

车子出了肥东县城三十分钟左右就到了牌坊乡政府。我们下车后，接待我们的是知书达理、干净利落的文化站长胡文华。说明来意后，胡站长便热情洋溢地向我们如数家珍般介绍乡里相当有名气的人物景点和陈列展馆。无奈时间有限，我们只好挑选最有写作素材的几处景点前往参观。

时间过去一个多月了，细细想来，那天下午胡站长带领我们一路奔波，每参观完一个景点容不得多想就要赶往下一处。尽管行程匆忙，我们却打心里觉得欣赏过的地方处处文化底蕴深厚，风景独特优美，充满了神奇和魅力。要问我印象最深刻的，那就是千柳村，唯独千柳公园里完颜佩将军跨马飞奔的雕像和月亮塘的优美来历深深吸引了我。

千柳村原名"褚家洼村"。相传，金灭亡后，女真族为躲避元军迫害，改复姓完颜为单字完姓，由长白山和黑龙江流域辗转山西大同府云内州（今大同市）居住，与汉族友好相处。金开国皇帝完颜阿骨打的四太子金兀术的后代完颜佩，从小聪明过人，英勇无比，尤其擅长打仗。

时值元末明初，战事不断，明太祖朱元璋亲自带队伐兵山西大同征讨元军。完颜佩得知这一消息后，主动找到朱元璋愿意投其麾下效力朝廷。数年间，完颜佩和族人跟随朱元璋南征北战，屡建战功。在每次战斗中，完颜佩都能指挥若定，总会以少胜多，大败元军，深得朱元璋的赏识和器重，并被册封为大将军。

明朝一统天下后，朱元璋积极推行军垦屯田制度，号召迅速恢复生产，让百姓安居乐业。完颜佩奉命率部来到庐州生产军粮，所垦之地从安徽寿县一路扩展到肥东撮镇以南狭长地带。完姓族人则远离战场，长期居住褚家洼村垦荒种粮，世代相传。从此，这支金人后裔才能在牌坊乡一带得以繁衍生息。完颜佩将军便成了今天牌坊乡完颜姓氏族人的始祖，功劳盖世。

女真族人喜柳、爱柳。完颜佩将军的后人们每年都要栽柳树，柳树成为女真族村落的特色和标志。整个村庄都被浓密柳树掩映着，繁枝叠翠，每到春天绿意盎然，千柳摇曳，一派生机勃勃。为了便于记忆和流传，族人们把"褚家洼村"改名为"千柳村"。想必"柳"与"留""流""绿"谐音，意义上与"留下""流传""绿色"贴近。柳在心头，栽的是景，种的是情。女真族后人广种千柳以示纪念，希望后代铭记和感恩始祖完颜佩将军，让这段苦难岁月能留下永恒记忆，让始祖的辉煌灿烂能被世代流传开来，让村民们能生活在绿树成荫的美丽画卷里，悠然自得，与世无争。我想，唯有这样的寓意和理解才更符合完颜族人们的美好取向和真实意愿吧。

千柳村西边不远处有一口大塘，叫月亮塘。关于月亮塘的由来，还有一个非常动人的传说。千柳村原是女真族集中居住地，整个村落占地面积约40亩，四方四正，二水衔汀。走进大门如入迷宫，巷巷相通，回廊勾楼，瓦舍草庐，粉壁曲径。相传完颜佩将军率部来到庐州军垦屯田时，大兴土木，生产生活用水十分紧张，族人们极为苦恼。有一天夜里，完颜佩将军梦见得到仙人指点，村庄西边有水源可掘，取之不尽，泽被生灵。醒来后，完颜佩将军便带领族人们披着月光开挖大塘。不知是上天眷顾，还是族人的忠诚，在完颜佩将军的英明决断下，开挖数月后，族人们最终探测出甘甜可口的地下水源，解决了村民们的用水问题。

完颜佩将军挖出的这口塘形状近似月亮，族人们把大塘取名为月亮塘，视为千柳村的生命之源。为感念完颜佩将军的功劳，女真族后人在月亮塘边为他竖起了一尊高大魁伟的雕塑。在漫长的岁月里，完颜佩将军的塑像不仅静默守护着族人平安走过600多年，更是浓缩着族人们的丰厚记忆。月亮塘的故事今天听起来似乎有些神秘莫测，但族人们对完颜佩将军的敬佩和忠贞日月可鉴。如今，悠悠月亮塘的清泉依然流淌着，奔流不息，供养着一代又一代千柳村及其周边村庄的数千村民，滋养着这里的宁静与和谐，方圆百里的庄稼都依赖月亮塘水的灌溉。月亮塘里的鱼、虾、螺、蚌、蟹、莲藕更是鲜美无比，岸边密密匝匝野生着许多不知名的野菱角和高高的茭白丛，吃起来水嫩甘甜、清脆爽口。微风过处，塘面上波光粼粼，荷叶田田，简直养眼养肺，煞是舒畅，令人心旷神怡。

历史穿过600多年云烟，我走近月亮塘边，肃立于完颜佩将军的雕像前，目视将军的威武形象，浏览将军可歌可泣、荡气回肠的征战开拓故事，思绪万千。耳边仿佛响起战场上金戈铁马、锣鼓喧天，眼前浮现完颜佩将军所向披靡、勇武过人的画面。手抚如丝柳条，捡起月亮塘埂的一片柳叶，回望圣洁祥和、自由肥美的千柳村，在这绿意葱茏的古村落遗址，感受着牌坊乡的缕缕清风和迷人花香，如诗如画，如痴如醉。

夕阳西下，晚风习习，不远处月亮塘边炊烟袅绕，在这恍如隔世的僻静之地，宁静与和谐早已注入人与人的心际。美丽的月亮塘静静地漂流过600多年。哗哗的流水声中，户户淡然静谧、平和安详。水是生存之根、生命之源、和谐之本。我想，那句"上善若水"的古语，在千柳村应该具有别样的含义。千柳村和月亮塘的故事俨然成为家喻户晓的传说，在现实时空中，传递着村民们更多的憧憬和希冀。

远看如海的柳林自然生成一道道绿色屏障，饶有趣味的蒙古包隐隐闪光、别具一格，心中起伏的还是完颜佩将军驰骋天下的胆略和壮志。相信生命之树常青，这些柳树依然昂首挺立，秉承着正义，昭示着良心，屹立着思想。随风拂动的万千柳枝上挂满族人对将军动情的相思，披满专属女真族的风雨阳光，载满600多年前的亘古记忆，烙印族人心底。

每个民族都有自己专属的历史特点，位于团结西街与振兴街交口处三根高大的民族团结柱上，镂刻着三个民族精美的文字、图腾和花草，寄寓着国泰民安、风调雨顺的美好祝愿，渗透着民族团结一家亲的味道。胡站长开心地告诉我们牌坊乡的满族、汉族、回族三个民族能世代友好相处，关系极为密切，累世联姻，一起过着甜美幸福的生活。同行的人无不拍手称赞，羡慕不已。

牌坊乡同许多江南古镇一样，也是诗情画意的性灵之乡，居民心性极是灵慧，多喜欢雕窗屏风、莳花弄草、观鱼养鸟。牌坊乡环境优美，地理位置优越，生态旅游资源也十分丰富。"旅游嘉年华""乡村美食搜货计"等文化旅游节的举办，不仅丰富了城区居民生活，更促进了当地农户增收，推动了乡村振兴。

为深入学习党的十九大精神，全面贯彻习近平新时代中国特色社会主义思想，进一步弘扬包公文化，在肥东县委县政府和旅游部门的调整规划下，牌坊乡在完颜佩将军的故地完牌坊古村落遗址重新修建了一座千柳公园。正是为了纪念完颜一族的不朽功勋，传扬千柳村最动人的村史文化，吸引越来越多不同方向的人走进牌坊乡，感受这里独特的民族风情。

今天，不远千里万里的人都愿来此相逢，哪怕路途遥遥，心如磐石，也要寻找梦想和快乐，笃信能与英雄生发一段奇美的相遇！

印象滁阳城

隆冬时节,天寒地冻,冷雨纷飞。满怀热情的一行人,顶着刺骨的风,冒着大雨,驾着车,急速行驶,奔向美丽的古城。古城离我们居住的县城50多千米,汽车行驶了一个多小时。

在古城,每一个村落都有自己的故事,就像每一个人都有自己的故乡一样,温润而明亮,温柔又多情。走进古城,倾听当地长者们娓娓诉说古滁阳城的兴衰更替,颇有趣味。一时间,我们听得如痴如醉,不知今夕何夕,如同穿越了时空,穿越到了几百年前。

下了车,带着欣喜,怀着好奇,我们一一寻找。

悠悠古滁阳城

古城集,流传着这样一个传说:"古城集"由"古滁阳城"演变而来。清嘉庆《合肥县志》记载,古滁阳城"在慎东北六十四里","在今为全椒、六合二县界,去合肥尚远","当是魏人所筑,以备吴耳"。魏国在此筑城以抵御东吴进犯,城非常壮观,规模庞大,有御花园、大殿、城隍庙、鸡鸣桥,开凿七十二眼井,有龙王坝、龙山寺等等。城位于滁水之北,故名"古滁阳城",屡遭兵,夷为平地。世事多变,后人在此建房开集，人来车往，远远近近都有人来进行买卖交易，热闹非凡。后来，"古滁阳城"逐步演变，简称"古城集"，集市至今经久不衰。这就是现在的古城镇。

古城现仍有不少古迹和神话，让不少好古之人流连忘返。诸如鲧治水因不得法至今留存的断埂头，汉朝大将韩信练兵场遗址及军用古井，明初大将汤和墓、皇帝御赐的杨家牌坊，大牛山姜子牙的钓鱼台，深不可测的仙人洞，民众焚香祈福的两座宝塔，静静的龙王坝与山头李的凄美爱情，离奇的古埂胡竹子，形似锣钹状的罗塘与奇特的左路村，三官殿山的由来，普照寺、古演法禅寺的扑朔迷离。不仅如此，张斗行政村的古城宣遗址是全省重点文物保护单位，墩吴村的吴大墩遗址是市级重点文物保护单位。

古城集的战火

在古城还流传着不少红色的革命故事。听了这些感人的故事，我们对古城更多了几分感动和敬意。那场惨烈的战斗，后来被称为"古城会战"。

1940年6月上旬，桂顽以李本一的一三八师为主力，加上皖东第十游击纵队以及地方土顽武装，总兵力约7000人，部署于古河、柘皋。一三八师以五一一团、五一二团为第一线，和第十游击纵队集结于梁园一带，于6月16日分别向古城、王子城进攻，17日占领古城，并企图向广兴集进犯。

为了制止"摩擦"，新四军在江北指挥部指挥张云逸的亲自指挥下，四支队和从津浦路东赶来增援的五支队以及地方武装约4000多人严阵以待。兵力部署为四支队的七团、九团位于西王、广兴集一带，五支队的八团集结于肖家圩地区。6月17日夜，七团、九团由集结地向古城的敌顽接近并展开攻击,18日拂晓,从东、北两个方向向占据古城的第十游击纵队的一、二大队发起进攻。经一天激战,毙、伤、俘顽敌1000余人,顽敌残部向八斗岭方向逃窜,七团、九团收复了古城。19日晚,八团和七团二营互相配合,向王子城之顽敌发起攻击,经过3个小时激战,毙、伤顽敌600余人,一三八师的五一一团向八斗岭溃退。20日上午,四、五支队全线出击溃退顽敌直至八斗岭,战斗至此结束。

古城会战,给桂顽一三八师和皖东第十游击纵队以沉重打击,共毙、伤、俘顽敌1600余人,缴获一批武器弹药。古城反"摩擦"斗争的胜利,巩固了初建的津浦路东抗日根据地,坚持了抗日民族统一战线,为后来建立、巩固和扩大抗日民主根据地打下了良好的基础,为日后肃清地方土顽打出了军威。

成千上万的革命先烈,为了人民的利益,英勇地牺牲了。他们的英勇事迹和革命遗址,在肥东大地上树起了永久的丰碑。细细聆听,仿佛走进那战火纷飞的峥嵘岁月,我们深深地被革命先辈们英勇顽强、不怕流血牺牲的革命精神所折服。

英勇的伏击战

大郭村,在元代名为大万村。明朝洪武初年,唐汾阳王郭子仪后人郭达到大万村落户,随后万姓淡出,郭姓人口增多,于是村庄更名为大郭村。大郭村距古城集3华里,三股练山西南,北郑村东南,小郭村东北,是一个既平凡又贫瘠的村庄,四周稍低,显得村庄隆起。

大郭村东南方约1里路有岗峦绵延环抱,与全椒县接壤,便于出没隐蔽,因此,它有利于打游击。全(全椒)合(原指合肥,现为肥东)县总队成立后曾在这里打了一个漂亮的伏击战。

1948年2月,在大郭村成立"全合工委",当时由王光前任工委书记,王光前是土生土长的北郑村人。5月,成立"全合县政府",地点就在大郭村附近的汪郑村,这时县大队已扩大成为县总队,王光前任县长兼总队长。从此,大郭村的周围成了合肥东乡的革命根据地之一。

大郭村西南3华里处的古城集,系伪王子城区胡载之所部王华锦的实力范围,在那里也设了个乡政府。这样便形成了一明一暗的态势。正当割稻储粮季节,一天晚上,王华锦率领土顽百余人,从他的土圩子(唐井子)出发,偷袭大郭村。这次偷袭,一是企图扑灭王光前所领导的革命武装,二是抢粮食。王华锦众匪四更天赶到,将大郭村团团围住,对六十多户人家强行抄查,将二十多名群众的双手用一根绳子拴上,掳到大郭村后山。

天还未亮,王光前下令两挺机枪手向大郭村方向扫射。经过激战,王华锦被打退,被撵到古城集附近,又遭到合六区区长汪立祥率领的一支武装埋伏于程湾阻击,前后死伤七十多人,王华锦带着残部狼狈而逃。大郭村伏击战的胜利,使"全合革命武装"和王光前的名声大振。

这些被发掘的红色记忆,正在被打造成一个个乡村旅游景点。

绿水青山入画图

靠着山脚下这块黑土地,并不能让村民们过上富裕的生活。改革开放后,村民们纷纷外出谋生,有的在外地打工买房,有的在县城做生意,有的考上学校后留在大城市工作。

随着经济不断发展,村民们大多盖起了新房,生活也富裕了许多。78岁高龄的郭老从古城镇政府退休后,不愿到县城生活,一直住在大郭村,日子过得十分惬意。这两年,他家通上了"电",装上电热水器,到了冬天再也不用烧煤球炉子,家里各种电器一应俱全,还有卫生间,免去了冬天外出上厕所的苦恼。他说,现在孩子们都大了,有了各自的工作和家庭,每次来接老两口去县城住,都被他拒绝了。因为在古城生活了一辈子,他不想离开故土,没事就在院子里整整花草、种种菜。这何尝不是很多人向往的生活呢?

黄灿灿的路灯,不仅照亮了乡间的小路,也给村里人带来了温暖和希望。今日的古城集,每天熙熙攘攘,人来人往。无论农忙还是农闲,古城人一年到头都是忙忙碌碌,把日子过得既充实又富足。更让村民们高兴的是,一条高速公路即将修到家门口。从高速公路的出口到达村庄,不到十五分钟的车程,交通更便捷了。

几栋铭记着古城历史的老房子,被刻意保留了下来。这些村落故事,不仅留下了先辈们前行的足迹,也是联结古代与现代、历史与现实的桥梁。

如今,在乡村振兴共同富裕的道路上,村民们靠着敢于尝试、勇于争先的精神,让古城得以化茧成蝶,踏上腾飞之路,为自己的家园构筑更美好的未来。

雨,一直下着,风也没有减弱。雨中的古城,空气是洁净的,树是洁净的,石头是洁净的,岱山湖水是洁净的。冬日渐远渐暖,让我们合上手掌为古城集祈福纳祥,古滁阳城一如往昔地炊烟袅袅,四野祥和。

难忘江东笔会

春末夏初,繁花似锦,万物竞秀。在这个美好季节,我前往诗城马鞍山参加《同步悦读》作家论坛暨企业交流会,既兴奋又憧憬。长这么大,我还是第一次去马鞍山,心里多了许多向往和期待,也格外珍惜白夜主编给我提供的宝贵机会。

5月10日一早,我坐上了大巴。2个多小时后,我们顺利抵达南湖宾馆。文友们陆续从四面八方赶来,大家虽然都是第一次见面,却并不感到陌生。接待我们的孙仁寿、杨平、余秋慧、王崇彪四位老师特别亲切。孙老师自豪地说:隔着屏幕也能感应到文友的温度,这是《同步悦读》的心灵密码,谁都无法复制。放置好行李后我们开始吃午餐,下午参观采石矶。穿过翠螺湾,瞻仰太白楼,游览三元洞,眺望横江两岸。和风日暖,江水滔滔,走在林中古径上,我们思绪万千。

5月11日上午,《同步悦读》作者五十多人集聚南湖宾馆聚贤厅参加笔会,会场气氛十分热烈。会上邀请到的都是写作大咖,他们给我们上了一堂生动的写作课。《作家天地》主编郭翠华老师以多篇文稿现场分析讲评,为我们打开了一扇窗,指明了写作的最佳路径,解答了"散文到底是什么"的问题。郭主席告诉我们文学是灵魂和生命的需要,是一生一世的追求。要学会耐得住寂寞,守护心灵的永恒,任何时候都应尊重读者。文字是有韵律的,修炼文字要有变化,有距离,有时空。散文有细节,有内在的结构,要有饱满的情感,找到倾诉的对象,要把资料吃进肚子里,然后反刍。作品要走出自我,更多关注他人,接地气,这样才能调动读者,引起共鸣。写出来如果不满意就要进一步打磨,唯有敬畏文字,才能让作品有厚度。这样的写作秘籍,是郭主席几十年阅文审稿经验的积累,字字珠玑,似一股甘泉流进我们的心田。

德高望重、著作等身的王长胜老师毕生专攻小说,他的一席话点醒所有在座的人:散文是悟出来的,诗歌是蹦出来的,小说是想出来的。要把别人看不见的东西写出来,把对生活的感悟和思考贯穿文章的全部,好的作品要有前瞻性,连通未来。一直被称为"写作文艺青年"的孙仁寿老师以身示范,认为写作是最好的心灵升华和灵魂改造。他热衷于写城市、写心情、写游记类文章,更热心"同步诗城"线下交流活动,无数次用自己的眼睛带领读者领略祖国的大好河山,让人有身临其境的感觉。宋业国老师就民俗文学的创作也作了精彩阐述。让我终生难忘的是,文笔笨拙的我也粗浅地分享了一两点自己的写作心得。现在想来,还是诚惶诚恐,忐忑不安。

下午,我们聆听了亿景海棠湾项目总公司精心主办的一场倾情诗歌朗诵会,也充分感受了马鞍山的诗歌文化和人文风情。诗城处处有美景,吟诗一首味无穷。平静的江水在这里静养,俊秀的翠螺山在这里休憩。一代又一代的马鞍山人守候着内心的纯净和温柔,读诗、诵诗、写诗。山含笑,水含情,如诗如画,如梦如幻。寻古人身影,觅前世足迹。倘徉于诗城的云天,熏染着李白的诗情,我的心跳加速,脚步变得轻盈。扑面而来的空气是那样清新,耳边洋溢着欢快的旋律和朗朗的诗声。

5月12日,晨起,我们恋恋不舍地与孙老师告别。经历是最好的学习,笔会是最美的相遇。与会专家们高屋建瓴,谆谆教诲我们这么多宝贵的写作技巧和思路,我们如获至宝,句句记心入脑。这是一场文学交流的盛宴,半城山水半城诗的马鞍山让笔会的意义得以高度升华。

  一路歌声一路欢笑,我早已陶醉于扬子江畔这颗璀璨的明珠,这里是文学的圣地,这里有家人的情怀和晶莹的诗意。时光不老,真情永在,与文学相伴,与快乐同行,心里被诗城的温暖和温情紧紧包围。感激马鞍山市作协的热情好客和无微不至,有道不完的深深敬佩之情,也有许多写不尽的丰厚收获。汇江东,聚同步,我要一生珍藏。

梦"缘"龙泉寺

早就听说,离我工作单位不足十公里的桥头集镇有一座龙泉寺,虽然近在咫尺,却一直没有能够如愿实地一游。2008年12月28日,肥东县作家协会的年终笔会正好安排在那里,作为刚刚被作协吸纳的年轻成员,我有幸实现了多年想去龙泉寺参观的愿望。

在去龙泉寺的头一天晚上,我做了一个梦,梦见自己在龙泉寺的大佛面前敬香,向佛诉说心中的烦恼和痛苦。

第二天早晨,天空下着细雨,气温降到零摄氏度以下,但丝毫不动摇我去龙泉寺的坚定决心。名家说过:"山不在高,有仙则名;水不在深,有龙则灵。"龙泉山虽然海拔不高,但听说那里人气香火两相旺,那里的大师也是慧根很深的佛家真传弟子,他能帮人减轻郁闷和不快,自己不由得被感染。

车子很快就把我们带到了龙泉山。一下车,首先映入眼帘的是闪闪发光的"龙泉古寺"四个大字。山门不远处有一棵参天大树,这就是神奇多变的九丫银杏树。前来迎接的智光大师给我们解释说"人无十全,树无九丫",而这棵树却来了个突变——"九丫",尤显龙泉寺的不一般。整座寺就像伏在龙泉山半山腰的巨龙,龙嘴、龙牙、龙眼、龙眉、龙须逼真可见。

走进大雄宝殿,智光大师给我们阐释了佛家的真谛和龙泉寺的来龙去脉,我们的思绪也跟着大师的讲解飘动着。

我一直深信,自然也有着人一样的境界和思想,当我们虔诚地身处其中,我们也被这里的空灵和神秘牵动着。独自一人站在佛像前,昂首仰望,面对我的是一副笑容可掬的脸庞,我一时无法表达出所有随之而来涌上心间的情愫……为什么会有人与人之间的隔膜与疏离?不要说生离死别,就是同处一个人世,人与人之间为何难以亲近?很长时间以来,身边的环境不怎么宁静了,耳边充斥着许多朋友间的猜忌和不满。我不希望任何一方受到伤害,但愿他们都能"眼界放宽,心存仁爱"。其实,每个人的人生路上都有很多很多的不如意。想一想社会变化的节奏,谁又能保证时时刻刻跟得上呢?谁又能保证顺顺利利活一生呢?有与无并不重要。你荣耀也好,悔恨也罢,反正都不可以重来一遍。同处一个人世间,这是我们的缘分,毕竟我们会与一些人相逢,会与一些人分离,每个人都无法抗拒。

智光大师告诉我:如果心机太多,欲望太多,人性真情就会被束缚,只有恬淡舒畅,无为而为,才会满怀意趣。虽然我不能尽解,但隐约知道其中的深意:人的一生有长有短,我们虽然不能延长生命的长度,但是我们可以扩展生命的宽度;我们不能选择和左右他人,可是我们可以选择心情,可以左右自己,使我们的心胸永远坦荡荡。

古代就有许多的文人雅士无意于政治,寄情于山水,想以自己的清高慎独,不愿到朝廷做官,这是他们保全自己的最好方式。我学不来他们的超脱与傲气,只能做个普通人。普通人自然要学会忍耐,不管处于何种地位,带着什么动机,既来之,则安之,就是要干一行爱一行、精一行专一行,这样才算清醒和精明。烟香缭绕,时空交错,沧海桑田,有种飘飘欲仙之感!我沉迷于龙泉寺的自然境界,它将我带入一种清明之境。突然想起这样的诗句:"若无闲事挂心头,便是人间好时节。"此刻用在这里最恰当不过了吧!

龙泉寺门前有一半圆形的池水,这便是前面说的"龙嘴"了,清澈中躺着上百年历史的青石板,石板边上潜伏着无数只蠢蠢欲动的螃蟹。智光大师告诉我们,这个时候的螃蟹正在养精蓄锐,待来年的春天再繁殖。

临行前,山门前突然响起噼里啪啦的鞭炮声,同行的人告诉我,这是龙泉寺最高级别的欢送仪式。我望着车窗外湿漉漉的山野,没有炽热阳光的烦闷,没有凛冽寒风的荒凉,只有一种细雨中的安宁!回望飘浮在龙泉古寺上空袅袅不断的烟雾,真有那么一抹不舍。

掏出手机,我给朋友发了一条短信:当你心烦的时候,当你有点自豪近乎骄傲的时候,当你感到爱情前程黯淡无光的时候,都可以来看看,我们身边的这座龙泉古寺正可让我们的心胸豁达。朋友给我回了一条短信:只要你能心系苍生,美好的一切都会到来!

岱山湖水漾金波

　　时光,这样一个具有穿透力的词语,奔入我的心里时,让我忽然感觉到分外孤单。因为它就像是江河湖海中的水,日夜悠悠流转,不止不息。不知不觉间,4个年头过去了。

　　也是在这样的春天,我和家人一起,欢天喜地,驱车前往古城镇岱山湖游玩。此时,我心中不禁感慨:时间过得太快了。时间以同样的方式流经每个人,而每个人却以不同的方式度过时间。

　　古城镇位于合肥市东北部,江淮分水岭上,与滁州市接壤,东临全椒,北达定远,由原古城乡、广兴乡、杨塘乡、龙山乡四个乡镇合并而成,是省级江淮分水岭重点治理乡镇。古滁河流经城南,龙山雄踞城北,岱山坐落城东,城西是开阔的田地。

　　古城的水源活跃,属于滁河水系。境内有38座水库,其中小Ⅰ型6座,小Ⅱ型31座,县属中型水库1座,即岱山水库。滁河为长江下游左岸一级支流,古称涂水,唐代改名滁河。滁河流域地跨安徽省和江苏省所辖的9个县(区、市),流域面积约8057平方千米,河道弯窄,落差大,水位不稳。主要流经安徽省合肥市(肥东县),南岸有马站河、王铁河、周集河、马集河、石塘河、板桥河、新河7条支流。北岸有护城河、卞湾河、袁河西河、薛桥河、张集河、王子城河、龙山河、鸡鸣河、马湖河、古城河 10 条支流。

早在抗日战争和解放战争时期,新四军四支队、五支队的战士们就从古城走过,播下了革命的火种。历史的风云在我们的脑海中回荡。1940 年 6 月 16 日,五天五夜艰苦的反"摩擦"古城会战结束,给桂顽一三八师和皖东第十游击纵队以沉重打击。1948 年割稻储粮季节,英勇的大郭村伏击战也取得了胜利,打出了军威,使全椒合肥地区的革命武装声名大振。

古城的环境优美,生态旅游资源十分丰富。著名的岱山湖风景区,被誉为合肥市的后花园、江淮分水岭的明珠,现为国家 AAAA 级旅游景区,来此旅游、度假的游客络绎不绝。

岱山湖原名岱山水库,于 1970 年在小马厂河上拦筑土坝,至 1972 年建成。岱山湖水面 600 公顷,国有古城林场 1000 公顷,400 多种植物涵养水源,如马尾松、洋槐、元竹等。湖四周重峦叠嶂,林木荫翳,70 多种珍禽和 10 多种野兽出没其间,是一个天然的动物园。20 世纪 90 年代后期岱山湖得到新的开发,2002 年建成旅游度假区,并于当年 5 月 1 日开始接待游客。

景区内,建成从县道梁界路可直达的古岱公路,有建筑面积约 8100 平方米的迎宾山庄,有一幢会议中心、一幢临湖餐厅、十一幢单体别墅、两幢双层豪华别墅、一幢豪华贵宾楼、一幢旅游接待综合大楼。配套建设了可供游客游泳活动的沙滩浴场、灯光网球场、游艇观光、八卦迷宫、军体乐园、跑马射箭、乡情垂钓、野外露营、拓展训练、高空溜索、小动物演艺等三十多个生态旅游项目。充分利用水资源,做好"戏水"产品,树立"健康、科教、度假、亲子"的特色品牌,形成一个区域性观光度假综合体。

水库四周群山环抱,山与湖紧密相连,树木葱郁,翠竹亭亭玉立。湖中岛屿千姿百态,别有情趣。天鹅岛宛如一只展翅俯身在湖面饮水的天鹅,呼之欲出,颇具神韵。传说王母娘娘感动天鹅夫妻为了保护其他鸟类,敢于向"猎王"斗争。死后,王母娘娘度化天鹅夫妻,雄鸟度化为一座山,雌鸟度化为一片湖。"猎王"也被度化。

湖的东北有翡翠岛,上有一塘碧水,就像一块碧玉镶嵌在清幽寂静的竹海中。满岛奇花异草,灌木茂密,山路曲折,蜿蜒幽静。游艇驶出翡翠岛穿过狭窄的水道,眼前豁然开朗,一岛扑面,仿佛一只奋力击水前行的巨大乌龟,憨态可掬,名曰"龟行岛"。

岱山湖的美是独特的。湖中有岛,岛中有湖。水面有宽有窄,湖边有湾有港。岱山湖青山围水山护水,碧水护山水围山,湖光山色美不胜收。湖底无泥皆沙,湖水清澈见底。湖东水面开阔,南部沙滩晶莹剔透。

放眼望去,湖中山水相间,一波三折。古有云:山不高而重峦叠嶂,水不大而气象万千。天上平湖落岱山,流水稻花拂云烟。天气大好,一批批游客有的乘坐游轮,有的乘着竹筏观光,畅游岱山湖就如在画中穿行,心也就会静得如湖水一般纯净透亮。傍晚时分,渔帆点点,打鱼人满载肥鱼嫩虾。

每个有名的景区几乎都有寺庙,每一处有每一处的特点,每一处有每一处的风光。岱山湖景区也不例外。到寺庙去,是为了寻找心灵的宁静。

岱山湖历史文化悠久,元代建有吉祥寺,明太祖朱元璋在此建皇家寺庙——演法寺。演法寺又叫演法禅寺,位于湖的南岸,依山而建,庙宇辉煌,法相庄严,晨钟暮鼓,香火鼎盛。相传,演法禅寺是朱元璋为还马娘娘在这里治好眼疾之愿而建的。

演法禅寺前面的湖中,屹立一座世界最高的鎏金达摩圣像,其身披袈裟,手拄锡杖,造型独特,气势非凡。这就是达摩的"一苇渡江"。相传达摩和梁武帝对话后,梁武帝深感懊悔,得知达摩离去的消息后,马上派人骑骡追赶。追到幕府山中段时,两边山峰突然闭合,一行人被夹在两峰之间。达摩正走到江边,看见有人赶来,就在江边折了一根芦苇投入江中,化作一叶扁舟,飘然过江。

水是演法禅寺的灵魂,大殿前面有两个大水池,一个是放生池,一个是观音池,水池里还有很多鱼,似真似幻。演法禅寺庭院里露天摆放的几尊石碑,刻录着当年的往事。石壁上布满皱纹,见证了岁月,也见证了演法禅寺的兴衰。

演法禅寺大殿内,整齐陈列着十八罗汉和各路神仙塑像,传说他们都是被天帝指派到人世间拯救疾苦百姓的。见到慈眉善目的他们,我感叹良久,心中对他们的敬意油然而生。演法禅寺的珍贵大钟,依然保存完好,上面密密麻麻刻满了经文。我却喜欢《心经》中的一句:"是诸法空相,不生不灭,不垢不净,不增不减。"

演法禅寺的诵经声格外禅意空灵,寺外有多棵千年古树。风铃一直在廊檐下叮当作响,配合着恰好的季节。

逡巡古寺中,是内心修行最欢喜的时候。在这样的心境下,感念人与人之间的温暖和深情,体悟生命的本真、婆娑的世界和天地万物的生长荣枯,可以温润自己的心灵,涤荡自己的灵魂。

多情乃佛心,在时光深处,操守着一份纯正的灵魂的宁静。远眺演法禅寺,近观经文大坝,109朵莲花随波荡漾,瞬时除却积聚已久的烦恼与满身疲惫。

在辽阔的田野,在春的天空,我仿佛感觉到有一种巨大而浩瀚的力量,散发着荣光,抵达我的神庙。斯有所想,忽有所悟。

宁静的岱山湖水记录着岁月的痕迹,书写着一代又一代古城人的故事。放歌山林,白墙黛瓦的新居林立,山野的青青牧草摇曳,这里是最安心的一种生活状态。

时间总是能够抚平我们的情绪,一些曾经艰难的时刻,一些曾经令我们困扰的问题,最终都与我们和解。时间太短,生命一直可贵,放下所有的过往,轻装上阵。追风赶月莫停留,平芜尽处是春山。站在湖岸,我浮想联翩。回忆岱山湖的一幕幕柔美与曼妙,我的心中不再有一丝杂念。

秀美朝霞四顶山

　　四顶山位于巢湖北岸,离合肥市肥东县城 25 千米,海拔 174 米。因四峰并列,仿佛是只巨大的香炉四足朝天倒立,故名四顶山。四顶山风景优美,以朝霞为最,"四顶朝霞"先后被列入庐阳八景和巢湖八景。至于四顶山是啥样子,不亲自去爬一次,恐怕很难说清楚。于是,今年春天,我便约了几位好友登临四顶山山顶,实地一游。

　　凭着户外经验,我和好友沿着山上的小路徒步前行。山上生物都是原生态,树木葱郁,山花烂漫,时不时地有几只欢快的鸟儿从头顶飞过。彼岸花、杜鹃花和许多叫不出名字的花开满山谷,像花海一样壮观。漫步在山林里,释放平时工作的压力,治愈坏心情,安顿自己疲惫的灵魂。难怪途中看见许多城里人跑来四顶山寻花踏青了。崎岖的山路两侧全是密密麻麻的小山竹和荆棘,我们穿行其中,衣服被树枝、荆棘扯破了,手和脸也被划出了几个小口子。

　　走走停停,停停走走,用了好长时间,我们才气喘吁吁接近山中一处高地。在一块山石旁小憩一会儿,不得不起身离开,再向四顶山顶峰攀登。我喜欢登高望远,一览众山小的感觉。登上山顶巨石高处,举目远眺,顿觉心旷神怡,心潮起伏。八百里巢湖片片风帆,姥山中庙绮丽风光,尽收眼底。

四顶胜境，历来为文人墨客所称颂，清代《庐州府志》《合肥县志》《巢湖志》和当代《中国名胜词典》等书均有记载。相传东汉著名道学家魏伯阳曾不远千里，入此山炼丹修道。丹成吞服后，魏伯阳和他的三个弟子纷纷升天成仙，就连他带来的一条白狗也成了仙犬。今虽人去炉空，然山上的"丹砂""仙粉"仍在，常常映着朝霞，放射异彩。要是遇到雨过天晴的好天气，当旭日透过蒙蒙的水雾，闪动的阳光洒向大地时，脚下的草地上会出现一道道光环，浩瀚的湖水中会呈现出一派五颜六色的光彩，微风拂起，光逐水，水生光，直向湖天尽头。

四顶山有许多美丽的传说。四顶山南端高峰，有一座金碧辉煌、蔚为大观的古刹。唐代一僧人在此结庐为庵。宋时建庆和寺，明代学者黄道日改名为朝霞寺，供奉关羽像。明末著名学者方自勉曾隐居朝霞寺，设书院授徒，造就出一大批学士，闻名一时。庙前有一片大树林，林中有两棵高达10余丈的紫檀树，特别引人注目。庙后有一块方形青石棋盘，石凳石椅摆放四周。32个棋子仿佛两队人马，正在"楚河汉界"激战拼杀。从此，留下了南北斗星下界四顶山对弈的千古神话。

山上有炼丹池、仙人洞、朝霞书院、滴芦井等多处古迹。炼丹池在西峰上，山泉终年不竭，清澈见底。仙人洞可容数人。伯阳井又名"蜀井"，也在西峰，深不见底，水清味甘。尤其令人惊奇和不可思议的是，在长廊之间，有一口十几米深的古井滴芦井，月上中天时，从井底能看到光怪陆离的五彩祥云和美妙的月光，这便是四顶山景中之景——朝霞映月。1935年之前，山下六家畈的吴中流先生在山上的第四峰偏北处，建了一座四顶公园。后来，爱国将领张治中先生又在四周建了一座西式风格、小巧玲珑的别墅，取名"朝霞小筑"。

四顶山历史深厚，是三国时期魏吴争霸连年争夺的军事要地。魏青龙元年（233）扬州都督满宠筑新城以抵抗吴国军队。吴太祖孙权于嘉禾二年(233)率十万大军围攻,未能攻下。《三国志》载:"是岁,(孙)权向合肥新城,遣将军全琮征六安,皆不克还。"次年,夏五月,"(孙权)率大众围合肥新城",也没有攻下。典故"生子当如孙仲谋(孙权)"就是曹操在巢湖口濡须坞望见吴水军军容整肃后说的。

如今,孙吴、曹魏霸业已空。时隔将近两千年,今天我们还能看到由十几个连绵不绝的土墩组成的新城遗址。具有灵性且孕育过无数先贤和文明的四顶山,山上的一草一木都赋予人精神的滋养和灵魂的启迪。面对苍茫的四顶山,耳边仿佛响起金戈铁马、锣鼓喧天的战斗声。山中迎面而来的缕缕清风和迷人花香,让我沉醉。回望山下圣洁祥和的四顶社区,真的是一派生机盎然。

山的周边走出了许多名人,全国人大常委会原委员长吴邦国、革命烈士蔡永祥、台湾三栖明星吴静娴女士等都出生在这里。为吸引越来越多的户外运动爱好者和游人来四顶山森林公园游玩,体验自然,更好展示四顶山的自然风光和历史遗迹,工匠们在天然石的基础上开凿石阶。政府部门规划设计了以景石、造型树为主要元素的山体游步道,保留原始登山野趣。

四顶山自然灵秀,移步换景,林间有飞鸟,山间有泉溪。置身四顶山顶,一片静心,一念安然。环顾四周,可以与历史对话,可以与白云握手。这里的美妙和诗意,早已沁我心脾,入我骨髓。

昂氏父子进士祠

史料记载,合肥共有三座"父子进士"祠,那就是包令仪与包拯父子祠、李文安与李鸿章父子祠、昂绍善与昂天曾父子祠,如今,仅有昂氏父子进士祠保存最为完好。今天,就让我们近距离触摸昂氏宗祠,感受这座有着两百多年历史的祠堂的底蕴……

昂氏宗祠属于昂氏家族祭祀祖先和先贤的场所,位于肥东县店埠镇西山驿昂集村,离县城约 15 千米,是一处始建于清代中期的家族祠堂建筑。但清朝康熙年间的昂绍善、昂天曾父子鲜有人知。《庐州府·志文苑传》记载:"昂绍善,字元长,合肥人,性颖异,博通五经。"昂绍善于康熙六年(1667)中进士,官居内阁中书,位列公辅高位;昂天曾在康熙二十四年(1685)中进士,官居山东德州平原县知县。

《昂氏宗谱》载:"昂氏先人来自辽东少数民族。在元末明初,因避战乱迁至合肥东乡尖山脚下(今昂集村)安居。与汉人杂居之初,他们以'聊'为姓。"谈到合肥、巢湖两地的昂、聊两姓同源的说法,昂氏族人皆称确凿无疑。目前的昂姓人口,全国不足两万,而浮槎山蒙元一系已不足一万。

关于昂绍善父子能够成为进士,有一段关于"土地神"的传说为当地人津津乐道。昂绍善出身农家,自幼聪颖,12 岁考上巢县胶庠(古学校)廪食,名列考生之冠,县长熊宪赐姓昂。顺治帝清除多尔衮同党,独揽大权,导致朝廷人才凋零。昂绍善从庐州府学进宫,与上层旧派系无瓜葛,受到皇帝的赏识,并在35岁时恩拔成举人。顺治十八年(1661),他在宫内给皇家子弟教学,到康熙六年(1667)殿试成进士,退休后住西山驿昂集村。其子昂天曾从小居住在昂集村,幼年早慧,康熙十七年(1678)考上举人,康熙二十四年(1685)中进士,任山东省平原县知县。康熙三十六年(1697)是昂氏家族最荣耀的一年,皇帝连下四道诰封圣旨,轰动整个庐州府:先封昂绍善为文林郎,次封其妻梁氏淑慎为孺人,三封昂天曾为文林郎,四封其妻阎氏终温为孺人。同时,梁氏和阎氏准入祀乡贤祠。后建宗祠一座,即"父子进士祠"。

昂氏宗祠,为乾隆四十六年(1781)所建,共三进四厢,面积达500平方米。祠堂内有上百座花纹柱基石,上有红椽青瓦,檐下有滴水瓦当,并融入木雕、瓦雕、石雕等雕刻元素。据说,祠堂的前、后、中堂内本来有四块牌匾,分别为"父子进士""昂氏宗祠""奕叶蒙庥""承先启后",高悬于祠堂大门及堂屋门楣上。"承先启后"匾额是乾隆御赠,"奕叶蒙庥"匾额是翰林院赠送,"父子进士"匾额是庐州府赠送。如今只剩下前堂的"父子进士"匾额,其余三块均在"文革"中被毁。虽然年代久远,木匾略有些腐烂,落满了灰尘,生出了绿锈,但四个刻字仍清晰可见。

前进大院的东西花台上,屹立着两株百余年仍枝繁叶茂的天竺。后院的一左一右分别栽种着象征尊贵的牡丹和金桂。这棵牡丹已有一百年的历史,曾历经"生死浩劫",如今重新焕发勃勃生机。父子进士祠两进屋梁上的雕花彩漆依然鲜艳夺目,柱础上的石刻雕纹亦栩栩如生。祠堂的后堂十分宽敞,因在新中国成立初改为昂集小学,因此保存完好。

家族祠堂是汉民族悠久历史和文化的象征与标志,具有很高的研究价值。昂氏宗祠作为省级文物保护单位，从繁华、衰落到寂寥，历经两百余年的风霜。近年来省、市、县文物保护部门高度重视，投入大量资金对墙体、房梁、房顶的破损部分进行修缮。保护好这一份珍贵的文化遗产非常重要，我们也期待它焕发出崭新的风采！

在省直党校的日子

近日,安徽省直工委党校年轻美丽的张雯女士告诉我,现在党校很忙,都在准备复校三十周年的事情,并嘱咐我给学校写一篇关于复校三十周年的文章。作为党校的一名在读学生,我欣然应允。

至今我依然清晰地记得两年前报考省直党校的情景。一个偶然的机会,在通往合肥的中巴上,透过车窗,我看到省直党校的招生启事。怀着忐忑不安的心情,我拨通了党校的招生热线。一道深沉的男中音(后来我才知道他是函授部主任翟志飞)热情详细地给我做了说明,这更加坚定了我报考的信心。后来凭着扎实的基本功和优秀的入学成绩,我于2007年9月正式成为学校的一员。张雯也就是我所在的研究生法学班的班主任。

蓦然回首,我在党校已经接受教育两年了。在这两年的日子里,省直党校的点点滴滴都能勾起我美好的回忆。我们同期学员从几十人到几千人,从陌生到熟知,从熟知到默契。大家的一个个眼神、一次次只言片语,都激荡起一串串感悟,凝聚成一个个共识,织成一幅幅瑰丽的美景!我很快乐,因为我在快乐的教学氛围里学习,收获新知识,增长新本领。

时光荏苒,岁月如梭。弹指一挥间,省直党校已迎来了复校三十周年的日子。"风雨征程三十年,桃李芬芳花满径"是送给省直党校复校三十周年最好的总结。三十年来,省直党校坚持以培训轮训为主体,以研究生教育和函授教育为重要组成部分,采取自办、联办、协办等多种形式办学,形成多类型、多形式、多层次的办学格局。1989年,中共中央党校函授学院安徽分院省直学区,相继开办了中专、大专和本科学历函授教育,2004年又开办了研究生直属教学班。自复校以来,共培训省直机关处级领导干部、中青年干部、党务干部、理论宣传干部、党员高级知识分子、新党员和入党积极分子等3万多人次,接受学历教育的近2万名学生毕业。

三十年是一个里程碑。复校三十年,记录着省直党校所取得的辉煌成就,浸透着全体教职工开拓创新、锐意进取洒下的辛勤汗水。作为省直工委直接领导下培养党员领导干部和理论干部的一所学校,更肩负着舆论导向功能,引导广大学员向更高更好的干部队伍转变!回首三十年征程,学校领导带领全体教职工制定一项项制度,出台一个个举措,精心组织一系列活动。全体教职工用智慧和汗水留下了一串串坚实的足迹,在学校发展的历史上谱写了一段段华丽的乐章。

三十年是一个里程碑。复校三十年,省直党校努力地奋斗,希冀着成功,有喜悦、有艰辛、有收获、有泪水。成长的征途上,每个足印都记录着向上的渴望,壮美的旅途铭刻下每个奋斗者的印记。省直党校的发展历程如同一本厚重的书,其中有许多的故事,也有许多的感触。三十年春华秋实,细细回顾复校三十年来走过的历程,好多事情仿佛就在昨天,记忆犹新。

研究性学习是促进学生思考探究,分享与合作的新课程。省直党校为我提供了一个前所未有的巨大平台,让我在这个舞台上收获许多。今天我们热烈庆祝省直党校复校三十周年,感谢学校给予在职学员重新相聚的机会,让我们一起见证了学校的发展!在这里,我借用开学典礼上省直党校常务副校长郑胜源慷慨激昂的一番话作结尾："今后,省直党校将以更加宽广的视野、更加开放的姿态、更加踏实的态度,积极开展更加有效的培训活动!"让我们共同展望省直党校灿烂辉煌的明天吧!

燕子归来

聆听大家谈写作

4月19日，肥东县作家协会的笔会如期而至。这次笔会选择在具有"农家乐"美称的撮镇镇赵光村草房子休闲中心，那里有着浓厚淳朴的民风和民情，环境优美，交通便捷，气候宜人，最适宜作家们创作和采风。今天笔会的地点草房子也荣幸地被肥东县作家协会挂牌命名为"创作基地"。当然，这次笔会的分量远远超过从前，因为邀请到了安徽省作家协会的常务副主席、安徽省文学院常务副院长许辉，合肥市文学艺术创作研究所所长、《未来》杂志总编裴章传，《安徽青年报》的刘晓峰等大家前来给我们传道授业解惑。

正如县作协主席许泽夫所言，每次的笔会都与雨有关。回想起上次的龙泉寺笔会，犹如发生在昨天，因为那天也下着绵绵细雨。只不过今天适逢二十四节气谷雨的前一天，微风过处，洒落在脸上的春雨让人产生些许释然，颇生几分灵感。要知道，诸位文学友人都是奋斗在各条战线上的精英，他们在忘我工作的同时，依然不愿放下心中对文学的那份神圣和向往，笔耕不辍，乐此不疲。他们中大多数文学建树很高，都形成自己独具特色的文学风格。能与这么多的名家名人为伴，是我孜孜以求的理想和奋斗目标。我不敢在他们面前班门弄斧，甘当学生，恭听真谛。

提起写作,许辉主席对全体作协成员侃侃而谈:"时间是靠挤出来的,作品是平时知识和情感的积累。一个时代会产生出许多成功作家,他们靠的是对生活的感悟和对文学的追求。文学离不开智者的眼睛与心境,只要你有所感动,只要你发现了精美的片刻,只要你觉得可以给他人带来思考,那么你完全有必要把这些看不见摸不着的东西变成文字,变成思想,变成可以与大家共同交流、共同探讨、共同分享的精神食粮。"他以自己的亲身经历,向我们讲述了三十年前他为了获得写作素材,把肥东县的所有乡镇全部跑了个遍的故事。凭借这样的实地考察精神,他拥有了第一手资料,写出了别人无法捕捉却最有说服力的东西,结集出版了许多精品。

我想,这大概就是当代文学大家的风骨和求真精神,以及敢于挑战自我的学术气质。他勉励我们这些业余爱好者要耐得住寂寞,守得住清贫,不要将写作当成一种负担,要甘之如饴,那样才算是真正地做到了与文学融为一体,走进了文学。尽管咬文嚼字是件很苦的事情,味同嚼蜡,但要学会从写作中寻找乐趣,寻找知识,从字里行间寻找精细,寻找属于自己理性的闪光点。听许辉主席说话是一种享受,如沐春风,润物无声。我似乎隐约知道他的著名长篇小说《焚烧的春天》获得那么高的评价和广泛认可的缘由了。久久敬佩于文学前辈的执着精神,更深深地被他们打动着。

与许辉主席的沉稳与含蓄相比,裴章传总编却给我们带来了许多欢笑和轻松自如。他习惯性地点燃手中的香烟,尽管他并不吸上一口,那是他写作时的必备动作,也许是为了更好地打开思路与话匣子:"写作离不开满腔热情,写东西就是要将你所发现的与众不同的观点表达出来,不要人云亦云。如果我没有敢与别人说'不'的优点,那么我至今不会写出《叶卡捷琳娜女皇》《洪秀全》《李鸿章》《刘铭传》等作品。如果一篇文章不注入自己的热情,没有独特之处,那就是作品离开了文学。没有文学的渗入，所写的东西就没有生命力，也就不会有人去关注。文学是一种艺术，是一种高雅的天堂。要学会用干净的心地盛智慧，用清明的智慧赏月光，用赏月光的眼睛看人生。要用手中紧握的笔，为生活，为梦想，去描绘，去勾勒。只要是写作，就要注入自己的热情，要有一颗火热的心，那样你才会文思如泉涌，下笔如有神。"

裴章传总编话一落音，会场响起阵阵掌声。他微闭起双眼，重重地吸了一口烟，散开的"O"形烟圈，恰似给他的演讲画上了神奇的句号。多么精彩的大家点拨，如果我不参加这次笔会，将会是怎样的一种损失与自责！

诚然，作为业余爱好者，我有几分伤感和几多愧疚。距离上次笔会已经好几个月了，我却没有写出几篇能称得上脍炙人口、酣畅淋漓的大作。写出的稿件不少，真正能拿得出手的作品不多，墨字成"铅"的更是寥寥无几。跟在座的良师益友谈自己的写作心得，真让我面红耳赤，语无伦次。"不会利用时间，便成为时间的奴隶"，这句话对我来说是最好的验证。

听完文学大家们的精心指导和开启明智，我的慵懒的情绪中充溢着微微的亢奋。我下定决心要学会让自己不停地写，要在更加广阔的空间和时间里顽强地写。关于工作，关于未来，关于生活，看到的，经过的，一切的一切都不会遗忘。我要不停地写作，用更美好、更开阔的心情去盛放写作，用方寸格去历练自己一语惊人的胆略与气度，用激昂的文字闪烁自己无尽的快乐、追求与幻想！

分水岭上烈士坟

初夏，一行人驱车前往肥东县马湖乡，寻访当地村民，聆听80多年前发生在沙河行政村小高、大鲁村的那场战斗，牺牲129名新四军战士的"十三坟"的故事。129位烈士，他们个个都有血战到底、视死如归、永不屈服的气概。人们虽然不知他们的音容笑貌，但静卧在九泉之下的英魂，仍然默默地护佑着人民的幸福安康、祖国的繁荣昌盛。远处苍山，松涛阵阵，历史画卷在眼前徐徐铺开，让人思绪万千。

马湖乡位于肥东县东部，距县城42公里，东与全椒县西王镇、大墅镇交界，南与巢湖市居巢区交界，北与古城镇交界，西与包公镇交界。马湖乡地处江淮分水岭南侧，矿产资源丰富，主要有陶土矿、绢云母矿，极具开发价值，是省、市江淮分水岭重点治理开发的乡镇。

熟知马湖乡历史的孟培中老人对我们侃侃而谈：1940年6月，国民党又一次掀起"反共"高潮，驻守在古河、栏杆、柘皋的桂系国民党正规军一三八师及地方武装第十游击纵队7000余人，由南向北对新四军皖东津浦路西根据地发动进攻，妄图一举摧毁成立时间不长的淮南抗日民主政权，挤压新四军的生存空间。新四军江北指挥部集中新四军四支队、五支队主力，与顽敌在古城、鸡鸣桥、梁兴集一线展开激战，大鲁村战斗便是其中一次重要战斗。

6月24日晨，新四军五支队司令员罗炳辉发现敌军从古城方向南逃，迅即命令学兵连抢占寡妇岗山头迎头阻击敌人。谁知国民党军抢先一步占领山头，并在大鲁村的苇塘埂上埋伏了机枪阵地。学兵连由南向北刚冲到苇塘前，顽敌机枪阵地子弹密集，学兵连伤亡重大。大鲁村战斗给国民党挑起的"摩擦"以有力回击，巩固了新四军路西抗日根据地。此次战斗歼敌100余人，新四军战士牺牲129人，八团政委刘树藩、青年干事胡斯林等身负重伤，壮烈牺牲。

　　战斗结束后，周边大鲁、小高等村的群众自发组织起来打扫战场，掩埋烈士遗体，在敌军的机枪阵地苇塘埂上垒起十二座坟茔，另一座在塘的西北边，共十三座烈士坟。从此，马湖乡机关干部、学校学生、沙河村群众每年清明节都自发为烈士上坟扫墓，一直延续至今。

　　已经入夏的马湖乡芳草连连，花儿烂漫，许多花骨朵在草丛中、树林里探头探脑。坟地四周寂然无声，树静静地生长，草轻轻地摇曳，花快乐地开放。站在十三坟的高地眺望，田野里绿意浓浓，莽莽苍苍，被风吹拂，似一条阔大的绿缎在荡漾，又似一条巨蟒的身躯在摇动。

　　昔日根据地，今日新农村。多年来，马湖乡党委、政府踏着红色印迹，铭记烈士遗志，不忘初心，牢记使命。紧扣高质量发展要求，坚持生态优先、推动绿色发展，抢抓机遇、乘势而上，全面完成各项目标任务。积极引进农业龙头企业，大力支持各类农业产业协会、合作社发展。发展休闲观光农业，推进乡村旅游，带动群众致富。坚持以市场为导向，建设大王村蓝莓园、小陶村杨梅园、创业村五牛山核桃园、中药材产业园，以及非洲菊扶贫产业园。加快土地流转，加快调整农业产业结构，扩大虾稻、芝麻、油菜、经果林等生产。

　　英雄已逝，英风长存。翻开马湖的历史，你会知道，小高、大鲁村十三坟是马湖乡的一张名片，是新四军抗战的历史符号，更是肥东的抗战记忆！虽然不知道129名烈士的真实姓名，但他们的坟墓保留了下来,马湖乡留下了英勇将士们的碧血忠魂。

革命先烈,如同永不陨落的星辰,照亮了夜空,照亮了大地,也照亮了民族复兴的前行道路。志士先驱虽已长眠,但留给后人的那弥足珍贵的精神财富永不磨灭。

一个地方的风景,在于它的伤感。马湖乡的每一块砖瓦都凝聚着历史。正如习近平总书记所说:一寸山河一寸血,一抔热土一抔魂。回想过去的烽火岁月,肥东人民以大无畏的牺牲精神,为中国革命事业建立了彪炳史册的功勋,我们要沿着革命前辈的足迹继续前行,把红色江山世世代代传下去。

路边奋力盛开的野花和田野里荡起的麦浪,露出了夏天的颜色和力量,给人们带来温暖和希望。临走时,我还再三回头,凝望静默的十三坟,心中萦绕着对烈士的无限敬仰和缅怀之情。

燕子归来

马湖，一个美丽的地方

早就听说肥东县马湖乡是一个非常美丽的地方，那里不仅有风光独特的马湖坝，情也深深、水也清清的流沙河，更有欣欣向荣的新农村和方圆数百亩满园春色的桃林。每当娇艳欲滴的桃花尽情绽放的季节，就会吸引全省各地的摄影爱好者、文人墨客前来观光和采风。在一个阳光明媚的午后，我们驾着车，一路欢笑，急急地奔跑在023县道上，心仪着春暖花开时的马湖，期许着能快些亲近那迷人的景色，揭开它那神秘的面纱。

小陶社区是安徽省首批美好乡村的示范点，现有500亩经济林、1000亩苗木花卉基地、70多亩大棚瓜果蔬菜。桃林位于小陶社区，每到春暖花开之时，都吸引着路边的行人。嘻嘻哈哈地钻进花期正旺的桃花林，放眼望去，满园的桃花随风摇曳，令人心旷神怡，一心只想沉醉于花的海洋，任凭思绪徜徉其间。

朴实的果农开心地为我们介绍着桃林的规模和收成，我们却惊喜地发现林间早已飞来许多辛勤的蜜蜂，不停地忙碌着，嗅嗅这朵花又嗅嗅那朵花，比负责管理桃林的人还细心。桃林里到处是纵横的沟垄、肥沃的黑土、整齐的田块，果农说这样不仅有利于桃树生长，便于田间管理，更适合全省各地喜欢吃油桃的人前来采摘和购买。感叹着果农们的精心培育和辛苦劳作，再加上充足的日照和适宜的气候，每年桃林都能生长出数以千斤甘甜爽脆的油桃，供不应求，憧憬着那又该是怎样一种热闹和丰收的景象啊。

大王社区的尖山原是一片荒山，几年前招商引资引进了蓝莓种植技术，栽种上十万多株的蓝莓苗，如今蓝莓飘香，给当地村民们也带来了不菲的收入和满足的喜悦。蓝莓俗称"水果皇后"，起源于北美，属多年生灌木小浆果果树。因果实呈蓝色，故称为蓝莓。蓝莓有两种：第一种是低灌木，矮脚野生，颗粒小，含丰富的花青素；第二种是人工培育的蓝莓，能生长到2米多高，果实较大，果肉饱满，改善了野生蓝莓的食用口感，增强了人体对花青素的吸收。蓝莓果实中含有丰富的营养成分，具有防止脑神经老化、保护视力、强心、软化血管、增强人的机体免疫力等功能。此外，蓝莓由于富含花青素，具有活化视网膜功效，缓解眼球疲劳，因而备受瞩目。

阳春三月，走进蓝莓园，虽说蓝莓还未长成，可一个个鼓着花苞的小蓝莓在阳光的映衬下显得十分可爱。园内每年会收获四到五吨蓝莓果子。按照计划，下一步将在蓝莓的深加工方面做文章，包括制作蓝莓酒、蓝莓酱、蓝莓蛋糕等。园内还会进一步丰富果树种类，像猕猴桃、葡萄、梨子，都会尝试着种植。相信在未来的几年，蓝莓园一定会被打造成合肥地区有影响力的果园基地。

大王社区王湖自然村里有一棵家喻户晓、树龄有好几百年甚至近千年的古银杏树，很多远方来的人都到银杏树下许愿祈福。我与同行的文友相约去看看这棵充满神奇色彩的"宝物"。一路颠簸了好长时间才来到古银杏树下，眼前的银杏树说不上有雄伟之势，甚至有些倾斜，很难让人把它与百年古树联系在一起。村民们陆陆续续地聚拢来，意味深长地说："这棵银杏树虽看起来不那么起眼，可它陪伴着全村人度过了好几代。这棵银杏树至少四百年了，本来枝繁叶茂，几十年前的一个晚上,雷雨交加,树干被雷劈成了两半。虽说现在不那么高大,可它却仍然有着强大的生命力,每年的秋天都会结出许多银杏果子。"

银杏树因为上了"年纪",便有了灵性,它能带给村民们喜庆,也能守护着全村的平安,村民们早已把这棵银杏树视为心中的"神灵"。村里的大人小孩从不攀爬这棵银杏树,哪怕是摘银杏果,村民们也只是在树下捡一捡,从不敢爬树摘或用竿子来钩打。我们在树下转了一圈,发现树旁只有一间不高的砖瓦房,再没看到有什么护栏之类的设施。端详着正在吐出新芽的银杏树,心中顿生暖意,祝愿这棵古树能千年万年永葆生机。

马湖坝,风光旖旎,山清水秀,适合垂钓,是理想的休闲娱乐好去处。站在修建一新的马湖坝护坡大埂上,追溯着河流经过的区域和最终注入的方向。望着两岸缓缓流淌的湖水,心里百感交集。这里每年奉献出大量肥美鲜嫩的贝蟹鱼虾,走进千家万户,成为美味珍馐,让人唇齿留香。马湖坝的湖水温和清澈,绵延几十里,无畏阻隔,泽被万物,让数十万亩农田生机勃勃,孕育出珠圆玉润的稻米。全年坝上气候湿润,降水丰沛,萌生出珍奇鲜美的各类菌菇。离坝不远的地方,有一口千年古井,至今还能看到清凉的井水冒着热气。井四周的田地中堆满了许多有神秘彩绘的古代陶片和瓦砾,让在场的人无不生出几分感慨和唏嘘。

每一个地方都有它特有的发展思路和途径。最近几年,马湖乡根据发展需要,推动产业结构调整,对土地流转进行招商,实施农业现代化、产业化和机械化,种植大棚蔬菜、特色水果,发展休闲生态农业。全乡围绕"打造平安绿色马湖,建设美好新农村"这一目标,按照"统一规划,统筹安排,合理布局"的要求,高标准地建设中心村,引导农民向中心村集中,使原本富饶美丽的马湖焕发出更加青春亮丽的风采。

即将起程返回,来马湖时走过的每一条大街小巷,似乎又多了几分妩媚和亮丽。公路两边的商铺鳞次栉比,商品林林总总,村民们总是带着灿烂的笑容,热情地打着招呼。如今马湖的新农村建设如火如荼,各项工作稳步推进。同行的人都说马湖是一块风水宝地。马湖,你正以锐不可当的气势开创未来,用自身丰富的资源优势吸引着外商来投资创业,大踏步引领百姓早日过上富饶祥和的幸福生活!

行走在诗意盎然的樱花林

冬天的脚步渐行渐远,南风推开春的门楣。春天是开始,更是希望;春天里有我的故事,更有我的向往。在周末的午后,跟着文友们前往距离肥东最近也是肥东县发展最快的梁园镇进行参观。因为春天来了,管湾水库岸边的东锦园林里数千亩的樱花应该开放了吧。去看樱花,是很久以来一直深藏心底的最美的期待。

天空下着大雨,大家丝毫没有放弃出行,反而热情高涨。都说春雨贵如油,有着雨的陪伴,这一次的行走活动似乎更多了些灵气和雅趣。从县城出发,大约二十分钟,就到了梁园镇。都说梁园镇这几年无论是工业、厂矿还是特色农业都发展得特别成功,也吸引了不少外地企业前来学习和考察。我们先后兴致勃勃地参观了合肥宏图彩印有限公司、合肥飞龙电气有限公司、梁园自来水厂、东武社区新农村建设、特色蔬菜大棚基地。当然,参观的重点是安徽东锦园林有限公司。

车队沿着滁河干渠,在蜿蜒的乡村公路上欢快地奔跑着,我们一行犹如从笼中放飞的鸟儿,欢呼着、雀跃着、舒畅着。每经过一个村口,我们都会看到当地村民自发地跑出来,友好地招手,热情地打着招呼,并送上惊喜的目光和灿烂的微笑,这应该算作对大家最好的欢迎吧。淳朴的乡情,浓浓的乡音。车子到达目的地,大家一下子就投入了春的怀抱。放眼望去,宽阔的水库,成片的苗木,怒放的花朵,让人陶醉,让人心旷神怡。东锦园林负责人向我们介绍说,东锦园林是一个集生态保护、水源涵养、绿化苗木培育、生态观光林业于一体的生态综合型观光产业基地。土地流转面积约5800亩,注册资本金为5000万元。目前园林内种植着成片的乌桕、紫荆、石楠、香樟、合欢、紫薇、桂树、桃树和樱花等各类名贵花木,尤以樱花最为壮观。东锦园林通过优质园林绿化苗木示范基地建设,将带动和促进优质绿化苗木栽植面积的不断扩大、经营技术水平的不断提高,提高项目区森林覆盖率,减少水土流失,提高附近村民的经济收入和生活质量。这些都是改变土地经营模式、积极调整经济结构给村民们带来的实实在在的福利和收获,让村民们开心、快乐和幸福着。

　　春天,一个如诗的季节,百花齐放,落英缤纷。抚摸着身边一朵朵、一簇簇含苞欲放的樱花,享受着它的娇艳和香气,静静地闭上眼睛,有一种飘飘然不知归处的激动和神往。春天,色彩斑斓;春色,生命的颜色。满园的春色生机勃勃,如诗如画。此时,心里只想用最美的文字来寻找春天,在春天里记录幸福的守望。不知受谁的闪光灯和咔嚓声的提醒,大家纷纷掏出手机、摄像机,欢笑着钻进了眼前的樱花林,寻找最好的角度和最佳的光线拍摄、留影,让樱花林顿时热闹了起来,充满了快乐与喜悦。景美,人更美。不,准确地说是赏花者的心恬淡纯美。我深知自己不光是一个喜欢安静的人,也是一个多愁善感的人。行走在满目葱茏的樱花林里,心中的落寞不经意地消散了,挥之不去的忧愁顿时放下。这也许就是亲近大自然的缘故吧!

　　现代人的生活节奏越来越快,总是急匆匆的,总有做不完的工作、忙不完的应酬,就是没有可以独自安静地面对一本书、一轮月亮、一棵树、一朵花的时候,更很少有安静地面对自己内心的时刻。为什么要那么忙?为什么总是急急地往前赶呢?"慢慢走啊,看看身边的风景,用心感悟一下那些世界上丰富而短暂的生命。"当我们独自面对自己的内心,当内心和身外的世界默默沟通的时候,生命的过程是不是会更细腻、更美好呢?是的,走出办公室,拥抱大自然,用一颗平常、纯净的心来欣赏自然界的一切事物,整理一下自己的心情,可以忘记那些不愉快的事。没有阳光,就听风吹,看雨落;没有鲜花,就轻嗅泥土的芬芳;没有掌声,就享受独处的宁静。压抑了,换个环境深呼吸;困惑了,换个角度静思考。守好心,走好路,感受最近的幸福和最美的风景。

春天的美丽,犹如我们的人生一样,家庭的和美、亲人间的信任、朋友间的真诚,都离不开"和谐"二字。大自然赋予我们美丽如画的世界,我们理应去爱护、去融入,珍惜现在所拥有的一切,感悟季节轮回中的浪漫与憧憬。让心灵去旅行,做一个简单的人,不让世间的繁杂在心中留下痕迹,这样才能微笑着坚强抵御生活的风雨,才能身轻如燕,神清气爽。春风习习,花香阵阵,满园的樱花摇曳多姿。多想就这样一直沉醉于诗意盎然的樱花林中,让心聆听雨滴润泽大地的声音,怀想着四季的美丽和生命的伟大。这一次的行走活动,与其说是一次短暂的心灵放松,不如说是寻一种世外淡然的心境和心灵的皈依之地,值得我们好好珍惜!

手有余香

领 悟

2018年2月7日,农历腊月二十二,按照家乡的习俗是过小年的前一天。接下来大家都要一天比一天更紧张地处理手头上的公务,一回家就要忙着除尘洗扫、购买年货,准备迎接一年一度的新春佳节。不言而喻,我们的心情也开始阳光、喜悦、激昂,朋友间不时地会提前收到温馨的祝福和热情的邀约。

说来也巧,也就在这一天,我有一次非同寻常的拜见和访问。一直以来,在写作上给予我默默鼓励和支持帮助的梁耀文老师开心地告诉我,远在千里之外的肥东籍全国知名作家、学者刘湘如老师已经回到家乡。这是一个千载难逢的机会,也是近距离聆听刘湘如老师的写作指导和文学真谛的最佳途径。如果有幸能与刘老师谋面,那是何等荣耀和光彩!可是,对于我这个初入文学写作队伍、追逐文学梦想的新生来说,需要有怎样的底气和信心才能实现和刘老师见上一面的奢望呀!经过激烈的思想斗争和万般纠结的心理矛盾后,我获得了拜望刘老师的机会。

记得有一位文学评论老师曾说过:"一旦捧起刘湘如老师的美文,你就会被其飞扬的文采所折服,就会被深深地吸引,就会从心里爱上刘老师的作品。"这些都是刘老师崇高文学造诣的最好佐证,使我想见到刘老师的心情更加急切。当然,在见刘湘如老师之前我十分细致地做了安排,悄悄给自己定下了一个规矩:不能耽误刘老师太长时间,不能让刘老师说得太累,记住刘老师的每一句美言妙语,请求与刘老师合张影,最好能获得刘老师本人签名的《刘湘如精品散文集》一本。

带着万分紧张又特别高兴的心情,我叩开为迎接刘湘如老师而订的酒店包厢,我被里面的场景深深感动着。现场气氛十分温暖,大家围坐在刘老师身旁,有说有笑,有花有茶。苦于刘老师身边有那么多的文学爱好者,也是刘老师的忠实读者和粉丝,我羞于自报家门,只远远地候着。后在梁老师的引见下,我与刘湘如老师正式见上了面。我很拘谨,手心里全是汗,因为自己刚刚开始学习写作,生怕刘老师问我有没有出版过著作,对中外文学有没有深入研究和自我思考。事实证明,我这些不着边际的顾虑都是瞎担心的。与刘老师一番寒暄后,刘老师和我轻轻地说开来,我悬在半空的心稳稳地落下了。刘老师柔声细语,满面笑容,和蔼可亲,丝毫不会让人感到有心理压力。刘老师在文学道路上著作等身,成绩斐然,但他对慕名前来向他学习取经求技的写作新生亲切自然,格外关心并乐意给予无私指引。一时间,来拜见刘老师的人越来越多,想和刘老师合影的队伍越来越长。我只能插缝间隙跟刘老师说上几句话。刘老师告诉我,由于他是签约作家,他所出版的书都是上市畅销读物,基本上没有库存,有许多书现在到书店买都买不到,早已在全国销售一空。坐在刘老师身旁的安徽省作家协会会员戴旭东老师安慰我,就算买不到,只要上网搜索,同样也能阅读到刘湘如老师的美文。我欣喜地点点头。

刘湘如老师告诉我,文学不仅仅是爱好,更是社会责任,文学是社会发展的动力,也是精神文明的支撑。刘老师的爱徒乐华丽老师说,文学最重要、最实在、最核心的作用是"使看不见的东西被看见"。刘老师讲起写作时深有感触:作品要真诚,不要弄虚作假,无病呻吟;作品要有思想,写出的东西要有内涵,否则没有生命力和价值;写作要写生活、写感悟、写思想,不能无的放矢,否则会空洞,会虚无;写作不能写应时之作,不要贴上时代标签。作家的思想应该活跃、新鲜、多元,不能应景,否则很容易被淘汰;写作要有独特性,不能人云亦云,别人没写过的东西你去写,才会出彩,才会被关注;写作时感觉很重要,文无定法,风格自成,各有妙处,不拘一格。刘老师的一席话给我指明了方向,释放了我在文学创作时产生的困惑与苦闷,增添了今后我在文学道路上奋力追逐的动力和勇气!

　　时间过得飞快,与刘老师见面已经到了约定的时间,我不得不跟刘老师说声再见。不愿错过这次难得的机会,我迫不及待地与刘老师合影留念。在接下来的几天时间里,朋友圈都刷屏了,全是关于刘老师回到家乡文学粉丝们对刘老师的恋恋不舍和依依深情。诚然,我们这些文学爱好者是多么珍惜与刘老师见面的分分秒秒呀!现如今,我欣然加入了由白夜主编创建的、刘老师赫然在列的《同步悦读》文学群,几乎每天都能学习、拜读和欣赏来自全国各地的文学精英更多更快更好的作品,分享文学导师们不一般的思想境界和问题视角。

　　是的,文以心声,文学激励我们记录生活,学会乐观、豁达、奋斗和思考。若干年以后,打开记忆的闸门,让我们释怀、醒悟、感慨和回味!成功在于另辟蹊径,求异定会芬芳满园。每每拜读完刘老师和《同步悦读》文学群里各位老师的精美之作,最开心的是能第一时间读到许多很有深意和独到高远的评析与解读,敬仰文学大家刘湘如老师的睿智与担当,他的每一篇文章都有着深远影响和高瞻远瞩的洞察,不仅让我深深折服,更是令我读后有深刻的思考和回味的激情。刘老师深厚的文学功底给我这个小字辈,怀揣文学梦想的人带来的是宝贵的启迪和润物细无声的写作指南。感激刘老师引领我在文学殿堂里收获青春,畅想美丽,释放激情,含蓄灵性!

这次见面,得到刘湘如老师的写作点拨和文学熏陶,是我最快乐的事和最大的收获!都说"师父领进门,修行在个人",我想,唯有多读、多看、多听、多想、多写,作家才会文思泉涌、下笔有神,创作出来的作品才能被纸媒、网络青睐并刊发,从而实现粉丝读者如云!衷心祝愿刘湘如老师的文学建树如芝麻开花节节高,精英弟子桃李芬芳满天下!

聆听石楠

现代人的通信工具已经越来越畅通便捷了,网络交流方式也是五花八门。如果非要说哪种传播渠道最快,细细想来应该数手机微信服务功能。每天只要一打开微信,即便不用打字留言,不用视频通话,第一时间也能知晓那些大事小事、奇闻逸趣、网红热搜。不光如此,有时候还会有许多意想不到的惊喜。

前些天,《同步悦读》资深作者戴旭东老师在群里分享了一则预告:安徽省博物院将于本月力邀当代著名作家、中国作家协会名誉委员石楠先生做客安徽文博讲堂,举办"苦难是辉煌的底色——我写《画魂——张玉良传》的前前后后"专题讲座。82岁高龄的石楠老师要给广大读者深入详细讲解《画魂——张玉良传》这本书的写作动因、构想,创作过程中的诸多困惑,塑造张玉良这个人物艺术形象的艰辛和追求以及作品面世后产生的巨大社会影响与争议,还与现场听众一起分享她创作背后的人生感悟。

戴老师为人厚道,一贯热心帮助和关心支持文学圈里每一位有梦想的年轻写作者。他知道我对写作常不自信,开导我这次一定要争取到现场去聆听石楠老师的讲座,只有近距离与资深文学前辈接触,才能切身感受交流的快乐,吸取宝贵的创作经验,真正获得写作上的进步。他的爱人王老师私信我，因受石楠老师的触动和启发，她也深深爱上了写作，毫不掩饰自己工作之余会拿起文学书，快乐地播种幸福的精神家园。得到两位老师的鼓励，我激动了好长时间。感谢文学路上的挚友，谢谢前方送来的勇气和福音。于己，也是怦然心动。

要想进一步了解《画魂——张玉良传》的相关内容和艺术特色，必须提前做点功课，这样听石楠老师的讲座就会轻松愉快，更有共鸣。《画魂——张玉良传》是石楠老师1982年撰写的一部带有传奇色彩的传记小说，当年书一出版就迅速引起轰动，受到广大读者的喜爱和珍藏。各个新华书店都被抢购一空，简直是文坛上的奇迹。现在要想购买《画魂——张玉良传》，只有上淘宝网碰碰运气。我担心便宜没好货，挨个询问多家店铺。淘宝店店主也算诚实，回答的都是统一口径：书是二手的书，但不影响阅读。想想也对，哪有购书者买来不左翻右看，看后不被他人借阅的呢？时间过去37年了，要想买到崭新的正版如同大海捞针，就算书有些小的破损也在情理之中。思来想去，最终成交，书好书坏，眼见为实。接下来的日子，我期盼着快递早点上门。

快递小哥特别给力，似乎知道我焦急，没过几天我就收到了取件码。我第一时间跑到楼下，打开小区广场上的快递柜，迫不及待撕开裹得严严实实的快递盒，一眼看到里面我心心念念的《画魂——张玉良传》。封面看上去不算太新，好在里面没有断码丢页，页面干净，字体清晰可见，质量算上乘，我非常满意。想必这位卖书者也和我一样爱书吧。小时候家里特别穷，父母让我养成爱惜书本的好习惯。我每次看书都喜欢用漂亮的方巾包着，看书前一定将手洗干净，中途不喝水、不吃零食，不在书上乱写乱画，书页从来舍不得打折，碰到好的段落、优美的词汇用笔记本抄下来。同学开玩笑说，凡我看过的书，还可以送给新华书店继续销售。这次看《画魂——张玉良传》感觉完全不一样，心情一点也不轻松，从来没有过的。我轻轻地一张一张地翻阅，担心书页脱落,不敢用力,不敢用胶水粘贴,生怕损坏原装。一心想着保护好《画魂——张玉良传》,只得央求儿子从学校商店帮我购买专用的包书封皮。

打开是一个梦,收起是一个谜。书中的浓浓字香仿佛有股神奇的力量,让我一拿起《画魂——张玉良传》就不忍心松手,很是喜欢,一口气读完。石楠老师笔下刻画的张玉良生活在旧社会最底层。她的执着探索、奋斗不息的精神,她的内心坚定和顽强拼搏,她的举世才华和对现代艺术的卓越贡献,深深地感染了我。她的骨气、才气、志气都立体地展现在我的眼前,追求民主和自由是她的理想,她的人生充满了正能量,令我景仰,催我奋进。尽管每看一遍,我都是泪流满面,但看了还想看,总想方设法寻找工作间隙拜读参悟。苦恼今年视力急剧下降,晚上看书时有重影模糊现象,为更好阅读《画魂——张玉良传》,我毫不犹豫跑到城中心最大的眼镜店咨询。热情的店员免费给我测视力和调换试戴,最终挑选了价格不菲的一款。戴上眼镜,我信心百倍。

其实,能够顺利开展一项活动谈何容易?不管是主办方还是受邀方,都要做好千头万绪的协调工作。不光要选好时间、地点,确定讲座主题,定好领导嘉宾,还有许多跟讲座有关的细节都要统筹考虑,这样才会万无一失。石楠老师来肥讲座的日期官宣确定为3月31日,星期天,15:00—17:00。聆听讲座人员一律实行网上预约,领票进场,按号就座。报名时间短,预留座位少,先报先得。经过下载安徽省文博院链接,扫描,识别二维码,输入手机号、验证码、身份证号,手机截屏等多种程序,才能完成报名。收到短信,通知我预约成功,心里的一块石头总算落地。

文学因交流而多彩,写作因分享而丰富。这个机会是多么难得和珍贵啊。石楠老师爱工作、爱生活、爱文学的品格绽放着独特的光彩,如闪光的旗帜时刻吸引着我。早过了下班时间,整栋办公楼都安静了下来。抬头望向窗外，依稀可见天空的星星，整齐的路灯照亮夜归者的步履。春天是四季的开始，在这个充满生机的季节，在时光的流逝中，希望每个人的旅途都能遇见美好。一切似乎都安排妥妥的了，带上《画魂——张玉良传》，与石楠老师的心走到一起。梦想着石楠老师的签名和合影，我加快了回家的脚步，内心深处无不期待这场讲座快快到来。

离讲座开始的日子临近了。可想到那天是星期天，我心里又有点犯愁。儿子现在是住校生，每周六下午放学回家，周日下午返校，一星期只有一晚上在家。没有特殊事情，周末我不愿外出，在家洗衣做饭，陪儿子聊在校的学习和生活。算一算讲座地点离家有几十里远，上网搜索乘坐最近的公交车中途也要转换好几次，单程要两个半小时。看来要想参加石楠老师的讲座，我就不能好好陪儿子，他不会不高兴吧？若是老公知道我丢下儿子不管不顾，他会不会责怪我呀？只好提前跟儿子商量，告诉他周日我要去听讲座，希望他自己解决吃饭问题，带齐换洗衣服，备好生活费，准时返校。我主动打电话给老公：不用操心儿子，他大了能够独立，一个人在家会没事的。不容听筒那头继续说下去，我果断挂了电话。

3月31日天一亮我就起床，赶到超市买一大堆儿子喜欢吃的菜，洗好切好，午饭早早预约上电饭煲。出发前，我将几天前仿照网上画好的公交车转换指示图抓在手上，默背几遍，重复检查包里有没有遗漏《画魂——张玉良传》。时针指向11，我一分钟也不愿再耽误，再次叮嘱儿子上学不要迟到。我匆匆吃一口饭，便头也不回地跳上驶往省城的公交车。这几年省城的道路修得越来越宽阔，车辆也是突飞猛进地增长，省城早已跻身全国严重堵车城市的行列。计划往往赶不上变化，明明计算好的车程由于乘车高峰延误了半个多小时。石楠老师讲座开讲的时间分分钟逼近，我是心急如焚，恨不得长双翅膀飞到现场。

车一到站还未停稳,我第一个跳下车,奔向博物院大门。经过博物院志愿者指引、取号、安检、现场领票、检票等环节,终于气喘吁吁跑进报告厅。环顾四周,偌大的会场内,早已座无虚席,大家有说有笑,现场气氛十分热烈火爆。正前方的电子大屏字幕显得格外醒目,主讲台上的大束鲜花散发着诱人的香气。我按捺不住内心的兴奋和喜悦,美美地享受着每一位不曾相识却惺惺相惜的文友送来的微笑和热情。离讲座开始还有3分钟,我极力搜寻石楠老师的身影。突然间,许多人不约而同站了起来,石楠老师在胡静老师的陪同下缓缓来到会场。仿佛石楠老师有意在等我,庆幸自己到得刚刚好。

看见石楠老师的一刹那,我的心都被融化了。石楠老师慈眉善目,面带微笑,眼神特别亲切,对全体听众频频挥手致意,与前几排重量级的写作大咖、文学故交一一见面握手,并致以关切和问候。自感无名小卒,加之底气不足,我犹豫再三还是不敢自作主张拥上前与石楠老师相认。我远远地站在座位前,紧紧盯着石楠老师,记下她的一举一动、一颦一笑,丝毫不让她离开我的视线。当石楠老师的目光落到我身上时,我越发拘谨,脸上火热火热的,分不清是紧张还是害怕,心蹦跳到嗓子眼。我湿润着双眼,强压心中的激动,望着石楠老师,轻轻地挥手,小声地报出自己的名字。

石楠老师一张口,既入耳又入心,全场鸦雀无声。石楠老师的学问都是自学得来的,她的勤奋超出所有人的想象,说起这些时,她的眼神闪闪发光,大家都肃然起敬。石楠老师才华全面,77岁开始学画画。今年虽已82岁,但她记忆力强、反应敏捷,是一位以书、画享誉中外的名家。石楠老师一生都在写作,一心研究学问的修养,无不激励着我、鼓舞着我,时刻提醒我努力得还远远不够。石楠老师的讲稿有15000多字,句句情真,场内不时响起雷鸣般的掌声。讲座早已结束,热情的观众没有一个愿意主动离开。我赶紧捧出《画魂——张玉良传》,拨开人群挤到主席台前,走到石楠老师身边请她签名。欣喜的是,遇见《同步悦读》作家群里神交已久但不曾谋面的几位美女老师,拥抱相认后,一起开心地和石楠老师合影留念。

　　无奈安徽省博物院的领导担心石楠老师讲解太长时间,加上长途舟车劳顿,怕影响她的身体健康,阴沉着脸恶狠狠地一再催促我们离开讲堂,我们只好极不情愿、恋恋不舍、眼巴巴地目送石楠老师走进嘉宾休息室。尽管和石楠老师温暖相处只有短短几分钟,但石楠老师的笑貌已烙印在我的心里,石楠老师写张玉良时的那种激情,文章中满溢的才情重重地震撼着我、影响着我。我好钦佩。我深知自己更加迷恋《画魂——张玉良传》的书香,久久不能自拔。回程公交车上,我又一次捧起《画魂——张玉良传》,快乐地细细体味。

外教赵诚惠

前几天在家整理抽屉,突然翻到一张名片,名片上的介绍都是韩文,让我想起这是我的大学外教老师送给我作毕业纪念的。还有几天就是 2008 年的春节,心中萌生一种说不清道不明的情感,觉得有那么想写点东西的冲动和必要。就写给我那不知身在何处,依然魂牵梦萦的恩师赵诚惠女士吧。

说起我的赵老师,她可是我们学校有名的心地善良、心胸宽广、博爱有加的好老师。她出生在韩国,从韩国女子师范大学毕业,能歌善舞,多才多艺。后来,她嫁给她的同窗好友朴南圭先生,婚后的生活开始时很拮据。但为了老公的事业,她毅然辞去薪水相当可观的工作,在家做全职太太,独揽所有的家务,承担相夫教子的重任。凭着对妻子的深深感激和追求事业的坚定信念,她老公的事业如日中天,红红火火,在韩国众多的公司中脱颖而出,也算得上是个成功的企业家了。随着两个儿子的渐渐成长和对中国的无限向往,赵老师一家将公司所有的事务委托给亲戚照看,举家迁居中国,落户安徽,选择合肥一所大学作为他们学习汉语的母校,也是我当年就读的学校。

在我们学校里,每当问起赵老师来到中国的原因,她不无开心地说:"我们全家都认为中国就像初升的太阳,在中国生活和学习,前途一定会很光明!"看来,赵老师全家来中国是经过深思熟虑的。赵老师的两个儿子都被安排在铁四局附属中学读书,大的上高中,小的上初中。赵老师被特聘为我们学校的韩语外教教师。她的课程多,任务重,每天都要上课。她初来中国,对中国的购物、生活还很不适应,但她每天安排得井井有条,白天上课,晚上学习汉语,循序渐进,有条不紊。

赵老师上课特别认真。她从韩语字母的正确发音、拼写、语调入手,仔细地给我们分析解说,整整一堂课,一分钟也舍不得浪费。课堂上赵老师为了说明句子的主干成分和造句的语法知识,对我们的要求十分严格,有时候她能连续重复、纠正、补充八到十遍,直到我们完全领会,正确运用才满意。赵老师的一丝不苟和谆谆告诫让我们丝毫不敢懈怠,全班同学学习韩语都很刻苦,特别用功。一个星期后,我们便可以和赵老师进行简单的对话了。下课后,赵老师和蔼可亲,跟我们有说有笑。她非常关心我们的生活,为深入实际体验中国大学生的校园生活情况,经常与我们一道进餐。当然,她还特意给我们开荤,不仅仅是女生,男生也能沾上光。赵老师与我们班所有同学之间都建立了深厚的感情。

赵老师从不把学生分成几等,总是一视同仁,无私关怀。她经常找同学谈心,进行沟通,了解情况,帮助他们解决实际困难。我当时是班里的特困生,赵老师知道后,让我晚上辅导她汉语,并给我一定的劳动报酬。从此,我负责辅导赵老师学习汉语的任务,白天我是赵老师的学生,晚上赵老师又是我的"学生",我们互帮互学。我俩形影不离,彼此之间建立起了深厚的友谊。

赵老师不光教学生十分严格,就是自己当学生也是同样的标准。她学习汉语一字、一句、一个发音、一个标点符号也不含糊,一点一滴的语法知识都认认真真地记录,反反复复地练习。学习外语是女性的强项,赵老师很快就能与我们进行汉语会话了。赵老师用她老公的收入在我们学校设立韩语奖学金,奖励每一个学习成绩优异的同学,班里有一半的学生都获得过奖学金,都得到了不少的生活帮助与学习鼓励。后来,我们才明白这完全是赵老师一家的一番良苦用心,通过这样的行动来变相地帮助困难学生是一个多么善的选择方式啊!

赵老师不但对中国有很深的感情,还热心做公益事业。她帮助我们联系实习单位,组织全校各专业的毕业学生到韩国的公司去工作(其中有好些人都成老板了,发展得很好)。经赵老师推荐去韩国留学的学生和老师就有三十多人,进一步促进了中韩两国的友谊和文化交流。赵老师的事迹被新闻媒体报道后,合肥电视台和安徽电视台经常邀请她去接受采访。

白驹过隙,光阴似箭,三年大学的生活很快就过去了。我大学毕业时,赵老师的大儿子已考上北京大学了,小儿子也考上了合肥市的重点高中。我找到工作就上班了,虽然和赵老师见了几次面,但也是匆匆忙忙,没能长谈。再后来,我成家了,并有了小孩,生活就更忙,没能和赵老师一家保持联系。中途我试着打了许多电话也没能联系上赵老师。听说赵老师搬家了,但还在合肥居住。现在,教师节又要到了,就将赵老师跟我们在一起的几个生活片段,以及留给我们的深刻印象,转换成以上这些文字,表达我对赵老师的深深思念和久久回忆。我把心中无限的感激遥寄给我的赵老师,希望远方的赵老师在看到我的文章后,知道我如同赵老师一样时时刻刻想念着彼此。真心祝愿我敬爱的赵老师身体健康,生活快乐,全家幸福;祝愿她在中国生活的每一天都充满阳光,每一天都是欢歌笑语,都有掌声与鲜花相伴!我真心期待能与赵老师再次相逢的那一天!

如果一个人心中有种信念,那只要不放弃,总有实现的机会。后来,我与赵老师联系上了,并加上微信好友。知道赵老师和爱人依然住在合肥,注册成立了一个承接韩国与中国开展文化交流的大韩文化公司。赵老师和爱人依然是我母校的韩语教授和来韩交流团翻译官。每年来肥考察交流的韩国专家和学者,都是赵老师充当交流使者和陪同专员。赵老师一家获得了在合肥永久居住权,她连续多年被评为最受欢迎和贡献最大的诚信奉献外国专家。

赵老师的孩子们也都纷纷从中国名牌大学毕业,后回到韩国,成立家庭,创办公司,个个都成为名副其实的企业家和董事长。赵老师一家没有忘记我们学校给她带来的友谊和舞台,她一如既往地授课,传播、交流中韩文化。

病房那一夜

2009年4月6日晚,是一个至今想起来让人十分寒冷又高度紧张的夜晚,"22时22分,肥东县境内发生了3.5级有感地震"。天哪,我的心都快跑到嗓子眼了,我一个人带着熟睡的孩子到哪里去啊?说实话,孩子在我陪他画完画后才进入梦乡不到半个小时,我也不忍心喊醒他。我心里真是好矛盾、好焦急、好犹豫。

记得当晚,我要做完所有家务才能休息,便要求孩子自己一个人先睡觉。刚一上床,儿子就对我说:"妈妈,我家的床在摇晃。"我当时在洗衣服,一点感觉都没有,便呵斥儿子不要瞎说,一定是错觉。我告诉他床很安全,让他不要说话,快点睡觉,等我洗完衣服就来陪他。我洗好衣服,到楼下扔垃圾,看到黑压压的人群,许多人都慌慌张张的,扯着嗓子喊话,一打听才知道肥东县发生地震的消息。我飞奔上楼,冲进房间,看着儿子,眼泪止不住地流,一时不知怎么办才好。一边面临着危险,一边是儿子甜美的梦乡。要是儿子现在还没有睡着,该多好呀,真是后悔极了。

纠结三分钟后,伸头往楼下察看,气氛越来越紧张,我使劲把儿子摇醒。此时,整个小区广场上、楼栋前都站满了人,大家议论纷纷,谁也安定不下来。对外也联系不上,信号一直处于忙音状态。

那一夜，我也来到人群中，抱着儿子在广场的地砖上坐了一夜。接下来的几个夜晚，全小区的人都从家里抱一床棉被，凑合着睡在小区广场的草地上，也没有人想起来要买帐篷。4月的夜间，露水很重，空气湿度大，夜间不时地下着小雨。我和儿子都生病了，儿子的病情较重，咳嗽、声音嘶哑、咽喉发炎肿痛，伴随着发烧。4月9日晚，我带着瘦弱的儿子到县人民医院挂了急诊。

急诊医生看过后，安排我把孩子带到儿科。当晚值班医生陈医生耐心细致地给儿子看了病，立刻下单配药，给孩子打点滴。陈医生看了一下手表，当时已经21点54分。打点滴快则一个小时，慢则至少要两个小时。他关切地问我："大概两个小时的点滴，你一个人能坚持下来吗？你工作了一天，满脸疲惫，能吃得消吗？你家远不远？回去怕不怕？"听完陈医生的话，我的眼睛湿润了，连忙对他说："没关系。只要孩子好起来，再累我都不怕。"接下来，我去划价、缴费、取药。孩子一直都由陈医生帮忙照看着。

在平时，四五十个座位的输液室里全都是打点滴的孩子。那一夜，病房里静悄悄的，只有我和儿子。当时我心里充满了委屈、孤独和无助，心情特别难受。过了一会儿，美丽的护士端来了药水、输液管、棉签、皮带和胶布。儿子很害怕，躲在我身后，紧紧抓着我的衣服，怎么劝也不肯扎针。我又气又急，就这样僵持了好几分钟，我伤心地哭起来。护士一边安慰我，一边对儿子说："小朋友，别害怕。把小手伸给阿姨看看，阿姨是不会弄疼你的。你是小男子汉，要勇敢，别怕，让阿姨找好位置，眼一闭，针头就扎上了，一点都不会疼的。待会儿，阿姨还会奖励你一根棒棒糖。"护士的声音甜甜的、柔柔的，很温暖。儿子突然变得十分听话，攥着小拳头，两只小眼睛半睁半闭，双唇紧闭。只见他轻轻皱了一下眉头，然后又舒展开。儿子强忍着眼角的泪水，输液针稳稳当当地扎上了。

病房里，两个小时的点滴，我一会儿给儿子讲故事，一会儿跟儿子唱儿歌。其间，陈医生和护士也多次来看我们，询问情况，及时掌握点滴的进度。打完点滴，已经 12 点了。陈医生和护士又到别的病房查看去了，临走的时候，我连声谢谢都没有来得及跟他们说。一眨眼的工夫，时间过去几个月了。今天，我要感谢这两位让人感激又让人敬佩的好医生和美丽天使。寥寥数语无法表达自己的感激之情，只有在心中默默地祝福着他们：一切都安好、快乐、健康！

一个响亮的名字

1935年，在安徽省无为县马西村的一条贫苦渔民的渔船上，一个女婴诞生了。因为在家里排行老三，家人就喊她"三姐"。父亲是个老船工，以捕鱼为生，晚年体弱多病。三姐从小在江边长大，七八岁的时候就学会了游泳和撑船。12岁时，三姐便跟着哥哥一起撑船。

1949年的一天，三姐在村西头拾粪，发现街头墙壁上贴着布告，她喊来哥哥一看，原来是解放军在征集渡江民船和船工。她和哥哥第一个报了名，并争得渡江突击组的第一船。渡江突击组只有4条船承担先锋任务，其中的危险可想而知。

4月20日晚上8点，渡江人员和船只整装待发。可就在临上船时，一位首长看见了三姐，坚持要她下船去，说她一个才14岁的小姑娘怎么能担当这样严峻的任务，万一到了江中心被吓哭，暴露了目标怎么办。首长不让她送解放军过江，急得三姐直掉眼泪。当渡江突击船开离江边丈余远的时候，三姐撑起早已准备好的竹篙，轻轻一跃，便稳稳落在船尾，悄悄钻进船舱里躲了起来。

船过江心，突然，国民党守军发现解放军渡江，惊恐万状，照明弹腾空而起，解放军这才发现船上多了个小鬼。探照灯横扫江面，炮弹、轻重机枪，一齐猛射过来。船上一位解放军战士受伤落水，大家都没有下水救人的本领。怎么办？正在焦急时，三姐大声喊："我去救！"话音未落，三姐就跳下船，很快将战士救了上来。

炮火猛烈，弹如星雨，小船剧烈地颠簸着，前进的速度很慢。就在这时，一发炮弹击中同乡张满胜和梅魁彪的船。三姐看到同乡一个个都牺牲了，泪水模糊了双眼，手上的桨也不听使唤，小船左右摇摆。此时三姐的右肘也中弹负伤，鲜血直流，但她忍着剧痛，简单包扎后，继续划船，并向哥哥高声喊道："大哥，快划呀！"船上的30名解放军战士听到了三姐的喊话，激动万分，一边奋力划船，一边齐声高喊："前进，前进！打过长江去！"小船像箭一般朝南岸进发。

经过一番激烈的战斗，仅用40分钟，三姐的船第一个靠上了长江南岸——铜陵的金家渡，成为该师"渡江第一船"。三姐也被评为"渡江特等英雄"和"支前模范"。

1951年，三姐应邀参加了国庆观礼。在国宴上，安徽省带队向毛主席介绍了三姐，毛主席听了非常高兴。会后，毛主席把三姐接到家里去做客。主席问她："你叫什么名字？"三姐说："家人都喊我三姐。"主席笑着说："这不叫正式的名字，是小名。英雄怎能没有名字呢？来，我给你取一个，你姓马，名字跟我姓，就叫马毛姐吧！"

从此，三姐有了一个响亮的名字，叫"马毛姐"！

将军风范犹长存

我是渡江战役总前委旧址纪念馆的一名讲解员,耳闻陈毅元帅与瑶岗村民之间留下了许多感人至深的故事。这位身经百战的高级将领对党和人民的事业忠心耿耿,鞠躬尽瘁的伟大品格深深感染着我。在陈毅元帅111周年诞辰之际,我写出心中积聚许久的话语以作纪念,深切缅怀这位伟大的无产阶级革命家、政治家、军事家、外交家。诚然,陈毅元帅不仅是位戎马倥偬的将军,同时也是位才华横溢的诗人。时间虽然过去了很久,但这位开国元帅至今一直活在全国人民的心中。

1949年3月,陈毅元帅作为渡江战役总前委常委、第三野战军司令员兼政委,与渡江战役总前委书记邓小平率领总前委、华东局、华东军区机关近千人进驻安徽省肥东县的瑶岗村,把这个只有百余户人家的小村住得满满的。在瑶岗,陈毅元帅运筹帷幄,审时度势,作出了英明决策,指挥了伟大的渡江战役,并取得决定性胜利,推翻了国民党22年的反动统治。渡江战役,为全国的解放和新中国的诞生奠定了基础,这段历史也光荣地载入中国革命战争史册。

渡江战役总前委委员在瑶岗村住了一个月的时间,陈毅元帅与村民们朝夕相处,建立了非常深厚的情谊。他的音容笑貌、高尚情操、伟岸英姿成为瑶岗村民的美好回忆。陈毅元帅时刻心系瑶岗村民,其中,关心村民疾苦的三个感人情节一直被村民们永久地传颂着。

一天晌午,风和日丽。陈毅元帅走出指挥部到村民家进行访贫问苦,一眼看到瘦骨嶙峋的王大娘疲惫地坐在大门边晒太阳,便走上前去和她拉家常。当听到老人说出"儿子原在上海大学念书,毕业后到西边(延安)去了,一晃十几年杳无音信,家里已经断粮"时,陈毅立即指示警卫员通知司务长送去30斤大米,让王大娘一家安全渡过了春荒。新中国成立后,王大娘一家还被儿子接到延安过上了好日子。

有一次,傍晚时分,夕阳西下。陈毅元帅经过一天的工作,照例走出总部到田野去散步。路过村民王大爷家门前时,陈毅元帅听到里面有呻吟声,便推开门进去探望。当得知王大爷家里穷无钱治病时,立即通知卫生员来给他医治。经过一连几天的送医送药,终于把王大爷的病治好了。起床后的王大爷,积攒了十几个鸡蛋送到总部去感谢陈毅元帅,哪知陈毅元帅一个都不收,还给王大爷2斤红糖。这件事感动得王大爷逢人就讲:"共产党的军队真是处处为老百姓着想啊!"

三月的瑶岗,春寒料峭。虽说白天温度还可以,可到了晚上还是夜凉如冰。渡江前的一个夜晚,轮到村民小张要在村外给总前委值班。时钟已走过十二点,正在会议室工作的陈毅元帅接到中央军委同意总前委渡江作战计划和战略部署的复电后,他带着爽朗的笑声,大步走到村外呼吸新鲜空气。等走到村西头时,陈毅发现了村民小张站在那里浑身抽搐,就急忙上前询问。原来小张患有严重的关节炎病,天一冷全身就哆嗦。陈毅元帅立即吩咐随行人员把自己的军毯拿来给小张披上,并对小张说这条军毯送给他御寒用。那一夜,小张披着陈毅元帅送给自己的军毯,心里热乎乎的,丝毫不感到寒冷。

如今,渡江战役胜利已经74周年了,瑶岗村的村民们还不忘传唱这首歌:"解放区的天是明朗的天,解放区的人民好喜欢……"小小的瑶岗村也由一个普普通通的村庄变成了千百万人向往的革命圣地,成为执政党的神圣净土、共和国的红色记忆。瑶岗村民不光把陈毅元帅的辉煌功绩深深地铭刻在纪念馆的碑石上,还把陈毅元帅的英名紧紧地记在自己的心间。

驻足瑶岗总前委旧址纪念馆门前,让我们再一次追忆陈毅等老一辈无产阶级革命家的丰功伟绩和崇高风范。这军爱民、民拥军,山一样高、海一样深的军民鱼水之情,已凝结成一种坚不可摧的巨大力量,穿越历史烟云,巍然挺立成一座精神丰碑,点燃无数华夏儿女心中的激情,成为中华民族走向繁荣昌盛的坚强保证!

舞台的背后

2007年是中国人民解放军建军八十周年。为纪念伟大的人民军队经历的风风雨雨,进一步弘扬人民军队在党的领导下逐步成长壮大的宏伟篇章,县里要举办一场别开生面的"鱼水情 和谐歌"文艺演出,由十五家单位参演。我们单位参演的节目是馆长自创自编的配乐诗朗诵《家住瑶岗》,由我和美美同台表演。回想起这件事,我得好好感谢我的搭档美美。至今,美美的印象还深深地留在我的脑海里。

朗诵是美美的强项,于我则不然,简直难于上青天。拿到初稿当天,我和美美就开始在办公室练习。打小生长在山区,没有接受过正规的语音训练,我连二十六个拼音字母都发得不标准,最难区分的是"n"和"l"。美美一遍又一遍地帮我纠正。她张大嘴巴,伸长舌头,昂着脖子,捏着鼻子,竭尽全力地示范"n"的正确发音方式。美美一边示范,一边指导。一个上午,她都持续着这个高难度的发音动作。我瞪大眼睛,目不转睛地盯着美美的嘴唇。无论是上下班的途中,还是等车的空隙,就连热闹的大街上,我都旁若无人地大声练习着。几天坚持下来,美美动情地表扬我大有长进。

接下来要练的动作有台步、手势和表情。从来没走过台步的我,根本无法找到台步的节奏。美美经常主持节目,对于走台步她有着独到的经验。只见她收腹挺胸，迈着纤纤细步，腰际柔和，轻盈有度。不单是她一个人走好就行了，关键是我俩一道走台，要配合默契，步伐一致。平时走路，我是蹬直小腿，遒劲有力；而走台步，我则少了许多灵性和优美。美美走在前头，我紧跟其后模仿。我们在办公室走廊上练习，在宿舍过道里练习，在纪念馆墙角外面练习，可谓一丝不苟！

手势要少而精，每个动作要一步到位，尽量完整，才能令人赏心悦目。美美如是说。手臂要打开，两肘之间有角度，手腕伸直，掌心向上，大拇指和食指与其他三个指头不在同一平面上，它们之间相交30度。手位由腰部向上慢慢抬起，向外伸展开来，眼睛要随同手势平移，最后定位的手掌高度不能超过肩膀。就这么一个小小的手势动作，里面蕴藏着多么深的意思。看来，不是行家不知情啊！我无时无刻不在练习手势，美美始终给予耐心指点。

要练到表情这一步了。面部表情不能始终如一，要有起伏变化，否则会显得呆板、麻木。激动时语调高昂，语句急促，面部肌肉绷紧；怀念时语调低沉，语句较缓，面部肌肉松弛。中间的停顿该长则长，该短则短，两人要有对视，要有共鸣、合声。每个细节美美都考虑得周周到到，分析得句句在理，让我茅塞顿开，如获至宝。

接下来的数日，我和美美茶前饭后都不间断地练习，从发声、台步、手势到表情，力求做到最好。这次排练，让我深深体会到"台上一分钟，台下十年功"的深刻内涵，领悟到做事如做人，一定要持之以恒、有始有终的道理。正因为如此，我和美美的演出才能获得成功！

献给耕耘者的歌

作为一名文学爱好者,十分荣幸,也十分紧张,忐忑不安地被邀请到博雅家具城,在几位大家面前来捧读杨建国老师的精品散文集《耕耘之歌》,来参加杨建国局长的又一部力作的研讨会。

品读杨建国老师的作品,你会发现,这些自心底汇集,于笔端流淌的文字绝大多数是吟唱给家乡、吟唱他工作中难忘的记忆;品读杨建国老师的作品,你总能醉倒在他的每一篇文章中、每一个字眼里,沉湎于他的浓浓的情感里;品读杨建国老师的作品,还有一个鲜明的感受就是,他常常从生活的细微处着笔描述,抓住细节,往深层里揭示,直抵你内心深处,让你感受到生命之重。值得称颂的是,杨建国老师的作品在语言表达方面也非常具有艺术性,有激情、有哲理,可以肯定地说,杨建国老师文字功底扎实,文学修养深厚。

杨建国老师曾担任过县里要职,做过行政一把手,可谓公务缠身,事务烦琐。但他能争分夺秒,静下心来,埋头写作。写感受,写经历,写见闻,写快乐,写思考。杨建国老师的作品溢满自我情感,更有家国精神,有正能量,更有革命信仰,写包公,写延安,写战斗,写游记。感佩杨建国老师对文学的挚爱、执着与追求。杨建国老师为我们树立了一个榜样,是模范,是引领,更为肥东文学的发展与进步做出了应有的贡献。作为一名文学爱好者,向杨建国老师表示崇高的敬意,向他学习!正如刘湘如老师为《耕耘之歌》写的序言:所谓风格而人格。杨建国老师是多面手,能写,能画,能书法,能文能武。杨建国老师真正做到了"写且快乐着,记录且爱好着"!他的这种精神值得我们在座的各位文学友人永远学习,他的作品永远值得我好好捧读、拜读、深读、细读。

与此同时,肥东县作协给我们提供一次难得的学习机会,真的是受益匪浅。会后,我一定将与会各位专家和文学好友的写作经验及心得感悟好好消化、吸收、借鉴。衷心祝愿杨建国老师的优美散文集《耕耘之歌》研讨会圆满成功!

心中多半是温柔

今天很荣幸作为一名文学爱好者,受邀参加全省乃至全国著名诗人张道发老师的散文集《温柔的部分》作品研讨会,真的是十分自豪,同时也是诚惶诚恐、忐忑不安。我不是诗人,不会有诗人笔下生出的闪光的词汇和灵动的音符,有的只是最朴实的感受和最真挚的敬意,只能用直白的语言表达自己浅显的感悟。

拜读学习张道发老师这部充满诗情,接地气,有乡土气息,有乡音、乡情、乡韵等优美情怀的散文诗集,我真的是爱不释手,内心被深深地打动。我久久地羡慕和向往张道发老师温柔的生活、温柔的诗心、温柔的写作。张道发老师的这部诗集大部分都是在夜晚写作的,也都是在如水的月光下、寂静的书屋里写出来的。张道发老师让心在月光下舞蹈,让灵动在柔情中倾诉,这样的诗句纯情、神圣,这样的心境有声有色,这样的夜晚夹着花草香、泥土香,令读者如痴如醉,如梦如幻。

每个人都有一个世界。张道发老师热爱自己的家乡,他住在乡下,回归自然,守护初心,几十年如一日地写散文诗,挚爱、执着、忠诚。张道发老师不是离群索居,而是以自己喜欢的方式在这个喧嚣的世界上泰然处之。有人说,只有用真心深情去描写,才能不断续写华美味足的篇章。内心因丰盈而清透，精神因明朗而蓬勃，灵魂因丰富而深邃。张道发老师诗集里有许多可爱的画面，农事、农具、节令、动物、植物、亲人、陌客，读起来轻松、上口、流畅、清新。

我常常捧读张道发老师的诗集《温柔的部分》，特别喜欢《思念是月光下的一只蟋蟀》《盛月亮的竹篮》这两首诗。张道发老师曾经与我交流散文诗创作，他说许多文学大家都是散文诗人。毋庸置疑，诗人可以自由表达心声，表达内心对自然、对人事的感受，走进诗歌的意境中去，在诗歌中散步。一片土壤长出一片树林，不要受别人制约，不是迎合别人，执着地爱着写诗，一定会有回报。

可以说，张道发老师把诗写到了极限。张道发老师是自然之美的发现者，他的诗体现出乡村的诗意。读张道发老师的作品，有明亮、流畅的东西，可以获得内心的宁静，诗中有画，画中有诗。张道发老师用一颗诗人的心灵俘掠了自然和乡村，从作品中可以读到温暖。张道发老师固守乡村，恋爱故土，拥有平凡的幸福，对生活热爱，怀有幸福感，真正是诗意栖居。张道发老师的诗干净，意境深幽，令人遐思。

祠堂里的古往今来

首先衷心地祝贺马先勇老师编著的《祠堂春秋》公开出版面世。承蒙马先勇局长盛情,感谢马先勇老师的鼓励,让我有幸忝列这次作品研讨会嘉宾,能够聆听各位专家的真知灼见和高屋建瓴的评析。本人是一名文学爱好者,羞于写作水平有限,如何研讨马先勇老师的这部专著,心里真的是诚惶诚恐,忐忑不安,实在没有底气。说得不好,还望马先勇老师给予多多谅解和包涵。

肥东是一片文学的沃土,更是出产诗人的宝地。马先勇老师不光是一位税务战线上的老领导,人格高尚,口碑甚好,也是文学造诣深厚的大作家,发表作品无数,诗歌、散文、小说,无所不能。还有一点,马先勇老师深受老、中、青写作者的敬佩,"马粉"众多。当然,毫无疑问,我也是马先勇老师的一位粉丝。

家族祠堂,是汉民族悠久历史和文化的象征与标志。马先勇老师的这部著作仿佛一把钥匙,为我们解读着家族的历史,打开了一扇走进祠堂文化的大门,内涵既广阔又深邃,透着幽深和神秘。美好的事物总是孕育在美丽的地方。马先勇老师出生在马集的一个小村庄,马士龙将军的故事是村子近千年的美丽神话,成为族人崇尚美好的代言,也成为勤劳、勇敢、善良的化身。说起马士龙,每一个马氏族人都透出一种由衷的骄傲与自豪,马氏祠堂的石碑记载了从前的漂泊和变迁,倾诉着马氏家族人的尘封往事。站在村庄尽头,默默凝望着这个古老的祠堂,微风徐徐,树叶婆娑,族人们依旧生活幸福、和睦安详。马先勇老师原来当过地方财政分局的局长,他虽然已经走出村庄,成长为国家干部,脚步渐行渐远,但他对村庄和家族的深深思念越来越清晰。

中国人大抵都有一种院落情怀。"院和宁,家和兴。"祠堂是用来供奉和祭祀祖先牌位、瞻仰祖先德才的地方,是子孙寻根问祖的朝圣之地,是家族宗亲联系、会聚、议事、定规、处理族里大事和"正本清源、认祖归宗"的活动场所,是族人进行礼制、礼法、礼教宣传教育的现实所在,是一个家族繁荣的象征。但凡祠堂,都有繁华、有衰落、有寂寥,如何保护好这一份文化遗产就显得相当重要。我们也期待着它能在时光的见证下,历经数百年风雨,仍焕发出崭新风采。

二十二年的同学会

时光飞逝,转眼间我离开肥东解集中学已经二十二年了(1991—2014),每次回老家都有想见见同学的冲动,可是每每都不能如愿。只恨当时的通信不及现在发达,毕业之后同学之间就杳无音信。

2013年7月8日,在芜湖生活的同学守琼拨通了我的电话。我按捺不住心头的惊讶和欣喜,第一时间想到的是,守琼可是我从小学一直到读完初中的同班同学,这样的高兴和激动是无法用言语来表达的。值得一提的是,守琼还是我在初中三年时光中最重要最珍贵也是最难舍难分的同桌呢。当年,我们都特别年幼,经常为了三八线的问题闹得面红耳赤。现在想一想,我们那时候是多么单纯啊!

她知道我在老家肥东工作,接触的同学比较多。也就是在这样的情形下,我和守琼煲起了电话粥,聊起了当年在学校的点点滴滴。电话两头不时地响起各自爽朗而又发自内心深处的开怀笑声,一直说到电话烫手都不愿也不舍挂断。在电话即将放下的那一刻,我的眼睛湿润了,守琼的声音也哽咽了。可以想象出此时我的心里是多么希望能拥抱一下身处另一个城市的同桌呀。守琼心里一直认为我是我们班的才女,说我不光口才特别好,思维敏捷,心地善良,人也很热情。我表扬守琼说她是我们班的班花,最有凝聚力,如果同学聚会,让她帮忙联系更多的同学,她满口答应。

就这样我们的 QQ 群建立了。守琼将初三的毕业照以及班上每一位同学给她的毕业留言一同上传到群相册。同学们都说看到毕业照仿佛都回到从前,看了毕业照都感到热血沸腾。在接下来的半年中,有守琼和海峰的牵线与联络,年底群成员已经发展到 13 人了。意想不到的是,当年班主任李老师也被成功邀请加入班级群了。据说那是李老师担任的首任班主任,而且还是毕业班班主任。我们班的同学也是李老师最关心、最喜欢、最爱护、最得意的学生。同学们说班主任早已是解集中学的领导了,现任校党支部书记。

当时的解集中学刚刚建成,我们也是第一批从初一开始便走进解集中学的学生。每个年级只有两个班,我们是初一(1)班,接下来就顺理成章是初二(1)班、初三(1)班。要知道,我们上初中的那年头,经常有同学半途辍学或者到外面学技术,很少有人能把整个初中三个年级读完整的。初一时班上有七八十人,满满一教室,桌挨桌,人挤人,一下课就叽叽喳喳,好不热闹。到初二有五六十人,到了初三上学期还有 40 人左右,可惜下学期班里只剩下 31 个人了。

我清楚地记得当时学校只有一整排大瓦房用来做教室,还有半排大瓦房是老师办公室和老师宿舍。校园是敞开式的,没有围墙,任何人都可以随意出入,经常有同学在上课时间跑回家干农活。教室也是流动的,每升一个年级教室就要由西向东推进到另一个教室。校园内有一口井,每当下课的时候,有许多口渴的学生就会跑到学校食堂,从做饭师傅们那里用水桶提水喝。那口井也是我们学校唯一的饮用水源。学校边上还有一口大水塘,那是附近村民的当家塘,用来灌溉庄稼。那口塘当时也是学校男生们最理想的训练场地,他们经常利用脚下的石子当道具,比赛谁打的水漂数量最多,持续最长。学校体育设施特别简陋,可以说算不上有,只有两个摇摇欲坠的篮球架。每当上体育课,我们女生就钻进附近的油菜田里说悄悄话,男生则是满篮球场跑。现在回忆起来也可以称得上别样的风景,蛮有田园味道。可当时我们并没想到会有这样的诗情画意,也不领会有这样的闲情雅趣,只是想如果能不上课便是最大的快乐。真没想到,随着话匣子打开,这么多美好的画面涌现,真不知道如何收回早已飘飞起来的那颗滚烫的心了。

我告诉守琼,QQ 群里的同学大多在肥东发展,只有少数几个人在外地,能联系到的同学都好激动。接下来我们便定下今年春节同学聚会的头等大事。起初相约年初八聚会,后来由于某种原因我们只能提前到年初五聚会。于是年初四下午,我吃了饭就陪着守琼一起去寻找初中同学,因为她比我熟悉路况。有不少同学是初中时我们玩得比较好的,真想立刻能找到他们,和他们说说话。我们开着车,根据毕业留言册上的地址一个村一个村地询问。农村变化很大,女同学都嫁出去了,太难找了,手机都被打断电了。我们正打算决定放弃时,男同学朱奎跃说他认识金梅,能帮我们找到她。我们开车带着奎跃一起,从小圩村找到大毛村。辗转很久,只是有了金梅的联系方式,还没见上面,但已经很开心了。只是伏梅还是没有找到,相信不久的将来我们一定会找到伏梅的。

最终我们如愿以偿地在年初五的晚上相聚,地点选在肥东东郭徽府楼。当晚共有 13 个同学,包括 9 个男生、4 个女生,班主任李仕帜老师和朱奎平校长也参加了我们这次聚会。同学们一见面,那一声声欢呼和惊喜,那一次次紧紧的握手与寒暄,那一个个温暖的眼神、热烈的拥抱……看着一张张熟悉而又陌生的脸,这才发现我们都变成熟了。桌子上摆满了丰盛的菜肴,但大家只是开心地说话,愉悦地回味当年上学时的情景,根本无心享用。

席间,我们邀请班主任说几句话,也就是让大家回想当年班主任给我们上课时的画面。班主任从六个方面说开来,每一层面都代表一部分同学的工作和职业,他说得很透彻,句句鞭辟入里。话一说完,我们都报以热情的掌声。同学们也都逐个发言,表达自己的心情和感想,可以说是幸福无比,热闹非凡。最后,由朱校长作总结,他说听了我们对如今变化极大、旧貌换新颜的解集中学那般无尽的想念和无比的感慨,他也被深深地感染了。朱校长也对我们说了许多美好的祝愿和期望,对今后的相聚也寄予了更多的关注和支持。我们无不高兴和激动,个个眉飞色舞,心花怒放,笑得合不拢嘴,很陶醉也很享受当晚相聚时的温暖和幸福。

送走班主任和朱校长后,我们都到KTV高歌一曲。海峰和奎跃合唱的一曲《同桌的你》,唱出我们的心声。大家情绪都非常激昂,心潮澎湃,很开心,也很洒脱,不约而同地合唱,一起拥抱留影,算是当晚聚会的高潮和最大亮点。

是啊,多么奇妙的时刻,多么美妙的声音,多么幸福的画面,真心希望这些快乐和喜悦能够永远留在我们的心间,彼此间为了昔日最纯真的同学情而诚心相约再次来相聚。这更是我们解集中学同学群这个大家庭永远具有凝聚力、亲和力的黏合剂和最好的调料。我对身处各地、在各个领域都能优越发展的同学们说,就让这一次的聚会在记忆中定格,就让这一次的相逢在心灵中荡漾,就让这一次的幸福亘古流传!聚会是短暂的,却是富有意义的,它弥补了时间和空间的一道鸿沟,让我们的人生再一次交集,让我们彼此再一次相识相知。经历了风雨,洗却了铅华,丰富了人生,增长了阅历。如今的我们,不再是屋檐下的雀鸟,而是羽翼日渐丰满的鸿鹄。愿大家记住我们的过去,分享我们的经历,互解烦忧,共筑未来。

班级群里的人数也在逐步增加,越来越多的同学联系上了。每天QQ群里都有许多同学的留言和交流信息。缘是天意,分在人为,相信二十二年前那个初三(1)班的31个学生,一定会一个不落地加入群里来,还会是当年那个完整的班集体。夜已深,思绪万千,还有许许多多的感念有待进一步释放。衷心祝愿我最亲密的老师和同学们家庭、事业、爱情节节登高,步步攀升!又到了农历二月二龙抬头,也借用一下新年贺词,祝愿大家马年风调雨顺,富贵平安,行大运,发大财!

为文明的使者喝彩

渡江战役总前委旧址纪念馆是全国爱国主义教育示范基地和首批国防教育示范基地、全国青少年教育基地、国家 AAA 级旅游景区、国家三级博物馆。纪念馆于 1985 年 8 月对外开放,共接待观瞻者近 400 万人次,前来挂牌的共建单位有 300 多家,征集、陈列的将帅题词有 200 多帧。自 2008 年实行免费开放,参观人数暴增,接待量大,任务重。纪念馆宣教科的讲解员们临"难"不惧,以讲解为阵地,创先争优,开创红色教育新局面,为纪念馆的发展做出了巨大贡献。

纪念馆对外陈展的都是具有较高历史、科学和艺术价值的文物。文物是人类文明不可再生的文化遗迹,是一个国家、一个民族生存最原始的记录,是最能够真实显影出全民族记忆的珍贵"胶片"。而讲解员就是将这些胶片冲洗、放大,彰显其内涵的文明使者。瑶岗纪念馆活跃着一支美丽、青春、健康、向上的讲解队伍。她们一个个都着装端正,举止落落大方,讲诚信,有耐心、虚心、热心,既有辅导者的素养,又有服务者的真诚。她们多角度、多层次、多形式地进行爱国主义宣传,向广大观众揭示历史文物丰富的文化内涵、展现中华民族博大精深的文明成就。走近她们,你会发现她们身上有许多可贵的高尚品质,她们始终散发出无穷的活力,无比地执着。

很多人认为讲解员这个职业平凡而普通，不能实现人生价值，前途渺茫。但作为层层选拔出来的讲解员，她们深知肩负"纪念先辈，教育后人"的重任。她们都是坚守宣教岗位十几年的专业讲解员，都明白自己正在做一项伟大的文化传承工作，愿意为之奋斗。她们喜欢学习历史知识，对馆内展出的文物更是熟记于心，对每件文物的年代及其用途都了如指掌。对于一件件看上去锈迹斑驳甚至有些粗陋的文物，她们每每会说出一个个精美鲜活的故事或者传说。观众听后，都会为她们精湛的讲解水平直竖大拇指。在问卷调查及采取多种方式收集的观众的反馈意见中，观众对她们的服务工作满意度达到了97%。俗话说，"金杯银杯，不如百姓口碑"，纪念馆的讲解员们不仅得到了观众的认同、同行的认可，更重要的是得到了社会各界的赞许。

纪念馆的讲解工作是一项无比高尚的事业。在新科技的影响和使用中，传统的"通柜、实物加说明牌"式的讲解手段已无法满足观众对知识的需求和审美愉悦的需要。一方面，它使观众产生了审美疲劳，导致观众人数下降；另一方面，这种传统的讲解方式难以充分诠释展品的文化意蕴和藏品的个性特征。讲解不再是简单地就文物谈文物，还要介绍文物背后的故事和相关知识，深入浅出，讲解内容需要在深度、广度上不断提升。讲解员们需要进行不断的知识更新、素质更新、形象更新。

纪念馆的讲解员们将自己的友好态度和真诚服务的理念融入每天的开放接待之中。她们每天到馆服务，按时到位，风雨无阻，以其生动精彩的讲解、富有魅力的音质、渊博的文物知识，让观众对展品有更多的了解。从一颗颗子弹、一块块砖瓦，到一个脸盆、一双草鞋……讲当年会战的艰苦，讲历史存留下来的遗迹，讲发掘过程中的故事。这种讲解让观众觉得不是在看热闹，而是透过形式去感受历史的真实。她们都以自身的形象塑造纪念馆的形象，让来自全国各地的游客和嘉宾觉得走进了一幅美丽的图画,亲身感受到革命旧址的形象之美、文化之美、历史之美。这样,观众心中便会充满感激之情,不再抱怨疲惫和平淡,让老者看后有一种怀旧感,青年人看后有一种神秘感。

每个讲解员的心目中都树立"观众第一"的服务理念。开馆以来,她们坚持以"一切为了观众,为了观众一切,为了一切观众"为工作的出发点和落脚点,充分考虑观众的需求,多从观众的角度考虑问题,换位思考。积极发挥"全国巾帼文明示范岗""全国优秀讲解员"的作用,在游客中心推广"一站式"服务。为了确保纪念馆免费开放工作的正常运转,她们保持高昂的政治热情,提供优质的讲解服务,探索出中文、英文等多种讲解方式,极大地提升了纪念馆的服务水平。她们多才多艺,能歌善舞,为配合许多重大活动,联合安徽省军区文工团、合肥市歌舞团、肥东职业高级中学等多家单位组织专场演出、晚会。配合展览自编自演文物故事比赛,原创诗歌《红色瑶岗》参加配乐诗朗诵。制作了《一盏马灯》《陈毅壁诗》等流动展览,走进各乡镇、社区、学校。

为了提高自身的专业知识和业务素质,讲解员们强化在岗学习和业务培训。走出馆门,先后到北京、上海、南京、黄山、六安等地参加讲解员培训班学习,参加全国红色文物故事、全国优秀导游员讲解员等比赛。先后参观新四军军部旧址、淮海战役纪念馆、中共一大会址、周恩来纪念馆、上海博物馆、中国革命博物馆等,开展业务交流活动。作为纪念馆知识体系的"代言人",她们更是博学多闻:在展厅里,能与各类观众说古论今;坐在室内,可写文著书;走到社会上,能与同行专家交流。

纪念馆的讲解员都是党员。由于纪念馆地处偏僻的农村,交通不便,开展工作相当不易。但她们任劳任怨、勤勤恳恳,以奉献之心干工作,以诚信之心迎观众,以友爱之心对他人。面对每位游客,她们都能做到"您字当先,请字当前,微笑不断"。面对误解和辱骂,她们能够忍耐;面对挫折和困难,她们不会徘徊。委屈服务做到"忍",微笑服务做到"甜",文明用语做到"响",热情服务做到"诚"。她们的一举一动、一言一行都体现着纪念馆的良好风貌。

创先争优是宣扬一种爱岗尽责的风气,引导全体党员把对单位的拥护化作对岗位的忠诚,把对荣誉的追求化作拼搏进取的动力,把对社会的回报化作安心敬业的实际行动。创先争优是一种精神,创先争优是一种意识,创先争优更是一种态度。纪念馆宣教科为全面深入推进创先争优活动,对讲解员们开展"业务大练兵、岗位大比武"活动,组织开展纪念建党90周年系列活动,组织评选"党员示范岗""文明示范岗""文明服务标兵""学习型标兵""微笑服务之星"等标兵典型。

爱岗敬业、甘于奉献是在平凡工作岗位上争创佳绩的最好方法。她们不仅要翻阅、学习大量的史料,还要将文物的神秘、瑰丽和惊叹无私地展示给观众,让更多的人关注、熟悉文物,让更多的观众融入这份文明成果之中,以最终实现我们的文明与全人类文明的共享,我们的文化与世界文化的交融。通过她们的讲解,我们才有可能知道一堆堆废墟、一段段残垣原来都曾由辉煌与繁荣垒起,原来很偏僻的小山村也有着属于它的独特美丽。而这份美丽恰恰是中华五千年文明的重要内容,是世界文化宝库的重要篇章。她们是文明的使者,是她们的力量让那些珍贵文物得以发扬光大,是她们的努力使文化遗产得到了重视与保护。

她们用眼睛为世人捕捉了中华民族的辉煌文明,她们用双手为世人触摸了中华民族生存的脉搏,她们用音喉为世人踏出了一条通往中华文明的征途。她们全身心投入讲解的那份从容、自信,她们对待工作的那种热烈与喜悦,她们站在文物面前的那份自然、纯真,着实令我感动。这种异彩的绽放,不得不让世人瞩目,不得不使我们每一位观瞻者感到骄傲与自豪。让我们对她们的讲解工作心怀敬意吧,给瑶岗纪念馆的讲解员们冠以"文明使者"的称号,她们当之无愧!

我与《同步悦读》相识 800 天

时光荏苒,物转星移。2018 年 3 月的一天,我有幸怀着憧憬、好奇,又十分忐忑、惶恐的心情加入全国著名微刊《同步悦读》大家庭,成为一分子。

那个时候我刚刚接触微信聊天工具,觉得既新鲜又高端。说实话,到现在,微信交流的许多功能我都没有学会,更不知道怎么使用,只会简单地打打字和发送图片,发点语音,转发链接,仅此而已。今天细想,自己当时加入"《同步悦读》作家群"真有点冒冒失失和不自量力。时至今日,我和《同步悦读》相识相守已经 2 年 2 个月零 10 天,整整 800 天。

800 个日子,说长不长,说短不短,回忆起来仍历历在目。如今,《同步悦读》拥有作家群数十个,专栏签约作家数千人,发布作品数万篇,规模大,粉丝多,影响广,阅读量高,社会美誉度、关注度和知名度极高,屡次成为热搜,人气爆棚。走进《同步悦读》,对我来说,犹如走进神圣的文学殿堂,相见恨晚。

这里会集了石楠老师、刘湘如老师、王长胜老师、许辉老师、胡铭老师、马丽春老师、孙仁寿老师以及许多文学大师、写作大家和知名前辈。每天都能读到多篇名家名作,百读不厌,消化收藏,汲取他们的丰富营养,提高自己的写作水平。有的文章,名师们还给予宝贵的留言和点评。每期都会推出许多精致、优美且有特色的散文、小说和诗歌、评论,读后余味隽永,产生共鸣,碰撞共情。相识《同步悦读》,何其幸福!

偶尔看到《同步悦读》推出自己拙劣又粗糙的小文,我的心情是雀跃的,是欣喜的,同时很长一段时间又感到羞怯、自卑和后悔。害怕因为自己写得不好,会影响读者,降低《同步悦读》的受众面和点击率。可《同步悦读》丝毫没有嫌弃我,始终对我敞开怀抱,恩爱有加,让我备受鼓舞。我的顾虑成了多余。更为奇妙的是,有许多次,白夜总编和我会不约而同告知对方约稿、投稿。不知是巧合,还是心有灵犀,每每让我欣喜万分、兴奋不已,甚或不知所措。笃信,我与《同步悦读》缘深意重,很是开心。

800天里,不管是白夜总编还是利民、婷婷、梦梦、玉玉等编辑老师,常常给我温暖与力量,对我的作品总是不厌其烦地细心指导和修改斧正,让我充满继续写作的信心和勇气。能够与这样一个为文学而无私奉献、甘心默默为他人做"嫁衣"的年轻且优秀的文学精英团队为伍,心中唯有感激。群里的"同步家人"来自五湖四海,我与他们并不相识。但文学的志趣和爱好让我们虽远隔千山万水,却心相近,意相投,情似亲朋,语如密友,交流起来格外亲切、真诚和轻松、快乐。在群里,一起喜悦着"同步家人"的多产,一同分享着"同步文友"的收获!

还有几天就是《同步悦读》创刊4周年的日子。正在犯愁不知如何献上生日祝福的时候,再次收到了白夜总编的关心和鼓励,问我最近有没有写作,让我感动。明知自己没有太多的华丽辞藻表达对《同步悦读》的祝福和感恩,却忍不住要说出那埋藏心中已久的话语。感谢名家名师优雅而高超的经典作品,感谢百花园里各位老师的热情创作,感谢《同步悦读》文学群,是你们的光照亮了我的世界,时刻引领着我,让我学着奔跑着去追寻心中的文学梦,践行着对文学的热爱和信仰。尽管这些话说出来显得多么无力和苍白,但真真切切代表着我和《同步悦读》自相识以来一路相守的独有情怀。

　　文学是我心里的一个梦,它始终都在。时值夏季,果园飘香,夏花灿烂。在这个美好的季节,在这个相亲相爱、相学相长、相扶相携的大家庭,在您4周岁的生日里,寄语"同步家人"笔丰体健,祝愿线上线下活动红红火火,希冀《同步悦读》勇创辉煌!

梦有星光

一粒种子

母亲节快要到了,如果我的妈妈还健在的话,将近90岁了。妈妈虽然离开我已经二十七年了,但她至今活在我的心中。妈妈的一言一行对我影响深远,让我记忆犹新。想到妈妈的家风家规我泪如泉涌,这也是妈妈留给我最美的回忆。

很小的时候,妈妈教过我一首歌,部分歌词至今一直清晰地印在我的脑海里:"不要做早晨的露,不要做晚上的霞,不要做流荡的星,不要做春天的花,要做一粒种子,深埋在土下,生根、发芽、结果。"妈妈常常告诫我:孩子,你要记住了,今后你要像一粒种子一样,生活向下看,工作向上看,不能贪图享受,要做一个对社会有用的人。我的妈妈是这么说的,她也是这么做的。

妈妈的一生特别勤劳艰苦,妈妈年仅61岁去世,那年我16岁,刚上高一。妈妈总是省吃俭用,饭桌上吃的菜、脚上穿的鞋、身上穿的衣服,都是妈妈自己栽种、手工纺织、亲自制作的。妈妈从来舍不得为自己多花一分钱,她想得最多的是让她的孩子健康成长、快乐生活。我们兄妹六个,妈妈起早贪黑,每天早晨三四点就起床,扫地、挑水、洗衣、生火、做饭、喂猪、放鸡、养鸭、饮牛水。等所有的家务活忙完,隔壁邻居家才开始醒来,妈妈又拖着沉重的农具下地干活。等村里其他所有人都回家吃晚饭,天黑了好久妈妈才肯回家。每年我家地里的庄稼都比别人家长势旺,产量高。家里家外全是妈妈一个人操劳,她却从不知疲倦,每天都像铆足劲的陀螺,一刻也闲不住,总是超负荷地劳作着。妈妈走起路来带着风,她说这样能节约时间,可以多干些活。由于孩子多,家境贫寒,全靠面朝黄土背朝天的妈妈把我们拉扯大,是何等地不容易。

妈妈一个字不认识,是一名地地道道的农民。因为家里负担实在太重,哥哥姐姐们有的只读到小学三年级,有的压根没有上过学。妈妈深知没有文化的苦楚,最关心我的学习。从我念书那天起,妈妈就把希望寄托在我身上,叮嘱我一定要好好学习。1996年,我以优异的成绩考取了省城某高校,全家人十分高兴,妈妈却去了另一个世界,没有来得及听这个孩子在她坟头禀报的好消息。大学毕业后,我服从组织安排,到文化系统做了一名普通干事。工作是艰苦的,但我没有退缩,踊跃报名当了一名文化志愿者。

从成为文化志愿者的那一天起,我心中牢记妈妈的家训:当一粒传播文化的种子,遇事不挑剔,业务肯学习,不要像花儿只把春天等待,要学小燕子衔着春光飞来。我遵循工作上干在先,不计得失,爱岗敬业,与同事团结协作,积极奉献的职业道德。每一次开展盛大文化活动,我都会紧张地投入,早出晚归,加班加点。我知道,当文化志愿者就要比别人多付出数倍的努力才能维系好家庭和工作的平衡。我不光是一名文化志愿者,也是女儿,是儿媳,是妻子,还是一位母亲。任何一个角色都不能缺席,都想完美演绎。一边是襁褓中的孩子,一边是传播文化的使者,两难的抉择,结果总是委屈了孩子。心中在私与公的天平上,总是倾向了后者。

文化志愿者的工作涉及方方面面的知识,无论是城市概况、自然山水和人文胜迹,还是历史文物、风土人情和社会状况,我都要学习掌握。文化志愿者工作是一项伟大的文化传承工作,我愿意为之奋斗,而且还会一如既往地坚持下去。当自己的细致工作和热情服务得到了领导认可和同事尊重的时候,心里涌动着骄傲和自豪,让古老而瑰丽的文化惠及民众,回归百姓的生活,累并快乐着。

是的,文化志愿者不光是知识的传播者,平凡之中还应有伟大追求,平静之中应有满腔热血,平常之中应有强烈的责任感。在工作之余,我想得最多的是每一种职业、每一个岗位,都要有一些敢于、甘于、乐于奉献的人。我努力学习业务知识、总结工作经验、撰写学习心得和体会,收获一份份凝结汗水和智慧的荣誉证书。心里默念:一粒种子,无论它来自平实的草木还是珍奇的花卉,它都会静静等候,饱含生命的热情与渴望;一粒种子,无论它落向贫瘠的岩缝还是肥美的沃土,它都会默默驻守,奉献生命的责任与荣光。不再讥笑文化志愿者朴实无华的劳碌,不再苦恼文化志愿者工作的繁重与平淡,既然选择了这份沉甸甸的理想,就该有着对这份事业的深情!

越过了岁月,走出了平凡。愿做传播文化的一粒种子,无论风吹向哪里都会落地生根,都会花开不谢,夯实文化志愿者坚定的脚步,吟唱着平凡的荣耀,用实际行动为"奉献、友爱、互助、进步"的志愿者服务精神做出最美的诠释。无论何时,我都会铭记妈妈的教诲,让自己植根于中华优秀传统文化的沃土,做传播文化的一粒种子,把青春奉献给全民文化火红发展的明天!因为我坚信:把工作当事业,就会有使不完的劲!

让历史照亮未来

纪念是一把钥匙，唤起心灵的波动，开启了一扇扇尘封的门窗。纪念是一把火炬，燃起了历史的记忆，激荡着灵魂深处的渴望。在全国人民庆祝抗日战争胜利暨世界反法西斯战争胜利70周年的日子里，我怀着崇敬的心情，带着上小学的儿子，走进肥东县图书馆，借阅一些关于中国人民抗战的书。通过阅读抗战史书，让年少懵懂的儿子多了解些中华民族这段悲壮而又可歌可泣的历史，铭记那些为了民族解放浴血奋战的战斗事迹和英雄烈士，珍惜来之不易的幸福生活，增强爱国之情和民族凝聚力，激励他为中华和平之崛起而发奋读书、学习的信心和勇气！翻看着一张张抗日英雄的图片，儿子似懂非懂地点着头。

1931年9月18日至1945年9月2日，长达14年之久的中国人民抗日战争，是在中国共产党倡导的抗日民族统一战线的旗帜下，以国共两党合作为基础，工农兵学商各界、各族人民、各民主党派、抗日团体、社会各阶层爱国人士和海外同胞广泛参加的一场艰难的全民族抗战。抗日则生，不抗日则死，抗日救国，已成为每个同胞的神圣天职！国共两党抛弃恩怨再次走到一起，中华民族全面神圣抗战从此以燎原之势燃烧起来。

透过眼前这些抗战史书,我仿佛看到了炮火连天、浓烟滚滚的战场。一个个满身鲜血、汗流浃背、奋力拼搏的八路军战士坚守着抗战的最前线。万山丛中,青纱帐里,中国共产党领导的敌后抗日游击健儿到处逞英豪:雁翎队、敌后武工队、铁道游击队、地道战、地雷战、麻雀战等,使骄狂一时的日本侵略者陷入敌后人民战争的海洋。"淞沪会战"中"八百壮士"的忠贞奖章,"血战台儿庄"的杀敌大刀,"武汉会战"中毙敌 3000 余人,"万家岭大捷"中缴获的战利品……抗战初期,国民党数百万军队对日军进攻进行了正面作战,给日军以沉重打击,粉碎了日本军国主义者"速战速决"的美梦。

在这场与日本侵略者展开的拼死搏斗中,中国人民表现出巨大的民族觉醒。战前的民族团结,万众一心,前仆后继,彻底打败了侵略者,为世界反法西斯战争的胜利做出了自己的贡献。慷慨赴死、不怕牺牲、百折不挠、艰苦奋斗,是抗战将士留给后人最为珍贵的精神财富。国难当头,英烈辈出。太行山上,八路军副参谋长左权指挥突围,壮烈牺牲;打完最后一颗子弹,狼牙山顶,五壮士舍身跳崖;被敌围困河边,誓死不屈的 8 位女战士挽臂沉江……从杨靖宇、彭雪枫,到佟麟阁、张自忠等等,无论是共产党员,还是国民党中的爱国将领,每一个名字背后,都有一段可歌可泣的英雄故事;每一个故事,都是一曲荡气回肠的爱国之歌。

14 年抗战,中国的敌后战场和正面战场共进行重大战役 200 余次,大小战斗近 20 万次,给日军以沉重打击,粉碎了日本军国主义者"速战速决"的美梦。歼灭日军 154 万余人、伪军 118 万人,中国军民伤亡 3500 万人以上。中国人民抗日战争的胜利,是中华民族由衰败走向振兴的重大转折;伟大的抗战精神,为中华民族精神注入新的元素和更为丰富的内涵,经过血与火的淬炼,在历史的星空中定格成永恒。

儿子正在全神贯注地阅读《抗战小英雄》的故事，我走上前悄悄询问儿子有什么感想。儿子摸着胸前的红领巾，抬头看了看窗外飘扬的国旗，若有所思地说："妈妈，留给我印象最深的是王二小。王二小是儿童团员，他常常一边在山坡上放牛，一边给八路军放哨。一天，日本鬼子又来'扫荡'，走到山上迷了路，便叫他带路。王二小小小年纪却毫不害怕，将鬼子们带进了八路军的埋伏圈，虽然被鬼子刺死，却用自己的生命保卫家乡和家乡的人民。还有小兵张嘎，为了替死在日军的刺刀下的奶奶报仇和救出被抓走的八路军侦察连长钟亮，历经艰辛，找到了八路军，当上了一名小侦察员……"听着儿子一字不漏地说着抗日小英雄的事迹，摸着儿子涨红的小脸蛋，我意味深长地告诉他："在我国，爱国小英雄又何止王二小和张嘎呀！你看，还有晋察冀边区机智勇敢的小雨来，冒着生命危险送鸡毛信的海娃……他们都是为了保卫祖国、保卫人民而不顾个人安危的英雄。他们在敌人的枪林弹雨中奋勇前进，面对敌人的枪口毫不畏惧、视死如归；他们凭着顽强的意志，抱着与敌人拼搏到底的精神，宁死不屈。他们的这颗爱国之心总是让敌人心惊胆战、闻风丧胆……"未等我把话说完，儿子迫不及待地说："妈妈，那我以后要学习这些英雄的胆量。想想平时，我一个人睡觉的时候看到黑黑的屋子就感到害怕，我现在觉得都有些害羞了。以后，自己能做的事自己做，不能总依赖爸爸妈妈，长大了以后才能担当责任，为社会做贡献。"

听着儿子稚嫩的童声，心里甚是欣慰。70年了，这段岁月依然波澜壮阔，刻骨铭心；这种精神仍将穿越历史，辉映未来！重温这段悲壮、激越的民族记忆，就是要勿忘民族曾经的苦难，勿忘苦难中逝去的生命，勿忘所有英勇献身的英烈和为之做出贡献的人，勿忘和平曾经的创伤。历史无言，精神不朽。抗日战争的胜利，是中华民族由衰败走向振兴的重大转折；伟大的抗战精神，为中华民族精神注入新的元素和更为丰富的内涵,经过血与火的淬炼,在历史的星空中定格成永恒。这是一面旗帜,迎风招展,猎猎飘扬!

正如习近平总书记所说:"历史是一个民族、一个国家形成、发展及其盛衰兴亡的真实记录。"多重温这些伟大的历史,心中就会增加很多正能量。伟大的中国人民抗日战争,开辟了世界反法西斯战争的东方主战场,为挽救民族危亡、实现民族独立和人民解放,为争取世界和平的伟大事业,做出了彪炳史册的贡献,是永远值得纪念的。这是战争史上的奇迹、中华民族的壮举、惊天动地的伟业。

回首往事,我们珍藏的是这段难忘的记忆;展望未来,我们在憧憬中励志前行。今天,我们一定要牢记历史,珍爱和平。在传承民族的苦难记忆中,凝聚起国家意志和人民心声。我们要找到勇敢的民族自信,带着更大的感召力,为中华民族的伟大复兴而努力奋斗!

瑶岗韬略定乾坤

渡江战役总前委旧址纪念馆邓小平同志卧室的办公桌上陈列着一盏"美孚"牌马灯。马灯旁边陈展着小平同志在瑶岗撰写的《京沪杭战役实施纲要》。如今,马灯早已退役,刻板完好无损,蜡纸渐已发黄。时间飞逝,睹物思人。

1949年3月28日,渡江战役总前委书记邓小平、陈毅人不解甲,马不解鞍,踏着战斗的硝烟,乘着胜利的东风,率领总前委、华东局、华东军区、参谋处、机要处、秘书处进驻肥东县撮镇镇瑶岗村,指挥中国人民解放军第二、第三野战军和四野十二兵团,百万雄师,横渡长江。

三月瑶岗,春寒料峭,鸡鸣五鼓,小平同志卧室里仍灯光闪闪,彻夜长明。30个不眠之夜里,小平同志每天在灯下日理万机,党中央、中央军委和渡江前线的电报,不停地向灯下传递,一份份重要文件在灯下修改、签发,接管江南新区的人事工作,一件一件在灯下思考、安排。马灯辛勤地燃烧着,小平同志正在灯下呕心沥血亲自撰写《京沪杭战役实施纲要》(以下简称《纲要》)。《纲要》决定:粟裕、张震指挥三野八、十兵团由张黄港至龙稍港段实行渡江;谭震林指挥三野七、九兵团,由裕溪口至姚沟段实行渡江;二野由枞阳镇至望江段实行渡江。

《纲要》还就敌我态势、战役准备、通讯联络等方面进行了判断、分析和明确规定,可谓高瞻远瞩,总揽全局,科学布阵,周密灵活。《纲要》的诞生,确定了渡江战役的目的和兵力部署,明确了中国人民解放军渡江后围追堵截敌人的战略战术;它凝聚了一代伟人的雄才大略,凝聚了人民军队铁流千里的能量;它是指挥中国人民解放军横渡长江的法宝,是全军战役史上宏观决策的典范。

4月20日,南京国民党政府拒绝在《国内和平协定》上签字。邓小平书记提着马灯,指着地图说:"命令聂凤智,拂晓前拿下荻港、繁昌。另外,命令东路、西路两个集团,随时准备渡江。"霎时间,炮火煮沸了江水,水柱蹿入长天,战士们迫不及待地跳下船,涉着浅水,踏着泥滩,登上南岸的人流似潮涌一样,漫过了江堤,向敌人防御阵地纵深挺进。4月23日,中国人民解放军占领南京,粉碎了国民党"划江而治"的阴谋,让全国人民挺起了祖国统一的脊梁。

透过眼前这份《纲要》,仿佛仍然可以看到邓小平书记的身影。瑶岗总前委住处,小平同志一身戎装,精神焕发,英姿勃勃,他有时踱步思谋,有时伏案挥毫。他是在处理前方战事,后方支前,他在撰写《纲要》和电文电报。

乌飞兔走,斗转星移,让我们又一次回眸历史,追忆邓小平等老一辈革命家的音容笑貌和丰功伟绩,永记他们对党无限忠诚,对人民无比热爱,对革命鞠躬尽瘁的高尚情操!

培养儿子有梦想

我是一名基层工作者,大部分时间都扑在工作上,与儿子相处的时间特别少。老公经常出差,所以教育孩子的责任就落在我的肩上,我感到压力大,也十分棘手。现在孩子已经是一名优秀的少先队员,小学三年级学生,成绩可观,表现良好。那么,如何让孩子能快乐成长,又能热爱学习,并且拥有美好的梦想呢?

在工作之余,只要有时间,我就会以身作则,培养孩子良好的学习兴趣,让孩子成为对社会有用的人。我不断学习新知识,向社会学习,向书本学习,向同事学习,向爱人学习,十分重视知识的积累,这样在家庭中创造良好的学习氛围,与孩子一起看书,做游戏。孩子每天按时上课,从不迟到。久而久之,孩子的学习兴趣提高了,让他主动学习,自觉学习,乐于学习,让他明白现在正是学习的黄金时期,离开学校什么也做不成。同时培养孩子的进取意识,让孩子多锻炼,提高孩子动手、动脑、思考和语言表达等方面的能力。

我经常问孩子有什么样的理想,长大以后想干什么,加强人生理想和思想品德教育,让孩子做一个高尚的人。这样,在日常生活中孩子就有了学习的动力、努力的方向。我有时带着孩子到县城的图书馆、新华书店、合肥图书城去看书,激发孩子的学习兴趣,引导他广泛阅读。告诉孩子多读一些经典作品和优秀古诗词，进一步树立正确的人生观、道德观和价值观，并成为一个有教养的人。

我和爱人都是上班族，孩子又是独生子女，造成孩子胆小、孤独、不合群、遇事退缩等许多性格缺陷。我对孩子进行心理健康辅导，使孩子成为身心健康的人。所以平时与孩子相处，不仅需要给孩子爱心，与孩子交心，还要增强孩子做事情的信心。我用尊重、用耐心、用情感去教育孩子，培养孩子的独立性，建立自信心。通过与孩子交流，让他感受到父母的艰辛、老师的疼爱，让他学会与人交往、合作，与同学友好相处。

我的孩子性格内向、老实，乖巧听话，我们利用节假日，让孩子多接触大自然，开阔视野。孩子比较腼腆，遵守纪律，尊重老师，团结同学，热爱学习，积极参加集体活动，从没有提出困难和要求。只要有机会，我便带着孩子到外面走走转转，旅旅游，让孩子多认识祖国的名山大川。书上的内容是死的，而生活是鲜活的。并且旅游回来后让孩子选自己喜欢的景点写上一段话，可长可短。因为是发自内心的感受，孩子这些小短文写得都很精彩。

俗话说，"没有规矩，不成方圆"。对待孩子的错误，要明察秋毫。在日常的教育中，我没有一味宠溺孩子，而是给予正确的教育。当孩子犯错误时，选择适当的时间坐下来和孩子相互交流，消除家长对孩子造成的恐惧心理，让孩子敢于面对自己的错误，不是狂风暴雨般地骂他、打他。作为家长，应先尊重孩子，让他说出自己的真实想法，帮他查明事情的来龙去脉，及时纠正孩子的不足之处。这样做对孩子健全的性格有很大的帮助。

生活是多姿多彩的，对人的要求也是多才多艺。持之以恒培养孩子的特长，让孩子拥有创新能力。要想让自己的孩子在今后的社会生活中脱颖而出，有所特长，就必须腾出一定的时间，花费一定的精力来培养孩子的爱好,不能让孩子今天喜欢这个,明天喜欢那个,到头来一事无成。我一直坚持让孩子学绘画,他喜欢美术,爱好画画。每一次绘画课,孩子都有或大或小的收获,都有创新,都有进步。让孩子认识到自身的价值,提高学习的积极性。

家庭是最重要的教育场所,父母的一言一行都会对孩子产生很大的影响。孩子的成长需要父母的引导。作为家长,我们要尊重孩子,大胆采纳孩子的意见,及时与老师取得联系,知道孩子的学习情况,与孩子一同寻找学习的乐趣,给予恰当的奖励,给孩子一个轻松、愉悦的成长环境。如果把孩子的空间缩得小而又小,往往适得其反,让孩子产生厌倦和松懒,甚至逆反心理。我和爱人与老师同心协力,积极营造温馨的学习氛围,让孩子在幸福中增长知识,收获希望,带着梦想纵情歌唱!

学好党史勇担当

2021年，是中国共产党成立一百周年。新中国成立前的中国，山河破碎，风雨如晦。在中国人民救亡图存的历史背景下，在马克思列宁主义同中国工人运动相结合的进程中，伟大的中国共产党诞生了，这是中华民族发展史上开天辟地的大事。从此，我们党犹如初升的太阳，给黑暗的中国带来了光明，给苦难深重的中国人民带来了希望，成为引领中华民族走向伟大复兴的坚强领导核心。

学习我党一百年的奋斗历程，我们深知是一大批优秀共产党员，用他们不凡的业绩、高尚的情怀甚至是生命的代价，生动诠释出共产党员的分量和重量，让党的形象更加鲜活饱满，让党旗上的红色更加光彩夺目。董存瑞舍身炸碉堡，夏明翰为了"主义"不惧铡刀，江姐巾帼不让须眉，李向群顽强抗洪魔……

一百年的风雨兼程，一世纪的沧桑巨变，中国共产党创造了世界上一个又一个奇迹。经过长期努力，中国特色社会主义进入了新时代。对于新时代的共产党员来说，应有无比坚定的信仰，必须具备善良、能干、敬业的品格。面对纷繁复杂的社会现实，在接受党交给自己任务的时候，要乐观，在工作、学习中遇到困难的时候，也要乐观。不管形势多么严峻，千万不要让"我不行""干不好""我会失败"等负面暗示或其他负面情绪侵扰我们的心灵。始终保持微笑，敢于面对、不畏艰难。以天下为己任，做人民的公仆，全心全意为人民服务，让人们生活得舒心、安心、放心，对未来有信心。

沧海横流，方显英雄本色。身为新时代的共产党员，牢记党旗下的誓言，牢记为民服务的职责，牢记初心不改的使命和担当。在生活中，我们只有懂得了积极向上的哲理，才会快乐地工作和生活。很多时候，在倦怠面前，我们就像是一头懒惰的驴子，需要有人在身后扬鞭驱赶甚至抽打，这样才会提起精神。工作中要从"大我"角度，从单位、集体、国家利益出发，少一点抱怨，多一点服务和奉献。多与先进典型比不足，多与他人比贡献。面对艰苦更应勇挑重担、不埋怨、不逃避，以乐观态度与积极行动投入工作中，化压力为干劲，展现共产党员的应有本色。

知史爱党，知史爱国。国有史，地有志。在党史学习教育中，作为党史和地方志系统的党员干部，我们要认真当好"小学生""研究员"，扎实做好"践行者""宣传队"，全力把百年党史所创造的辉煌成就、伟大精神、宝贵经验传承好、宣传好、发扬好。剖析历史发展趋势，解读历史发展规律，更真实展现百年党史所锻造的无上荣光，更强烈激发百年党史所汇聚的巨大能量，更奋力追逐百年党史所指引的复兴梦想。

心中有担当，行动做楷模。回望党走过的百年征途，中国人民以大无畏的牺牲精神，为中国革命事业建立了彪炳史册的功勋。我们更要沿着革命前辈的足迹继续前行，永远把伟大建党精神继承下去，发扬光大！

红土地上的娘子军

当前,全县上下正在进行"解放思想大讨论"。通过解放思想,我们对妇联工作有了更多新的启发和认识:什么是妇联?妇联工作如何开展?如何发挥单位女性的潜能和智慧?对于这样的疑问,渡江战役总前委旧址纪念馆的讲解员队伍做出了最美的诠释。而我,正是其中的一员。

每天清晨,在纪念馆"军民鱼水情"广场上,人们会看到这样一支队伍,清一色的女同志,整齐的服装,响亮的口号,统一的手势动作。这一道亮丽的红色风景线就是纪念馆的讲解员队伍,先后获得过"全国优秀讲解员""优秀共产党员""先进工作者""县拔尖人才""全国巾帼文明岗"等一大堆光荣称号,被人们誉为"红土地上的娘子军",也是纪念馆名副其实的半边天。

作为纪念馆的形象和窗口,我们苦练讲解基本功,传播红色文化。2008年纪念馆免费开放后,参观人数骤增,流量很大,每天都有长长的队伍。讲解员们讲得嗓子沙哑是常态,一轮一轮的讲解,寒冬腊月也会大汗淋漓。两位骨干讲解员因讲解时太累先后病倒,馆领导命令她们休息,可她们只吃了点药又走上了工作岗位。许多人因感激送我们小礼物,我们拱手谢绝。观众们不解地问:"这么辛苦才拿这么点工资,你们图的是什么呀?"我们笑着说:"当看到大家把崇敬、礼赞的目光投向自己时,再苦再累心也甜。"

开馆以来,我们成功接待了一大批领导人、将军、各条战线的专家学者。工作时,我们进入了忘我的境界,没有双休日,吃住在纪念馆。白天讲解接待,晚上参与值班和安全保卫,让男同志都感到汗颜。我们都有小孩,有的孩子还很小,但为了工作,我们很少回家,无暇顾及家庭。尤其小孩生病时是多么希望妈妈在身边啊,但家人连我们的影子也看不到。提到家庭,爱人们既无奈又心疼,常说:"你们嫁给了纪念馆。"

我们不光是讲解员,还是宣传员、保洁员、安全员、消防员,可谓身兼数职。由于各处旧址散落于民居中,少不了要与村民们打交道,就这样,我们还有一个特殊"职务"——协调员。纪念馆周边的个体工商户很多,经常有个体户不按照统一规划向游客销售商品,有的还造成了恶劣影响。为维护纪念馆整体形象,我们轮番上门去做工作,经过耐心的劝说、细心的说服教育,很快理顺了关系。

中国妇女是建设中国特色社会主义的重要力量。妇联工作就是要让女性同志最大程度地实现自由、爱、创意、激情,培训妇女宽容、正义感和民主意识,发挥女性的特长建设美好家庭,行使政治权利,引领和鼓励妇女提升科学文化知识,转变思想观念,扩大创业就业,增收致富。作为女性,社会责任感和使命感在我们心中同等重要。今后我们愿携手全县广大妇女同志,仍将进一步解放思想、大胆探索,把成绩当作新的起点,决心当好新时代的红色娘子军!为建设大富美强的合肥现代化东部新城而开拓创新!

一只不寻常的公文包

渡江战役总前委旧址纪念馆展厅内,陈列着一只20世纪30年代的军用牛皮公文包。这只公文包,看上去挺不起眼,但它记录着三位老一辈革命家之间诚挚的友谊。

1938年3月,党的洛川会议后,为了加强党在抗日民族统一战线中的领导,党中央从"延安抗大"派出了大批干部充实到抗日前线。这只公文包就是刘志清同志离开抗大时党组织发给他的。

刘志清同志带着这只公文包从延安出发,来到安徽泾县茂林,在新四军某团担任秘书。于是,这只公文包便成了他的档案袋,须臾不离身边。

1941年1月,皖南事变爆发,刘志清同志身负重伤,留在一位老乡家里治疗。在此期间,他的同乡战友刘先胜去探望他。病危中的刘志清颤抖地把这只公文包递给刘先胜,请他转交给部队首长。首长考虑到"二刘"既是战友又是同乡,便把这只公文包交给了刘先胜同志使用。

刘先胜接过这只染上战友鲜血的公文包,辗转到山东枣庄一带坚持游击战争。

1946年6月26日,蒋介石发动全面内战。1947年在沂蒙山区的一次战斗中,刘先胜的战友庄杰同志负伤住院,刘先胜去医院探望。见庄杰的公文包已被战火烧毁,再也无法使用,刘先胜便从身上取下这只公文包交给庄杰,说:"这只公文包在抗日战争时期就跟随着我。现在,我是华东军区副参谋长,身边的材料有专人保管。你是连部文书,没有公文包怎么行呢?以后,这只公文包就交给你保管吧。"同时告知庄杰这只公文包的来历。

背着这只不寻常的公文包,庄杰同志在豫东战役、济南战役、淮海战役中身先士卒、屡建奇功。渡江战役期间庄杰带着这只公文包在总前委参谋处工作,每天都要背着塞满各类文件、电文、电报的公文包在总前委、华东局和参谋处之间奔走着。上海解放后,庄杰留在上海警备区司令部工作。尽管到地方工作30多年,老庄一直珍藏着这只公文包,舍不得丢弃。

1985年7月,经兰州军区原参谋长(渡江战役总前委参谋处处长)王德将军介绍,展览馆派人到上海向庄杰同志征集了这只公文包。如今,这只公文包在纪念馆里供千千万万来自全国各地的观众瞻仰、纪念。

透过眼前这只凝聚着革命战友情谊的公文包,耳闻他们之间留下的感人故事,我仿佛看到了炮火煮沸了江水,水柱蹿入长天的江面上,一个个满身鲜血、汗流浃背、奋力拼搏的总前委将领依然坚守着战斗的最前线。

历史无言,精神不朽!让我们再一次追忆这些身经百战的高级将领的音容笑貌和丰功伟绩,永记他们对党无限忠诚、对人民无比热爱、对革命鞠躬尽瘁的高尚情操!

用心讲解　收获感动

　　作为长期从事纪念馆讲解工作的我,通过党的群众路线教育获得了许多新的启发和收获。我深深地认识到:纪念馆肩负的重任,就是运用革命文物和史料教育广大干部、党员,教育人民和青少年,就是要弘扬爱国主义,凝聚民族的力量,为社会发展和全面进步提供精神动力。在讲解过程中我时刻问自己:我是谁？我是做什么的？我有什么品质或能力值得别人尊重？这样,观众前来参观,我便笑脸相迎,主动热情招呼,让观众觉得自己受到尊重,心理上得到一种满足,拉近与观众之间的距离,增强了感染力、震撼力和亲和力。

　　我天天都进行着繁重的讲解工作,却也天天传递着伟大的渡江精神和社会正能量。很多时候我的同学和好朋友都极力劝我离开纪念馆,离开这块既寒酸又贫瘠的地方。我都信心满怀地告诉她们:"只有走近渡江战役总前委旧址,你才能真正体会到当年老一辈无产阶级革命家的伟大和英明。他们在那样异常艰苦和让人难以想象的情况下完成了改变中国前途和命运的战略决策,让全中国获得了解放,让全中国的老百姓都过上了和平稳定的幸福生活。我有责任走近历史、接触历史、还原历史、记住历史、传播历史。任何一种工作都是最好的工作。我热爱自己的讲解工作,我对革命先烈有一种无比的景仰之情,我热爱这块留下伟人们足迹的革命旧址，这里更是我心目中的一块圣土。当我把讲解工作当成服务社会、服务群众的崇高使命时，相信那份对工作的热情、对职责的坚守定会感动他人、感动社会！

　　我清楚地记得2013年3月17日，星期天，天降大雨。浙江省杭州电子科技大学党委副书记金一斌博士一行冒雨来馆参观。听完我的讲解后金博士发自肺腑地对我说："历史是超越一切的，历史更是凌驾于任何商业价值之上的精神财富。只有通过讲解，才能让老者看后有一种怀旧感，青年人看后有一种神秘感。在任何一项工作中，爱心与激情是缺一不可的。你的真诚和友好的服务态度让我们感动，感动有你这样一位历史传播者日复一日、年复一年地守候在纪念馆，更多的是要感谢你优美的讲解和灿烂的微笑。"

　　每个人都应有不可动摇的信念在坚守。我知道，雨里雾里，寒来暑往，那永远是我为心中的圣土所做的不悔的选择！如今，我对讲解工作更多了一种情愫，多了一种牵挂，也更加坚定搞好讲解工作的信心。我会好好工作，不光是为了实现自己的人生价值，更多的是为了一份光荣的责任，一位文化历史守护者的忠诚。革命前辈的伟大和宽广永远鼓舞和激励着我，为振兴中华，为实现美好的中国梦而努力工作、勤奋学习。我要继承和发扬中国精神，为国家、为社会不断奉献正能量，不断做出新贡献。未来的日子里，我会用青春的汗水，坚守我的工作岗位，用执着的追求，托举火红的梦想！

钟情史志文化的红色沃土

2019年,我有幸调入党史地方志系统,从事编史修志工作。这4年,有工作的艰辛与苦涩,也有胜利的自豪和喜悦。刚到单位,看到同事们整天和"故纸堆"打交道,不是查档案,就是爬格子,冷冷清清,无人光顾。初来乍到的我,业务工作不熟悉,对领导交办的任务感到十分吃力,心里很不是滋味,常常苦闷,独自徘徊。

领导指着一大堆厚厚的书稿,语重心长地对我说:我们的一切工作都是"服务"。不管什么岗位,都要恪尽职守,勇于奉献。少一些情绪、多一些情怀;少一些抱怨、多一些抱负。"热门"工作有人去做,"冷门"工作更要有人去完成。史志工作任重道远,大有可为,也必将大有作为。

聆听领导的谆谆教诲,我认真进行了反思,找到了新的工作方向。我暗暗告诉自己,要做一个努力奋斗的人,说到做到,做就做好。我制订了很多计划和目标,让自己更丰富、更充实。

编史修志是一项伟大的历史文化工程,是有益当代、惠及子孙的千秋大业。工作能力的提高,没有任何捷径,唯有刻苦学习,长期积累,平时多向书本、有经验的人学习,还要多参与实践,善于总结和发现问题,博采众长。

心有所信，方能行远。为了尽快适应工作，我给自己加压，通读各种党史和地方志，提高自己的业务水平和综合素质。白天上班，晚上加班加点学习理论知识，熟悉政策文件和编修规定。不论双休日还是节假日，我都主动放弃休息，到办公室看书学习并做笔记。孩子不理解，爱人会误解，但我依然坚守岗位，初心不改。

虚心求教，学而不厌，是方向，更是动力。我主动向同事请教，不断激励自己，求上进，求特色，求成绩，渐渐成为一名业务骨干。

只有心中有爱，工作起来才会无悔。我严守一身正气，一门心思干工作。不比金钱比知识，不比吃穿比勤俭，不比傲气比干劲。只争朝夕，不断给自己"充电"。重点学习编修技巧，做到"惜字如金"，表述准确；学习框架设置科学规范，既不漏项缺项又不重复交叉；了解肥东的经济社会发展现状，客观、生动、忠实地做好记录。

岁月不居，时节如流。2022年是我入党的第15年，我面向党旗庄严承诺，在工作学习上要狠下功夫。2022年是我参加工作的第23年，作为史志队伍中的一员，使命光荣，责任重大。我自觉把使命放在心上，把责任扛在肩头。

国有史，地有志。干惊天动地事、做隐姓埋名人，身心系于历史，真情凝于笔端。不惧孤寂、保持好奇、深入挖掘，做红色基因的培育者，红色家谱的记录者，红色声音的传播者，讲好党的故事。

历史川流不息，精神代代相传。肥东有着光荣的革命传统，无数共产党人在这里战斗、生活，谱写了波澜壮阔、可歌可泣的壮丽篇章。肥东红色文化底蕴深厚，历史名人、文物遗产、民间传说、民俗民谣、村史村貌数不胜数。我们都要一一整理和编修，这是我们的长远规划，也是职责所在。

榜样的感召超越时空，精神的力量无坚不摧。一灯如豆，四壁青辉。工作中，我信守"板凳宁坐十年冷，文章不写半句空"，秉持"淡泊名利,精雕细琢",为党立言,为国存史,为民修志。4年来,我参与编纂的《肥东年鉴》多次荣获国家奖,参与编写的地情书数次荣获省级奖,个人荣获"党史宣传教育先进工作者"称号。

工作无止境。对待工作要像夏天一样火热,在奉献中体现自己的价值。面向未来,奋发有为。水唯善下方成海,山不矜高自及天。我一定克服辛苦、清苦、艰苦,做到安心、甘心、专心,带着深情、温情、激情,争做新时代一名优秀的史志人!

后记

文学是我的一个梦，一直都在。

小时候，我对文字就有一种特殊的情感。

可是，当时家境十分贫寒，我家是村里最穷的一户。祖辈们世代为农，父母亲整天面朝黄土背朝天。兄弟姐妹六个，经常连饭都吃不饱。记得母亲经常给我们煮大麦粥吃，那个难以下咽的滋味至今深深地刻印在脑海里。家里能识字的人不多，二姐、三姐从小要和父母一起下地干农活，忙着挣工分，没有上过一天学。大哥、大姐读到小学三年级，二哥初中没有毕业。我是家里最小的孩子，从小体质弱，身材矮小，父母疼爱多一些。父亲坚持让我上学，要求我求知识，学文化。他希望六个子女中有一个有出息的人，能跳出农门。

可是，真到了报名上学的年龄，家里人依然让我继续干几年家务活，帮着大人割猪草、放牛、放鸭、放鹅、淘米洗菜、洗衣扫地，在瓜棚地里看管西瓜。每次看到隔壁家几个女孩子开开心心地上学放学，我羡慕得直掉眼泪。三年后，在同村一位包姓老师的多次催促下，我终于可以背上母亲手工缝制的黄布军书包有模有样地上学了。坐在村小的教室里，捧起书本，成为一名正式小学生，对我来说，快乐无比！

后记

　　学校就在我们村子里，只有一位老师上课，两个年级。可是，包老师已经调到别的学校，换成了邻村代课教师杨老师来接替教学。这样，杨老师既是班主任又是校长。学校只有三间大瓦房，其中两间做教室，另一间作为杨老师的办公室、厨房和寝室。教室里有四排课桌椅，都是学生们从家里搬来东拼西凑成的。课桌椅可谓五花八门，什么样式都有，高的高，矮的矮，新的新，破的破，很不整齐。但能够跟着杨老师认字识数，对大多数农村娃来说，真的是很不容易，也就没有学生会嫌弃自家的桌子凳子。

　　教室是东西向，窗户没有玻璃，中间有几根钢筋，加上一个木制的边框。平时窗户都是通透的，那个时候没有电，用来采光。只有冬天下雪时才用塑料薄膜和铁钉在外面固定起来。风大雪大的时候，呼啦呼啦响，很有节奏，自带音乐。教室靠南边窗户的两排空间是一年级，靠北边窗户的两排空间是二年级，中间没有隔离屏障。所有学生都是一个村子里的人，互相都认识。上课的时候，两个年级的学生可以你看着我，我看着你，真的好特殊、好新奇，也是意料之中的事。杨老师不能同时给两个年级的学生一起上课，只好一年级上课，二年级写作业，反过来，二年级上课，一年级写作业。从那以后，两本教材，一本语文，一本数学，就是我天天能接触到的最宝贵的文化知识。

　　二年级课程结束以后，我们全部转到大邵小学续读三、四、五年级。那是整个生产大队的小学部，学生人数多，是附近好几个村庄的孩子，很是陌生。班上不断有新生加入，也有部分同学是留级生。三、四年级的班主任是一位姓杨的美丽女老师，她刚从师范学校毕业，普通话好，形象气质佳，上课也很精彩。女老师纪律要求严格，男生女生都认真听讲，写作业没有一个人敢马虎。

　　有一次上语文自习课，我写完作业，没有预习第二天的新课文，而是把数学课作业拿出来写。几个不怀好意的男同学发现后，立即报告女老师。女老师走到我的课桌前,认为我不喜欢语文课,狠狠地批评了我。她拿出上课的专用钢板戒尺,叫我伸出右手,掌心向上,重重地打了三尺子。当时我的右手掌红肿瘀血,也不敢哭,忍着眼泪,恨恨地瞪着在一旁偷乐的那帮告密男生。女老师站到讲台上,对着全班学生说语文课难教也难学,学好语文很重要,生活中和各行各业都会用到文字。当时年龄小,听得似懂非懂。自从被女老师用戒尺抽打以后,只要上语文课,我就再也不敢想数学课的事情了。

三年级下学期起,我的语文成绩提高得很快,是班级语文课代表,也当上了班长。四年级时,一次全校开大会,校长让我们班表演一个节目,女老师鼓励我报名参加。女老师让我表演的节目是朗诵她刚教的一篇文章《杨梅》。为了表演出色,女老师天天放学后在教室里陪着我练习。她一个字一个字地读给我听,教我如何停顿,如何用情,如何做动作。记忆中,那次演出很成功,女老师还用相机为我拍了一张黑白照片作纪念。可是时间过去了那么久,那张照片我也找不到了。

五年级的时候,班主任是学校的教务主任黄老师。他说五年级作业多、任务重,女生不适合当班长,以学习为主,于是我不再当班长。我们开始要求写作文,第一次写作文,我不知道如何下笔,不知道写哪方面的文字,十分反感上作文课。隔壁堂哥笑着告诉我,写好作文很难,学生们之间流传着一句话:"作文作文,头作生疼。作着半天,一句不晓得。"这下心里更加害怕上作文课了。好在黄老师上课很幽默,他很会想办法让我们听作文课感到有兴趣,布置的作文题目先从熟悉的动物、植物一点一点地写起,学会方法后再写身边复杂的人物和事件。记得我的第一篇短作文内容写的是家里的一条小狗,还有一篇作文写的是周日和大人一起赶集。这两篇作文得到黄老师的表扬,在教室里当作范文来点评。黄老师用红色钢笔在作文本上画了许多宝贵的红圈圈,我心里的那种高兴真的是好美好甜。

小学毕业后,我顺利地进入初中,读完高中,参加高考,上了大学。毕业后,工作中也经常与文字打交道。认识文字快四十年了,我的心里从未怨恨过女老师,更多的是感激她。女老师的话是对的,文字有用,现在人人都说学好语文得天下。也就是在小学阶段,女老师和黄老师为我播撒了爱心和文学的种子,开启了我码字的梦想。

走入社会后,工作的间隙,我喜欢记录每天的所思所想、所遇所得。加入肥东县作家协会以后,跟着文友们一起采风,聆听文学前辈的写作经验,增强了学习写作的信心和勇气,慢慢地,也积累了一些豆腐块、千字文,发表了部分风景散文和人物故事。我认识的作家,每年都有人出版文学作品集,心里很是羡慕和敬佩。

今年夏天,酷暑难耐,是多少年不遇的高温炙热。骄阳似火,大地如炉,多地气温都是连续多日40℃不降。休息日在家,就算足不出户,也会汗流浃背。想效仿古人的修养,不受夏日的苦恼,寻找心中的清凉,把自己这些年来写过的文章整理到同一台电脑的文件夹里。在这个过程中,突然也想拥有一本自己出版的书,日后可以打开看一看,回忆回忆。

很久以来,真心感激我的老领导许泽夫馆长给我写作上无微不至的关心和帮助,他经常鼓励我出版一本散文集。可是,我总担心自己写作水平有限,篇章不够,质量不高,不敢实践,一拖再拖。8月30日,当我把这个想法告诉他时,他一如既往地支持我,说我早该这样做了,并帮忙联系出版社。我备受鼓舞。

有位作家曾说过:人是光阴的过客,稍不留神就被时光冲走;很多事经不起岁月的销蚀,终有一天会被遗忘抹平。是的,身体要慢下来,心灵要静下来,把握好自己需要的,多给自己的心灵滋补一些养分。在工作之余,我怀揣文学的种子,利用休息和享乐空隙,一个字一个字地码着人间真情。字里行间有爱情,有亲情,有友情,有工作,有生活,有烟火，有梦想。全书分6个部分，77篇散文，22万字，描述了一个乡村女孩的不屈性格和火热青春。正如母亲对我说的话：不要像花儿只把春天等待，要学小燕子，衔着春光飞来。

此书的出版，得到了著名作家刘湘如老师的鼓励指导，并亲自作序。中国书协会员，县文联党组书记、主席张业建先生为我的书名赐墨。书稿校对得到罗守银老先生和韩龙惠、李乔生等老师的辛勤斧正和认真修改。县委党史和地方志研究室主任张国松提出宝贵的建议。在此，我向各位前辈和领导表示诚挚的谢意！

自感文字稚嫩，但执念文学是心中的一个梦，愿意用文字记录人生中的点点滴滴，抒发心灵深处对生活的热爱和那份美好的向往。

文学使我神往，催我奋进！追梦路上，我时刻求索，愿做一个精神富裕的人！

由于本人知识水平有限，文中错误不当之处在所难免，敬请各位读者指正，不吝赐教。

2022年9月28日